KB060072

천사의 사슬

천사의
사슬

최제훈
장편소설

문학동네

모든 것은 하나에서 유래하고 하나의 작용으로 존재하므로,
세상 만물은 이 하나의 변성으로 생겨난 것이다.
─헤르메스 트리스메기스투스, 「에메랄드 서판」 중에서

차
례

0

안산 낚시터 창고 화재, 신원 미상 남성 시신 한 구 발견

27일 오전 5시 10분경 안산시 단원구의 휴장중인 낚시터 창고에서 원인을 알 수 없는 불이 나 건물을 모두 태운 뒤 20여 분 만에 진화됐다. 창고 안에서는 신원 미상의 남성 시신 한 구가 불에 탄 채 발견됐다. 인근에 사는 이모(69)씨는 "조깅을 하러 나왔다가 창고에서 불길이 치솟는 걸 보고 119에 신고했다"고 말했다. 경찰은 시신의 사인 확인을 위해 부검을 의뢰하는 한편 정확한 화재 경위를 조사하고 있다.

깔끔한 문장이다, 군더더기 하나 없이. 전소된 창고의 살풍경이 백지 위에 몇 개의 선으로 그린 날렵한 크로키처럼 떠오른다. 이모 노인의 진술은 또 얼마나 간결하고 차분한가. 사회면 1단 기사의 매력은 바로 이런 점이다. 일체의 감정과 수식을 배제한 궁극의 하드보일드.

만일 이 사건이 영화나 소설의 한 장면이라면 어땠을까? 시커먼 폐허와 이목구비가 녹아내린 소사체의 모습을 가능한 한 생생하게 묘사하기 위해 공을 들였을 것이다. 사람들이 눈살을 찌푸리며 허구의 세계에 빠져들 수 있도록. 반면 현실을 다루는 신문은 정형화된 문장을 울타리처럼 둘러 사람들의 몰입을 거부한다. 문장의 패턴에 따라 비

극도 패턴이 된다. 알록달록 현실감을 덮어쓰기 위해 노력하는 허구
와 무미건조하게 탈색되기 위해 애쓰는 현실. 기묘한 가면무도회를
보는 것 같다.

  신문은 택배로 배달된 길쭉한 나무상자를 둘러싸고 있었다. 발신자
는 인천 연수구에 위치한 웰컴팩토리. 환영공장. 조현병 환자들과 마
약중독자들이 컨베이어 앞에서 조용히 나사를 조이는 장면이 연상되
는 이름이다. 지구를 형상화한 로고를 깨알 같은 글자들이 에두르고
있었다. '각종 해외 구매 대행, 빠르고 안전한 배송.'
  신문을 뜯어내다가 유독 이 기사에 눈이 간 이유는 얼룩 때문이었
다. 커피로 추정되는 갈색 얼룩이 기사 정중앙에 네잎클로버 모양으
로 말라붙어 있으니 외면할 도리가 없었다. 더군다나 이 상자는 상내
동 99-1번지에 사는 손안나씨에게 배달되어야 했다. 상매동 99-1번
지에 사는 내가 아니고. 언제나 이야기는 사소한 우연에서 시작된다.
우연은 변신에 대한 꿈이자 가능성, 필연적으로 시들어 떨어질 꽃들
위를 날아다니며 꽃가루를 옮기는 한 마리 나비이다.

  침대에 누워 기사를 찬찬히 다시 살펴본다. 누굴까, 이 남자는? 11월
말의 싸늘한 새벽에 휴장중인 낚시터엔 왜 갔을까? 혼자 갔을까? 원
인을 알 수 없는 불과 시신 한 구. 인체 자연발화나 창고 형태의 UFO
를 타고 왔다가 불시착한 외계인 설 등을 차치한다면, 이 경우는 사지
선다형 문제다.

① 실화로 인한 사고사 ② 사체 유기 후 방화 ③ 분신자살 ④ 방화 살인

　담당 형사는 현장에서 수집한 증거를 바탕으로 정답을 찾아나갈 것이다. ①이라면 사건은 '자나깨나 불조심'이라는 교훈을 되새기며 다소 싱겁게 종결된다. ②라면 우악스럽지만 효과적인 방법으로 증거를 인멸한 살인범을 쫓아야 한다. ③은 제 머리에 휘발유를 끼얹게 된 절절한 사연을 밝히는 선에서 정리될 테고. ④는 가장 확률이 떨어지는 만큼 상상의 여지가 풍부하다. 뼛속 깊이 사무친 원한부터 현대판 마녀사냥, 사이비 종교의 인신 공희, 조폭들의 세력 다툼, 불에 매혹된 사이코패스 등등. 어떤 경우든 사람을 산 채로 불태우는 건 제정신으로 할 수 있는 짓이 아니다. 범인은 아마도 악마의 손을 빌렸을 것이다. 혹은 신의 손을.
　신문지를 얼굴에 덮고 숨을 깊이 들이마셨다. 탑탑한 종이 냄새에 스며든 비릿한 잉크의 잔향. 이 냄새는 언제나 누런 모래언덕이 끝없이 이어지는 사막으로 나를 데려간다. 세상에서 가장 큰 캔버스가 내 앞에 펼쳐진다. 지금부터 이 문제의 풀이 과정으로 캔버스를 채워나갈 것이다. 화려한 라스베이거스가 건설될지 낙타 한 마리가 지키는 베두인족 천막이 들어설지는 아직 모르겠다. 기사를 통해 유추할 수 있는 건 이모 노인의 건강 상태가 매우 양호하다는 정도밖에 없다. 아무려나, 담당 형사와 달리 내 관심사는 정답이 아니니까.

1

지난밤부터 내리기 시작한 진눈깨비가 여전히 추적거리고 있었다. 저수지 가녘을 따라 긴 살얼음 위로 흰 레이스를 두른 것처럼 눈서리가 피었다. 이석은 껌을 질겅이며 지붕이 기우뚱하게 내려앉은 창고로 다가갔다. 소방관들은 이미 철수한 후였다. 외벽까지 꺼멓게 그은 걸 보니 출동해서 별반 한 일도 없는 듯했다. 주변을 난장판으로 만들어 귀중한 단서가 되었을 족흔을 모두 지워버린 것 외에는. 창고에 들어서자 매캐한 탄내와 함께 목구멍에 꺼끌꺼끌한 이물감이 들러붙었다.

"사람들이 왜 불가에 둘러앉는 걸 좋아하는지 아나?"

손전등 불빛으로 폐허를 휘젓고 있던 늙수그레한 화재 조사관이 물었다. 반평생 잿더미만 쫓아다녔을 그의 얼굴은 거무죽죽하게 주름져 있었다.

"불이란 놈은 경계를 허물고 죄다 하나로 만들어주거든, 클클클."

목에 낀 그을음 탓인지 웃음소리는 가르랑거리며 새어나왔다. 이석은 손전등을 켜 들고 주위를 둘러보았다. 그의 말대로였다. 네 벽을 둘러가며 쌓인 플라스틱 탁자와 의자, 파라솔, 어망, 똬리를 튼 밧줄, 우레탄 구명환, 손수레 등이 경계가 허물어진 채 엉겨붙어 있었다. 목탄 스케치를 손바닥으로 쓱 문질러놓은 듯한 풍경이었다. 폐허의 한

가운데 드러누운 변사체마저 우툴두툴하게 들뜬 바닥의 일부처럼 보였다.

이석은 사체 옆에 쪼그려앉아 라텍스 장갑을 꼈다. 머리털이 사라지고 이목구비가 녹아내린 얼굴에는 생김새라고 부를 만한 것이 남아 있지 않았다. 편편한 가슴팍과 사타구니에 도도록하게 눌어붙은 살덩이로 성별을 유추할 수 있을 뿐이었다. 체내 수분이 끓어오르며 발생한 수증기의 압력으로 전신에 칼침을 맞은 것처럼 열창이 벌어졌고 뱃가죽이 파열되어 드러난 내장까지 거무튀튀하게 그슬려 있었다. 두개골이 터지기 전에 불길이 잡힌 게 그나마 다행이었다. 원인을 알 수 없는 불과 시신 한 구. 사지선다형 문제였다.

"발화점 나왔습니까?"

화재 조사관의 손전등 불빛이 광선검처럼 허공을 가르며 다가와 사체의 가슴을 찔렀다.

"거기."

손전등 불빛이 구멍 뚫린 함석지붕을 향해 올라갔다.

"꽤 강한 불길이 치솟았어. 천천히 불이 번지며 뜨거운 가스층이 천장을 타고 퍼졌을 테고……" 불빛이 열린 쪽창으로 옮겨갔다. "산소도 적당히 공급됐으니 온도가 착화점을 넘어서는 순간, 플래시오버! 순식간에 불바다가 됐을 거야."

네 개의 보기 중 일단 실화로 인한 사고사는 제외했다.

"촉진제는요?"

"휘발유나 시너보다 훨씬 깔끔한 놈이야. 시료를 분석해봐야 하는데, 이렇게 홀랑 타버렸으니 큰 기대는 마시게."

이석은 손전등을 입에 물고 양손으로 사체를 조심스럽게 들어올렸다. 잘 구워진 페이스트리를 잡는 것처럼 손끝에 파삭하게 눌리는 감촉이 전해졌다. 바닥에 드문드문 재가 깔린 것으로 보아 처음부터 쓰러져 있던 상태는 아니었다. 손전등으로 콧구멍과 기도 안쪽을 비추자 꺼무스름한 그을음이 보였다.

"살아 있었네요."

"응."

사체 유기도 제외. 정답은 분신자살과 방화 살인 중 하나로 좁혀졌다. 이석은 사체 주변을 한 바퀴 돌며 바닥을 꼼꼼히 살폈다. 고개를 갸웃거리며 반대 방향으로 돌다가 발을 멈추고 다시 창고 내부를 둘러보았다. 머릿속에서 시간이 거꾸로 흘러갔다. 사방을 에워싼 불길이 천장으로 빨려들며 시커먼 폐허에 색이 입혀지고 경계가 생겼다. 천장 중앙에 모인 불덩이가 폭포수처럼 아래로 쏟아져내렸다. 숯덩이 사내가 부스스 몸을 일으켰다. 일렁이는 불꽃을 온몸에 휘감고 사내는…… 목구멍에 들러붙은 이물감이 단지 그을음만은 아닌 듯했다.

"예전에 베트남인가 어디서 분신한 스님 있었죠? 불길 속에서 가부좌를 틀고 앉은 사진을 어떤 밴드가 앨범 재킷으로 썼는데."

예상대로 화재 조사관의 답변은 지체 없이 나왔다.

"남베트남의 틱꽝득 스님. 독재 정권의 불교 탄압에 항거하는 뜻으로 소신공양을 했지. 근육이 다 타서 뒤로 넘어갈 때까지 신음소리 한번 내지 않았다더군. 밴드 이름은 레이지 어게인스트 더 머신."

"가능합니까, 그게?"

"수십 년 수행한 고승이니까. 물위를 걷는 것보다는 쉽지 않겠어?"

화재 조사관은 다시 가르랑거리며 웃었다. 이석은 두 마디만 남은 오른손 새끼손가락으로 귓바퀴를 긁작였다. 삼 년이 지났건만 깔끄러운 손톱을 대신하는 뭉툭한 살덩이의 감촉은 도무지 적응이 되지 않았다.

"잘 안 풀려요?"

서형사가 헛기침을 하며 창고로 들어섰다. 너무 곱상하게 보이는 인상 때문에 기르기 시작했다는 염소수염은 언제나처럼 곱게 다듬어져 있었다. 손목에 감긴 붕대에 희미하게 핏물이 내비쳤다.

"광견병 주사 맞았어?"

"미친개에 면역이 있잖아요. 누구 덕분에."

이틀 전 부유층 자제들의 마약 파티가 벌어지는 별장을 급습했을 때였다. 현장이 정리되어갈 무렵 식탁 밑에서 벌거벗은 남자가 컹컹 짖으며 네발로 뛰쳐나와 서형사의 손목을 덥석 깨물었다. 형사들이 달려들어 팔을 꺾고 머리채를 잡아당겼지만 남자는 희번덕이는 눈으로 침을 질질 흘리며 손목을 물고 늘어졌다. 권총 손잡이로 기절시켜 턱을 잡아 벌린 후에야 그 반인반수를 간신히 떼어낼 수 있었다. 서형사의 손목에선 초승달 모양으로 피가 솟았다.

'미친개'의 원관념과 보조관념이 합체된 광경을 이석은 흥미롭게 지켜보았다. 동물로 변신하는 건 어떤 기분일까? 정말 자신이 인간임을 완전히 잊을 걸까? 어떤 약을 얼마나 복용했는지, 혹시 동물의 종류도 선택할 수 있는지, 미친개에게 물어보고 싶은 게 많았지만 일찌 감치 치료감호소로 호송되는 바람에 기회가 없었다.

"주차장에 있는 흰색 아우디는 리스 차량이에요. 임차인은 한유철,

사십 세. 휴대폰이 꺼져 있어서 감식 끝나면 일단 끌고 가라고 했습니다."

이석이 손전등으로 사체의 얼굴을 비추자 서형사가 인상을 찌푸렸다.

"어금니 몇 대 때웠더라. 한유철 치과 기록 입수해서 같이 넘겨."

"예. 뭐 좀 나왔어요?"

"여기가 발화점, 살아 있었어."

"쯧, 주식으로 가산을 탕진하셨나?"

"주위에 라이터나 성냥의 잔해가 없어. 인화 물질을 담아 온 용기도 안 보이고."

서형사는 입을 벌리고 엄지와 검지로 입가의 수염을 쓸어내렸다.

"자살이 아니라면……"

"누군가 산 채로 불을 붙인 거지."

"하, 미드에나 나오는 장면인데."

"미드에 이런 것도 나오나?"

이석이 손전등으로 주위를 빙 둘러가며 비추었다. 서형사의 고개가 불빛을 따라 돌아갔다.

"보이지?"

"뭐가……"

"평온."

"예?"

"이 좁은 창고에서 몸에 불이 붙었다면 발버둥치느라 어디 한 군데 정도는 뒤죽박죽이 되는 게 정상이잖아. 수십 년 수행한 고승이 아닌 다음에야."

꺼멓게 엉겨붙긴 했지만 플라스틱 탁자와 의자, 파라솔, 어망, 똬리를 튼 밧줄, 우레탄 구명환, 손수레 등은 분명 그 자리에서 얌전히 불에 탄 모습이었다.

"묶어놨겠죠. 〈CSI〉 보니까 남미 갱단 애들은 타이어 뒤집어씌우고 불을 붙이던데."

"결박흔이 없어. 수증기로 생긴 열창 외에는 특별한 외상도 안 보이고."

서형사의 입술이 비스듬히 일그러졌다.

"그럼 뭐죠? 약물로 의식을 잃게 만들어놓고 태웠나?"

"가능하지. 그런데 굳이 왜 그런 수고를 했을까?"

"다른 곳에서 약물로 납치한 다음 여기로 끌고 온 게 아닐까요? 자살로 위장하려고."

"그 정도 성의라면 자살의 흔적도 남겨놓았겠지."

"그럼 증거를 인멸하기 위해서?"

"가능하지. 증거를 인멸하기 위해 밖에 자동차도 떡하니 세워뒀을 테고."

서형사는 미간에 주름을 잡고 팔짱을 꼈다.

"이상하긴 하네. 달리 짚이는 게 있어요?"

이석은 껌을 짓이기듯 꾹꾹 씹다가 고개를 좌우로 한 번만 저었다.

"글쎄, 불이 살해 도구가 되어야만 했나보지."

"여기서 마녀사냥이라도 벌어졌다는 건가요?"

"마녀사냥은 사람들에게 최대한 고통스러운 죽음을 보여주는 게 목적이야. 미리 기절시켜주는 자비는 어울리지 않아."

서형사는 다시 엄지와 검지로 수염을 쓸어내렸다.

"어느 쪽에 끼워도 딱 들어맞지를 않네요."

천장에 뚫린 구멍을 통해 진눈깨비가 숯덩이 사내의 몸 위로 점점이 떨어져내렸다. 입술이 사라지며 드러난 치아가 의뭉스런 미소를 머금은 것처럼 하얗게 빛났다. 이석은 서형사의 어깨를 두드리고 돌아섰다.

"미친개에 물리더니 영특해졌네. 정확히 맞혔어."

"예? 제가 뭘요?"

"어디에도 딱 들어맞지를 않아."

2

폐가에서 필로폰 복용한 회사원…… 광주교도소서 70대 재소자 목매달아…… 흉기로 여성의 엉덩이만 노린 엽기남 검거…… 게임 아이템 때문에 칼부림한 초등학생…… 동물병원 원장 흉기에 찔린 채…… 행인들에게 염산 뿌린 30대……

신문 사회면은 마르지 않는 영감의 원천이다. 어디선가 낯모른 채 살아가던 이모 김모 박모씨 들이 약에 취해 흐리멍덩한 눈으로, 목에 밧줄을 걸고, 손에 염산병을 든 채 불쑥 나타나 알은척을 한다. "어이, 내 얘기 좀 들어보겠나?" 아무 책이나 뒤적이다 마주친 기괴한 삽화처럼, 그들이 내보이는 삶의 절단면이 내밀한 호기심을 자극한다.

실제로 그들이 어떤 사람인지, 어떤 삶을 살아왔는지, 왜 그런 사건이 벌어졌으며 사회적으로 어떤 의미가 있는지 나는 전혀 알고 싶지 않다. 그런 자초지종은 굳이 내가 파헤치거나 추론하지 않아도 어차피 존재하는 현실일 뿐이니까. 현실은 이미 신의 상상력에 의해 창작된 작품이 아닌가. 그걸 다시금 시간과 노력을 들여 재현하는 건 신성모독 이전에 표절이다.

스파크, 그거면 충분하다. 사회면의 기괴한 삽화가 일으킨 스파크에 상상력을 땔감으로 밀어넣고 풀무질을 하면 세상에 없던 이야기가 화락화락 피어오른다. 우연의 신이 작정하고 장난을 치지 않는 이상 내 이야기가 그들의 실제 삶과 겹치는 일은 없을 것이다. 이모 김모 박모씨 들은 새로운 이름과 새로운 과거, 새로운 욕망을 부여받고 내가 만든 새로운 세상에서 환생한다. 괴테의 전언이 그 신세계의 복음이 될지니, "오직 왜곡된 환상만이 여전히 우리를 구원할 수 있다".

창가에 양초를 켰다. 심지를 중심으로 퍼지는 주홍빛 동심원이 좁은 방을 아늑하면서 경건한 분위기로 물들인다. 손가락 한 마디 남짓한 촛불은 신비롭고 탐욕스런 연인이다. 그 섬세한 흔들림에 눈을 빼앗기는 순간 불 이외에는 모두 잡념이 되고 마는 청명한 몽롱함……

털북숭이 원시인이 동굴 속에서 손으로 귀를 틀어막은 채 떨고 있다. 하늘에서 돌무더기가 쏟아지는 듯한 굉음이 잇따라 울렸다. 대기를 가르는 한줄기 섬광과 함께 동굴 앞의 나무에 괴상하게 생긴 새가 내려앉았다. 훅훅, 탁탁. 괴조는 사납게 우짖으며 붉은 날개를 이리저리 휘저었다. 달콤하고 시원한 열매를 선물해주던 나무가 꺼멓게 변해갔다. 죽은 엄마의 몸이 변해가던 것처럼. 원시인은 동굴에서 뛰쳐나와 괴조를 향해 달려들었다. 용감하게 손을 뻗어 붉은 날개를 붙잡는 순간 그는 외마디 비명과 함께 나자빠졌다. 손등의 털이 노린내를 풍기며 사라졌다. 처음 느껴보는 뜨거움. 두려움과 호기심이 그의 조막만한 뇌를 가득 채웠다.

원시인은 몰랐을 것이다. 그가 발견한 괴조가 어둠을 밝히고 동굴을 덥히고 맹수를 쫓아주리라는 것을. 음식을 익혀 먹음으로써 소화에 필요한 에너지를 절약해 뇌 용량을 획기적으로 증대시켜주리라는 것을. 그의 발견이 바야흐로 토기와 청동기와 철기와 증기기관과 원자폭탄과 디지털 시대로 이어지는 문명의 첫새벽이었다는 것을. 그 시절에 대한 향수는 동네 고깃집만 둘러보아도 쉽게 확인할 수 있으니, 돌도끼가 핵미사일로 진화했건만 우리는 여전히 불가에 둘러앉아 고기를 구워먹고 있다.

약 백오십만 년에 걸쳐 일어난 이 유장한 변화를 그리스인들은 늘 그렇듯 신들의 막장 드라마로 각색해놓았다. 프로메테우스가 제우스로부터 불을 훔쳐 인간에게 전해주었고, 화가 난 제우스는 그를 코카서스산에 묶어 독수리가 날마다 간을 쪼게 했고, 그래도 분이 풀리지 않아 판도라의 상자로 인간 세상을 초토화시켰다는 이야기. 문득 궁금하다. 그리스인들은 왜 제우스가 그토록 인간에게 불을 주길 꺼려 했다고 상상한 걸까? 아직 네이팜탄도 없던 시대인데.

네로 황제는 불타는 로마를 내려다보며 리라 반주에 맞춰 시를 읊었다고 한다. 이미 충분한 미치광이 폭군의 이미지에 미치광이 예술가 이미지를 덧씌운 유명한 일화이다. 정점에 이른 문명을 불살라 한 편의 시로 바꾸는 극단적 유미주의에 끌린 탓일까. 그때나 지금이나 사람들은 로마 대화재 당시 네로가 팔십 킬로미터 떨어진 안티움에 있었으며 즉시 돌아와 적극적인 구호 활동을 벌였다는 사실에 그다지 매력을 느끼지 못하는 것 같다.

일본 메이레키 대화재의 도화선은 혼묘지란 절에서 한 소녀의 원혼을 달래기 위해 태운 보라색 후리소데*였다. 때마침 불어온 바람이 불 붙은 후리소데를 낚아채 공중에서 몇 차례 휘젓고 놀다가 본당 지붕에 던져놓았다. 목조건물이 밀집해 있던 에도는 석 달 가까이 비가 내리지 않은 상태였다. 삽시간에 번진 불은 사흘 동안 도시의 삼분의 이를 잿더미로 만들고 십만 명 이상의 생명을 앗아갔다. 오키쿠라는 이름의 그 소녀는 상사병으로 죽었다고 전해진다.

불에 대한 이미지가 들불처럼 번져간다. 유럽의 중세를 공포로 몰아넣은 마녀사냥, 근로기준법 준수를 외치며 분신한 전태일 열사, 88서울올림픽 개막식에서 비둘기들을 태운 성화, 불길 속에 가부좌를 틀고 앉은 틱꽝득 스님, 적벽을 불바다로 만든 조조의 전함들, 어린이날 행해졌던 만화책 화형식, 불새가 되어 싸우는 독수리 오형제, 스스로 제 몸을 불사르고 잿더미에서 다시 태어나는 피닉스, 그리고 외진 낚시터 창고에서 한 남자의 생명을 앗아간 의문의 화재.

먼지와 빗물 자국으로 얼룩진 쪽창을 통해 불길에 휩싸인 남자가 보인다. 인간이 느낄 수 있는 고통의 최고치는 몸이 불에 타는 고통이라는 연구 결과를 본 적이 있다. 동서양을 막론하고 지옥에 불구덩이가 등장하는 데에는 다 이유가 있었던 것이다. 그런데 남자는…… 고통에 몸부림치지 않는다. 불에 타는 게 아니라 전신에 돋은 붉은 갈기가 휘날리는 것 같다. 한 사람, 옆에 또 한 사람이 있다. 샴쌍둥이처럼 불로 이어진…… 불, 괜찮은 시작이다.

---

* 긴소매의 화려한 기모노. 주로 미혼 여성들이 예복으로 입는다.

3

교차로의 신호가 바뀌었지만 꼬리물기를 하다가 뒤엉킨 차들은 움직일 생각을 하지 않았다. 이석은 왼손을 운전대에 걸쳐놓고 앞차 뒷유리에 붙은 스티커를 멀거니 바라보았다. '아기 천사가 타고 있어요.' 등에 앙증맞은 날개가 돋은 아기 천사가 공갈젖꼭지를 물고 방긋 웃었다.

부검 감정서는 사인이 화재사라는 것과 사체의 신원이 한유철임을 확인해주었을 뿐 새로운 내용은 없었다. 피부의 균열 외 외상 없음, 결박흔 없음, 약물 및 독극물 검사 결과는 음성. 참고 사항으로 사체의 손상 정도가 심해 확실히 단정하기 힘들다는 소견이 첨부돼 있었다. 화재 조사 보고서 역시 마찬가지였다. 사체 주변이 발화점으로 보이나 현장에서 수거한 시료로는 액체 가연물의 관여 여부를 판단할 수 없음. 유일하게 멀쩡한 단서인 차에서는 한유철의 지문만 나왔다.

한유철이 거주하던 반지하 단칸방은 스프링이 꺼진 매트리스와 행거, 소형 냉장고, 19인치 TV가 살림살이의 전부였다. 현관문 안쪽에는 각종 음식점 스티커가 머리에서 가슴 높이까지 다닥다닥 붙어 있었다. 옆방 대학생의 말에 따르면 종일 TV 소리가 들렸고 사람이 찾아오는 기척은 없었다고 했다. 욕실 수납장에는 약병이 가득했다. 비타민C, 멀티비타민, 오메가3, 코엔자임Q10, 셀레늄, 스쿠알렌, 콜라겐······ 운집한 건강 보조제 사이에 수면제와 비아그라가 은근슬쩍 끼어 있었다. 세면대 위의 거울은 표면이 고르지 않아 얼굴이 미세하게 어그러져 비쳤다.

한유철은 이 년 전까지만 해도 전도유망한 벤처기업의 CEO였다. 달걀 추출물로 만든 마스크 팩이 홈쇼핑에서 대박을 치며 급성장한 회사였다. 때마침 인 K뷰티 열풍을 타고 중국과 일본으로 사세를 확장하던 차에 조류독감이 동아시아를 덮쳤다. 달걀값은 천정부지로 치솟았고 폐기되어야 할 달걀이 화장품 제조업체로 흘러들었다는 괴소문까지 겹치며 회사는 손쓸 새도 없이 폭삭 망했다고 한다. 흰색 아우디가 영광의 시절을 상기시켜주는 마지막 트로피였으리라. 유치원생 아들을 혼자 키우고 있는 전 부인은 돈 때문에 이혼한 건 아니라고 강조했다.

"만성 폐쇄성 폐질환에 걸린 것 같다면서 병원 가서 CT 찍어보면 아무 이상이 없고, 얼마 후엔 루게릭병이 틀림없다고 해서 검사하면 또 멀쩡하고. 검사비로만 한 달에 삼백을 쓴 적도 있어요. '닥터 쇼핑'이란 용어를 그때 알게 됐죠. 자기가 계속 증상을 만들어내면서 의사도 못 믿겠다고 생떼를 쓰니 사람이 어떻게 살겠어요. 가뜩이나 허리띠 졸라매야 할 형편인데. 조심스럽게 신경정신과 얘길 꺼내면 길길이 뛰면서 들을 생각도 안 했어요. 나중엔 시어머니까지 합세해서 사람이 아프다는데 병원을 못 가게 한다, 남편 돈으로 호의호식할 때 언제고 이젠 미친놈 취급을 한다, 네년이 언젠가 본색을 드러낼 줄 알았다······ 정작 신경정신과는 내가 다녔다니까요."

자살의 징후는 없었냐는 질문에 그녀는 담배 연기를 한숨에 실어 내뿜었다.

"건강을 염려하는 게 스트레스가 돼서 자살했을 수도 있겠죠."

수사과장은 타살이라는 명확한 증거가 나오지 않으면 수사를 종결하라고 했다. 긁어 부스럼을 만들지 말라는 서장의 지시였을 것이다. 경기지방경찰청에서 삼 년째 이어오고 있는 살인사건 검거율 백 퍼센트 기록을 깨뜨린 주범으로 눈총받고 싶지 않을 테니까. 마침 추리소설 홍보 카피 같은 헤드라인을 걸고 매스컴에 대대적으로 보도된 직후였다. '완전범죄는 없다!' '살인범은 반드시 잡는다!'

가려우면 부스럼이 생기건 말건 박박 긁어대야 직성이 풀리는 이석은 물론 상부의 지시 따위 아랑곳하지 않았다. 하지만 그로서도 비빌 언덕이 없었다. 현장은 잿더미가 됐고 한유철 주변을 샅샅이 뒤졌지만 딱히 의심을 살 만한 원한 관계는 발견하지 못했다. 탐문 결과만 보면 자살 쪽에 무게가 실리는데 현장 정황은 얘기가 다르고, 그렇다고 타살로 몰아갈 증거나 동기는 안 보이고. 잘못 출제된 문제 앞에서 볼펜 뚜껑만 씹고 있는 기분이었다. 뭘까? 최후의 발악이 소거된 죽음의 현장이 자꾸만 그의 귓바퀴를 간질였다.

"빵! 빵!"

뒤에서 경적 소리가 짜증스럽게 울렸다. 아기 천사가 저만큼 멀어져 있었다. 잠시 풀렸던 교차로는 다시 차들의 급류로 엉키기 시작했다.

"인간이 너무 많아. 인간이."

이석은 혼잣말을 뱉으며 차를 출발시켰다.

4

"배고파? 짜장면 시킬까?"

"좀 이따가."

"참, 오늘 낮에 형사가 왔었다."

"어머, 무슨 일로?"

"옆방에 히키코모리 아저씨 산다고 했잖아. 죽었대."

"정말? 옆방에서?"

"아니, 밖에서. 어떻게 죽었냐고 물어봤는데 대답을 안 해주더라. 자살했나? 아냐, 자살이면 그렇게 꼬치꼬치 캐묻지 않았을 거야."

"뭘 물었는데?"

"외출은 자주 했냐, 방문객은 없었냐, TV는 주로 뭘 켜놨냐, 그런 시시콜콜한 거. 형사 처음 봤는데, 와, 진짜 눈빛이 다르긴 다르더라. 내가 죽인 것도 아닌데 자꾸 말을 더듬게 되더라니까."

"노트북에 불법 야동을 잔뜩 담아놓으니까 그렇지."

"다 지웠어."

"뺑치시네."

"진짜야. 아까."

"정말? 왜?"

"그냥…… 질문하는 동안 다른 형사가 방을 뒤지는 걸 보는데, 기분이 그렇더라. 나도 어느 날 갑자기 죽을 수 있는 거잖아."

"또 뻘소리 한다."

"왜, 인터넷 찾아보니까 작년에 우리나라 하루 평균 사망자 수가 칠백 명이 넘는대. 뉴스를 봐. 교통사고에 묻지 마 살인에 환풍구 덮개가 꺼져 죽고 옥상에서 초딩이 던진 벽돌에 맞아 죽고, 나라고 그런 일 당하지 말란 법 있어?"

"그래서, 너 죽으면 형사들이 와서 야동 발견할까봐 지운 거야?"

"어, 노트북도 뒤질 거 아냐. 죽은 후에 그런 게 까발려지는 상상을 하니까 완전 쪽팔리더라고."

"그래서 방도 이렇게 깨끗이 치웠어?"

"꼭 그런 건 아니고, 너도 오기로 해서 겸사겸사."

"옆방 아저씨가 좋은 일 하나 하고 갔네."

"그래서 말인데……"

"뭐?"

"그런 생각을 하다보니까……"

"얘기해."

"우리 하자."

"안 돼. 약속했잖아, 최소한 한 학기는 만나보고 결정하기로."

"시간이 뭐가 중요해, 느낌이 통하면 된 거지. 인생은 너무나 가변적이야. 우리에겐 더 전향적이고 감각적인 삶의 태도가 필요하다고."

"아쭈, 멘트까지 준비했네. '전향적'이 무슨 뜻인지는 알아?"

"어떤 대상에 대한 태도가 긍정적인."

"준비한 거 맞네."

"하자."

"싫어."

"정말 안 되겠니?"

"응."

"나 동정으로 죽을지도 모르는데."

"짜장면이나 시켜. 갑자기 배고프다."

5

처음엔 죽은 남자를 주인공으로 단편소설을 쓸 생각이었다. 평범한 일상을 살아가던 사십대 가장의 괴이한 죽음. 그 비밀을 밝히는 과정에서 친근하지만 형체가 없는 '평범'과 껄끄럽지만 압도적 실체로서 상존하는 '죽음'이 불을 통해 합쳐지는 과정을 그려보고 싶었다. 하지만 어지럽게 떠오른 불의 이미지를 담기엔 스토리가 너무 밋밋했다. 어차피 제작비가 추가되는 것도 아니니 판을 좀 키워보는 게 어떨까. 낚시터 창고의 괴이한 죽음을 미끼로 던져놓고 몰려드는 이야기들을 따라가보는 것이다.

어렴풋이 첫 장면의 이미지가 떠오른다. 추적이는 진눈깨비, 저수지 가녁을 따라 긴 살얼음 위로 흰 레이스를 두른 것처럼 핀 눈서리, 껌을 질겅이며 지붕이 기우뚱하게 내려앉은 창고로 다가가는…… 형사. 사건을 확장하고 인물들을 교차시키자면 현장에 출동한 형사의 시점으로 시작하는 게 좋겠다.

어떤 형사를 만들어볼까? 이름과 나이, 외모 같은 기본 사항부터 성격, 취미나 버릇, 인생관과 윤리관, 가족 관계, 대인 관계, 직업의식, 밤에 꾸는 꿈까지, 한 인간이 태어나 성장하면서 자연스럽게 갖춰가는 요소들을 단번에 찍어내는 것이니만큼 세심한 주의가 필요하다.

무대에 등장한 마리오네트가 온몸에 깁스를 한 것처럼 뒤뚱거리면 인형극은 웃음거리가 될 뿐이다. 만든다고 했지만 사실 이 작업은 창조라기보다 심령술에 가깝다. 나는 수정 구슬을 통해 미래의 책 속에서 살아 움직이는 인물들을 본다. 내 역할은 아직 태어나지 않은 그들의 영혼과 접신해 내세를 알려주는 것이다. 자, 곧 태어날 당신의 키는……

형사는 백팔십삼 센티미터의 키에 다부진, 아니 호리호리한 체격을 가진 마흔한 살의 남자다. 길쭉한 콧대는 끝이 뭉뚝하게 잘렸고 불필요한 표정을 차단하겠다는 듯 얇은 입술이 일자로 맞물려 있다. 움쑥한 눈두덩에 박힌 각진 눈은 형사라는 선입견만 버리면 그윽하게 보이기도 한다. 강렬한 첫 느낌은 없지만 어떤 역을 맡건 전문가다운 면모를 풍기는 배우처럼 지적이고 집요한 인상을 준다.

그는 하루 두 갑씩 피우던 담배를 얼마 전에 끊었다. 이십대 강도 상해 용의자를 추격전 끝에 놓친 직후였다. 직업상 그의 주머니에는 여전히 담배와 라이터가 상비돼 있지만 유혹으로 느낀 적은 없다. 대신 껌을 자주 씹고 종이컵의 테두리를 잘근잘근 씹는 버릇이 생겼다. 잠깐, 자세히 보니 오른손 새끼손가락 끝마디가 없다. 손가락 한 마디만큼 좌우의 균형이 흐트러진 민완 형사. 이름은 글을 써가면서 저절로 떠오르는 경우가 많으니 임시로 '이석'이란 태명을 붙여놓자. 특별한 의미는 없다. 목운동을 하다가 책장에 꽂힌 *Between Two Stones* 란 책이 눈에 들어왔을 뿐.

겉모습은 얼추 만들어졌으니 관절을 움직일 수 있도록 실을 매달 차례이다. 우선 시 외곽에 위치한 그의 원룸아파트를 방문해보자. 현관에 들어서니, 이런…… 너무 깔끔하다. 중년에 접어든 홀아비 강력계 형사의 사는 꼴에 대한 예측은 여지없이 빗나간다. 퀸 사이즈 침대와 붙박이 옷장이 있는 침실 영역, 책장과 TV와 소파가 있는 거실 영역, 싱크대와 아일랜드 식탁이 있는 주방 영역, 온통 메탈과 블랙 우드 일색에 수평 – 수직의 조화를 훼손하는 물건은 하나도 눈에 띄지 않는다. 대신 곳곳의 수납장에 각종 생필품과 집기가 테트리스 게임처럼 빼곡히 채워져 있다. 책등이 나란히 맞춰진 책장과 사각 밀폐용기가 차곡차곡 쌓인 냉장고까지 확인하고 나면 슬슬 의심의 눈초리를 보낼 수밖에 없다.

하지만 의심의 눈초리는 오래가지 않는다. 바닥에 굴러다니는 머리카락과 틈새마다 처박힌 먼지 덩어리, 식탁에 말라붙은 음료수 얼룩, 화장실 타일에 낀 누런 물때를 발견하는 데 대단한 관찰력이 필요한 건 아니니까. 그는 청소를 싫어한다. 현관 수납장에 테트리스 일자 블록처럼 자리잡은 진공청소기를 꺼내는 일은 일 년에 서너 번이 고작이다. 그럼에도 그의 보금자리가 깔끔하게 유지되는 이유는, 당연한 말이지만, 어지르지 않기 때문이다.

재작년 이곳으로 이사할 때 그는 세 번의 비번을 할애해 짐을 정리했다. 살면서 추가된 물건 역시 심사숙고 후 제자리를 찾아주었다. 새로 산 책 한 권을 원하는 위치에 꽂느라 책장 전체를 다시 정리한 일도 있었다. 재차 의심의 눈초리를 보낼 수 있지만 그로서는 가장 편안한 시스템을 추구할 뿐이었다. 모든 물건을 적합한 위치에 배치하고 꺼내 사용하면 다시 그 자리에 돌려놓기. 이 단순한 규칙 하나로 그의 소박한 코스모스는 언제나 태초의 모습 그대로 유지되었다. 그리 어려운 일도 아니었다.

　다음은 직장으로 가보자. 근속 연수와 그간의 굵직굵직한 검거 실적에도 불구하고 그의 호칭은 팀장이나 계장이 아닌 형사에 머물러 있다. 번번이 승진에서 미끄러진 이유는 집중력 탓이었다. 그는 특정 사건에 꽂히면 열추적 미사일처럼 모든 역량을 오로지 범인을 잡는 일에 집중했다. 그 과정에서 절차와 규정을 무시하고 상부의 지시를 묵살하기 일쑤이며 다양한 기물 파손과 직권남용으로 민원을 유발하고 용의자건 목격자건 피해자건 으르고 협박하는 짓을 서슴지 않았다. 그간 받은 징계들과 유야무야 넘어간 징계 사유들을 나열해본다면 형사 호칭이나마 유지하고 있다는 사실이야말로 그가 뛰어난 형사라는 증거였다.

　이런 고도의 집중력은 정의감이나 사명감의 과잉이 아닌 학구열에 가까웠다. 그는 스스로를 형사라기보다 아마추어 인류학자로 여겼다. 세부 전공은 종말학. 그가 꼽는 가장 유력한 인류 멸망 원인은 돌연변이 바이러스 확산에 의한 자멸이었다. 충동을 조절할 줄 모르고 이유 없이 동족을 공격하는 돌연변이들은 인간 생태계의 무질서도를 보여주는 지표생물이었다. 최근 들어 학술적 가치가 높은 희귀한 표본들이 급증하는 추세였다.

　이따금 그는 잘 정돈된 지저분한 방에서 혼자 코냑을 홀짝이며 생각한다. '대체 꿈은 어디서 만들어지는 걸까?' 그는 매일 밤 꿈을 꾼다. 두개골 안쪽에 들러붙어 개운한 기상을 방해하는 괴상망측한 꿈들을. 그의 보금자리에서 유일하게 정리가 안 되는 부분이었다.

6

늦겠어. 빨리 가야 하는데. 교차로의 신호가 파란불로 바뀌었다. 옆차선의 차들이 속도를 높여 달리기 시작하는데 앞차가 움직이지 않았다. '천사가 타고 있어요.' 곱슬머리 천사가 날개로 몸을 감싸고 골똘히 생각에 잠겨 있었다. 빵! 경적을 울렸지만 앞차는 꿈쩍도 하지 않았다. 빵! 빵! 여전히 움직일 생각을 안 했다. 빵! 빵! 빵! 뭐하는 거야? 차에서 내려 앞차로 다가갔다. 시커먼 운전석 유리가 내려가면서 머리 위에 둥둥 떠 있는 헤일로와 황금빛 미러 선글라스가 나타났다. 화르륵화르륵, 천사의 하얀 날개가 불타고 있었다.

"왜 그러시죠?"

"신호 바뀌었는데 왜 안 갑니까?"

"어딜 가요?"

"댁이 어딜 가는지 내가 알 게 뭡니까. 바쁘니까 얼른 차 빼요."

불길이 하늘하늘한 잠옷과 긴 머리칼로 번졌다. 천사는 커다란 솜사탕 같은 불덩이에 휘감긴 채 고개를 갸웃거리며 물었다.

"형사님은 어딜 가는데요?"

와락 짜증이 치밀었다.

"내가 어딜 가는지 댁이 알 게 뭡니까. 바쁘니까 얼른 차 빼요!"

"어딜 가세요, 바지도 안 입고?"

아래를 내려다보았다. 도널드 덕이 그려진 트렁크 팬티에 번쩍이는 구두만 신은 채였다. 창피하게 이게 무슨 꼴이람. 팬티에 프린트된 도널드 덕들이 일제히 몸을 배배 꼬며 웃었다.

"꽥! 꽥! 꽥! 꽥! 끽! 꽥! 꽥! 깍! 꽥! 꽥! 꽥! 꽉! 꽥! 꽥!"

꽥꽥거리는 소리가 점점 커지더니 별안간 천둥이 울렸다. 지진이 난 것처럼 땅이 흔들렸다. 뒤쪽 교차로에서 아스팔트가 원형으로 꺼지며 달리던 차들을 집어삼켰다. 뿌연 흙먼지 속에서 사람들의 비명이 터져나왔다. 다시 천둥과 지진, 이번에는 도로변의 편의점이 통째로 사라졌다. 여기저기 싱크홀이 입을 벌리고 찐득한 한숨을 내뿜었다. 벌집이 된 왕복 8차선 도로가 힘없이 허물어져내렸다. 분화구처럼 뚫린 거대한 구멍에서 솟아오르는…… 큰일났네. 이러다 늦겠어. 품에서 권총을 뽑아 천사의 이마를 겨누었다.

"빨리 차 빼! 파란불이잖아!"

동그란 황금빛 렌즈에 비치는 두 개의 얼굴이 제각각 일그러졌다. 왼쪽은 손을 입에 문 채 아래턱을 덜덜 떨었고 오른쪽은 입술을 비틀며 냉소를 머금었다. 엉망이야. 전부 엉망진창이야. 불타는 천사의 왼쪽 귀에서 뱀이 기어나왔다. 가느다란 검은 몸통에 빨간 줄무늬를 두른 뱀. 빨간 몸통에 검은 줄무늬인가? 꾸물꾸물 기어 천사의 목을 한 바퀴 휘감은 뱀은 자신의 꼬리를 물고 목걸이처럼 매달렸다. 천사의 얼굴이 촛농처럼 녹아내리기 시작했다. 뺨에 구멍이 뚫리며 아말감으로 때운 어금니가 들여다보였다. 천사는 불덩이 속에서 빙그레 웃으며 물었다.

"형사님, 어딜 가는데요?"

7

이석은 이불 밖으로 손을 뻗어 협탁 위의 MP3 스피커를 켰다. 하버드대학교에서 진행된 달라이 라마의 티베트어 강연이 흘러나왔다. 억양의 변화는 거의 없으면서 깔끄러운 쇳소리가 섞여 있어 기상나팔로 안성맞춤이었다. 얼마 전까지 사용한 아르메니아어 초급 회화는 감정 표현이 풍부한 탓에 너무 쉽게 귀에 익었다. 단어 하나 모르면서 함께 대화를 나누는 기분이랄까. 개운하게 하루를 시작하기 위해서는 생경한 언어로 두개골 안쪽에 들러붙은 꿈의 잔상을 씻어내야 했다. 간밤에도 몇 개의 뒤숭숭한 꿈이 잠자리를 들락거렸다.

암막커튼을 열어젖히자 투명한 초겨울 햇살이 눈을 찔렀다. 달래산 등성이 너머에서 시커먼 연기가 뭉클뭉클 솟아오르고 있었다. 바람을 타고 아파트 단지 상공을 내달리는 연기는 희푸른 하늘에 합성한 컴퓨터그래픽처럼 보였다. 화재 지점을 어림해보았지만 근처에 유독가스를 생성할 만한 시설물은 떠오르지 않았다.

이석은 스트레칭으로 밤사이 굳은 관절과 근육을 풀어준 후 팔굽혀 펴기, 윗몸일으키기, 스쾃 순으로 오십 개씩 세 세트를 반복했다. 등판에서 촉촉하게 땀이 배어났다. 사십삼 분. 몸이 무지근한 탓에 평소보다 시간이 조금 더 걸렸다. 옷을 벗고 욕실로 들어가던 이석은 창밖을 돌아보았다. 잿빛으로 농도가 옅어지긴 했지만 연기는 여전히 올라오고 있었다.

숨을 헐떡이는 불덩이, 불타는 날개, 녹아내리는 얼굴, 목에 걸린 뱀, 죽음의 천사…… 뜨거운 물줄기 아래서 눈을 감고 있는데 기괴한 이미지들이 머릿속을 어지럽게 떠돌았다. 잠을 깨기 직전 마지막 꿈이었던 것 같다. 산너머 화재 때문에 되살아난 건가? 달라이 라마의 티베트어 법문에도 완전히 퇴치되지 않은 걸 보면 보통내기가 아니었다. 이석은 샴푸를 손에 덜어 머리통을 벅벅 문질렀다.

냉장고의 밀폐용기들을 뒤져 선택한 점심 메뉴는 채끝등심 이백 그램, 빨강과 노랑 파프리카 각 반쪽, 새송이버섯 두 개였다. 이석은 세 가지 식재료를 전부 깍두기 크기로 손질해 올리브유를 두른 프라이팬에 올렸다. 열두시부터 네시까지의 영역에는 새송이버섯을, 네시에서 여덟시 영역은 파프리카, 여덟시부터 열두시는 등심. 음식이 익어가는 사이 즉석밥과 김치를 꺼내 상을 차리고 IPTV에서 무료 영화를 훑다가 〈그 남자는 거기 없었다〉라는 작품을 골랐다. 영화는 무표정한 이발사의 내레이션으로 시작되었다.

이렇게 이발소에서 일하지만 내가 이발사라고 생각한 적은 없다. 어쩌다보니…… 밥, 등심, 파프리카…… 도리스와 나는 매주 한 번 교회에 갔다. 주로 화요일 밤에…… 버섯, 김치, 밥…… 정찰중에 실종된 어니 브래그를 찾았지. 일본군들이 녀석의 시체를 먹고 있었…… 등심, 밥, 김치…… 저녁이 형편없을 때 내가 뭐라고 하지? 뭐라고 해? 또 어니 브래그야? 하하하.

이석은 수저를 놓았다. 이발사와 뚱보 사내가 심각한 표정으로 대화를 나누고 있었다. 저 뚱보가 누구였더라? 눈만 TV를 향하고 있었을 뿐 영화 내용은 거의 머리에 들어오지 않았다. 이유는 명백했다. 밥과 김치, 버섯, 파프리카, 등심을 불규칙한 순서로 먹는 일에 온통 신경을 쏟았기 때문이다. 무언가를 매번 불규칙한 순서로 한다는 건 상당한 주의력을 요하는 작업이었다. 그렇게 하는 이유 역시 명백했다. 자신이 밥과 반찬들을 규칙적인 순서로 먹는다는 사실을 의식하고 싶지 않았기 때문이다. 이발사가 편지칼로 뚱보의 목을 찔렀다. 이유는 모르겠지만.

이석은 프라이팬을 다시 가스레인지에 올리고 불을 최대로 키웠다. 불꽃이 프라이팬을 삼켜버릴 듯 입을 한껏 벌렸다. 남은 밥과 김치를 던져 넣고 나무주걱으로 마구 휘저었다. 별 기대는 없었는데 볶음밥은 제법 먹음직스럽게 보였다. 등심이 먼저 타들어가기 시작할 무렵 휴대폰이 울렸다. 서형사가 비번인 날 전화하는 건 둘 중 하나였다. 큰 사건이 터졌거나 버튼을 잘못 눌렀거나.

"형님, 지금 들어오셔야겠습니다."

"무슨 일인데?"

"아침에 달래산 밑에 있는 고물상에서 불이 났어요. 폐타이어 더미가 타서 일대가 시커먼 연기로 뒤덮였잖아요."

이석은 고개를 돌려 창밖을 보았다. 연기는 더이상 올라오지 않았지만 희푸른 하늘을 가로지르는 잿빛 기운이 희미하게 남아 있었다.

"그런데?"

"근처에 혼혈 남자애 하나가 쓰러진 채 발견됐어요."

"죽었어?"

"아뇨, 그냥 기절한 거예요."

"그래서? 내가 우황청심환이라도 사 갈까?"

"얘 배낭에서 한유철 면허증이 나왔어요."

프라이팬을 뒤적이던 나무주걱이 멈췄다.

"그건 왜 가지고 있대?"

"모르죠. 곧장 병원으로 실려갔어요."

"신원은 밝혀졌어?"

"아뇨. 정작 본인 신분증이 없어요."

"화재는 뭐야? 방화래?"

"형님, 그게 문제가 아닙니다. 걔 배낭에서 신분증 두 개가 더 나왔어요."

몸을 움츠리며 타들어가는 파프리카와 버섯과 등심은 점점 분간이 되지 않았다. 이석은 손을 뻗어 가스레인지 불을 껐다.

"신원 조회를 했더니 둘 다 지난달에 사망했더라고요. 인천하고 속초에서, 한유철과 똑같이 화재 현장에서 소사체로 발견됐어요."

8

소설의 얼개를 짜다보면 의식의 사각지대에서 불쑥 튀어나와 멋대로 배역을 꿰차는 인물이 있다. 막 등장한 이 혼혈 소년처럼. 이렇게 자생적으로 태어난 이들에겐 내 심령술이 통하지 않는다. 아무리 수정 구슬을 들여다봐도 미래는커녕 생김새마저 모자이크 처리된 것처럼 뿌옇게 나온다. 뭐, 나쁘지 않은 징조다. 이야기 생태계가 건강하게 살아 움직인다는 증거이니까. 이런 인물은 스스로 갈고닦는 자수성가 타입이라 크게 품이 들 일도 없다. 지켜보면서 적당히 잔손질만 해주면 된다. 어차피 실이 매달려 있지 않아 마음대로 조종할 수도 없으니.

얼굴을 익힐 겸 소년이 실려갔다는 병원으로 가보자. 알싸한 소독약 냄새만이 복도를 서성이는 한밤의 병동. 복도 중앙의 스테이션에서 당직 간호사가 컴퓨터에 무언가를 열심히 입력하고 있다. 소년의 입원실을 모르지만 그녀를 방해할 필요는 없다. 저기 복도 끝에 접이식 의자에 걸터앉아 꾸벅꾸벅 졸고 있는 순경이 있으니까. 소년은 아직 이름을 갖지 못한 탓에 병실의 아크릴 명패는 비어 있다. 순경이 깨지 않도록 조용히 병실 문을 열었다.

취침등이 켜진 병상에 작은 체구의 소년이 잠들어 있다. 덥수룩한 곱슬머리에 연갈색 피부, 긴 속눈썹. 열예닐곱 살쯤 되었을까? 창고에 오래 처박아두어 먼지가 쌓이고 퇴색한 인상이지만 혼혈 특유의 오묘한 매력이 엿보인다. 동남아시아 쪽은 아니고 인도나 파키스탄 혈통이 섞인 듯했다. 부모 중 한쪽을 인도양 연안에서 데려오는 스토리를 첨가해야 하는데 어느 쪽이 좋을까? 판이 점점 더 커진다.

혼혈 소년에 대한 기억이라면 초등학교까지 거슬러올라가야 한다. 반곱슬의 밤색 머리칼, 검은 스웨터에 낡은 청바지를 유니폼처럼 입고 다니던 애였다. 초등학생답지 않은 깊은 눈을 가졌고 잘 웃고 축구도 잘했던 걸로 기억한다. 얼굴의 얼룩덜룩한 느낌은 마른버짐이었던 것 같다. 그날 무슨 일로 꼭두새벽에 아버지의 용달차를 타고 동네를 지났는지 모르겠다. 나는 그애가 커다란 단독주택의 대문 층계에 쪼그려앉아 있는 모습을 보았다. 두툼한 신문 뭉치가 옆에 놓여 있었고 손에는 그 집에서 전날 내놓은 것으로 보이는 중국집 그릇을 들고 있었다. 대문 위에 달린 방범등이 허겁지겁 젓가락질하는 소년의 모습을 무심하게 비추었다. 헤드라이트 불빛이 다가오자 고개를 돌리며 스웨터 소매로 입가를 훔치던 모습이 지금도 생생하다. 이 소년은 그 오래된 풍경을 빌려 튀어나온 걸까?

조심스럽게 이불을 걷어보았다. 풍신한 환자복 아래로 왜소한 몸뚱이의 윤곽이 드러나 보였다. 왼 팔뚝에 감긴 붕대 외에 다른 외상의 흔적은 없었다. 오른쪽 팔소매 밑에도 화상 흉터가 고개를 내밀고 있지만 최근에 생긴 건 아니었다. 고른 숨소리를 흘리며 세상모르고 자는 걸 보니 그리 위독한 상태는 아닌 듯했다. 이불을 다시 덮어주었다. 날이 밝으면 소년은 경찰서로 이송돼 커다란 반사유리가 붙은 방

에서 이석 형사와 마주앉게 될 것이다. 소년은 그에게 이야기를 들려
주어야 한다. 나와는 달리 진짜 이야기를.

9

  백현산, 남, 38세. 인디밴드 '스톡홀름 신드롬'의 기타리스트 겸 보컬로 활동. 2005년 대마초 상습 흡연으로 징역 팔 개월에 집행유예 이 년 선고. 이듬해 다시 메스칼린 복용이 적발되어 청주교도소에서 일 년 복역. 출소 후 낙원상가 중고악기점에서 근무하던 중 손님과 주먹다짐, 쌍방 합의로 공소권 없음 처분. 이후 서울과 인천 일대를 전전하며 노숙 생활. 지난 11월 10일 인천 십정동 재개발구역 내 화재 현장에서 시신으로 발견.

  장마리, 여, 37세. 개명 전 이름은 장민철, 남. 1999년 병역거부로 안양교도소에서 일 년 육 개월 복역. 2007년 일본에 관광비자로 입국해 신주쿠 뉴하프 클럽에서 호스티스로 일하다가 2012년 강제 추방됨. 같은 해 태국에서 성전환 수술을 받은 후 법원에 성별 변경 및 개명 신청. 2014년 속초에 바 '키메라' 개업. 속초의료원에서 위세척 1회, 손목 봉합 수술 1회. 지난 11월 21일 키메라 화재 현장에서 시신으로 발견.

  "백현산은 사고사, 장마리는 자살로 처리됐네?"
  이석은 두 개의 파일을 교대로 뒤적이며 서형사에게 물었다.
  "정황이 그래요. 타살을 의심할 만한 물증도 안 나왔고."

백현산은 '내실'이라고 표기된 방 한가운데 널브러져 있었다. 옆에는 철제 페인트 통과 장작의 잔해가 남아 있었다. 별다른 연소 촉진제가 검출되지 않아 폐상가에서 불을 피워놓고 잠들었다가 변을 당한 것으로 종결됐다.

　　"장마리는 알코올중독에 우울증, 자살 시도까지 몇 차례 있었어요. 마침 현장엔 술병과 담배꽁초, 라이터가 어질러져 있었고."

　　장마리는 쓰러진 체스 말처럼 흑백 타일을 대각선으로 가로지르고 있었다. 주위의 테이블과 의자, 카운터에 놓인 도자기 인형들은 쓰러지지 않고 그대로 불에 탄 모양새였다. 발화 지점은 시신 부근, 연소 촉진제는 현장의 독주일 것으로 추정되었다.

　　두 사람 모두 화재 발생시 살아 있었으며 외상이나 결박흔은 없었다. 한유철과 차이가 있다면 약물 검사에서 백현산은 메스칼린 성분이, 장마리는 0.183퍼센트의 알코올과 항우울제 성분이 검출됐다는 점인데 둘의 전력을 감안하면 큰 의미를 두기 어려웠다.

　　"세 사람 사이에 연결 고리는 없어?"

　　"없어요. 생활 반경도 이력도 제각각이에요."

　　방화범이 연쇄살인마로 진화하는 경우는 종종 있지만 방화를 이용한 연쇄살인은 세계적으로 희귀한 케이스였다. 강력한 성적 충동을 동기로 짐작해볼 수 있는데 희생자의 면면을 봤을 때 가능성은 희박했다. 외진 장소만 택한 걸 보면 열등감이나 사회적 불만의 폭발과도 거리가 멀었고, 예술가인 양 우쭐대며 희생자들을 전시하는 자아도취 성향 역시 보이지 않았다. 범인은 오히려 단순 화재 사고들 틈에 은근슬쩍 묻어가고 싶었던 것 같다. 세상이 알아주건 말건 자신은 순수하게 살인만 즐기겠다는 듯이.

죽음의 천사. 이석의 머리에 다시금 그 단어가 떠올랐다. 그 찜찜한 꿈이 예지몽이었나? 삼십여 명의 환자를 살해한 간호사 찰스 컬런이 밝힌 범행 동기는 그들을 고통에서 해방시켜주고 싶다는 것이었다. 간병인 제인 토팬은 마지막 숨을 몰아쉬는 환자를 꼭 끌어안는 기쁨 때문에 서른한 명을 죽였다고 자백했다. 아픈 아이들을 돌보고 싶다는 간호사 지닌 존스의 꿈은 영유아 사십여 명의 죽음으로 이어졌다. '죽음의 천사'로 분류되는 연쇄살인범들은 자기부정에 빠져 신의 대리인을 자처하는 악마들이다.

이 세 사람도 죽음의 천사의 희생양이 아닐까? 약물중독 노숙자, 우울증 트랜스젠더, 불안장애 실직자. 언제 자살해도 이상할 게 없는 사회 부적응자들을 시혜라도 베풀듯 피안의 세계로 인도한 게 아닐까? 의료계 종사자였던 선배들과 달리 이자는 심리적 불치병 환자들을 해방시켜주는 주술사 역할을 한 것이다. 불을 사용한 건 주술적 의식에 따른 행위였을 테고, 이 의식을 강압이 아닌 자발적 갱생처럼 보이도록 특수한 약물을 사용했다면……

"거, 재밌는 놈이네."

언제 들어왔는지 수사과장이 옆에서 한숨을 쉬었다.

"너는 재밌냐, 이게?"

수사과장은 막 벗어지기 시작한 이마 위로 안경을 밀어올리고 병원에서 보내온 사진을 노려보았다. 덥수룩한 곱슬머리의 혼혈 소년이 병상에 누워 있었다.

"모르겠다, 요샌. 예전엔 몽타주만 보면 딱 감이 왔는데 요새 들어

오는 놈들은 모르겠어. 이게 괴물인지, 인간인지, 괴물 같은 인간인
지, 인간 같은 괴물인지."

"하이브리드 시대잖아요."

이석의 대꾸에 수사과장은 다시 한숨을 쉬었다. 서형사가 사진을
넘겨받았다.

"얘가 한 짓은 아니겠죠?"

"왜, 전형적인 연쇄살인범 몽타주인데. 눈 둘, 코 하나, 입 하나."

이석의 빈정거림을 무시하고 서형사는 골똘히 생각에 잠겼다.

"제가 보기엔 말이죠, 멘토 역할을 하는 주범이 따로 있습니다. 얘
는 따라다니며 시키는 대로 하는 추종자이고. 둘은 주종 관계인 동시
에 방화에 대한 망상을 공유하는 소울메이트일 겁니다."

"〈크리미널 마인드〉 많이 봤구나. 그 가상의 멘토는 왜 소울메이트
이자 충성스런 따까리를 희생자로 삼으려 했을까?"

"이런 추종자는 주범을 신처럼 숭배해요. 신이 벌을 내리는 경우는
십중팔구 불경죄죠. 함께 지내던 중에 그의 실망스러운 모습을 목격
하고 신앙에 금이 간 게 틀림없어요. 취조 과정에서 그 부분을 파고든
다면 의외로 술술 털어놓을 겁니다."

이석은 휘파람을 불며 서형사의 손에서 사진을 낚아챘다.

"얘 상태는 어때?"

"의식은 회복했고, 팔에 2도 화상을 입었는데 그렇게 심하지는 않
답니다. 병원에선 며칠 지켜보자는데 일단 내일 데려오기로 했어요."

수사과장이 이석의 어깨에 한 손을 올리고 안마하듯 주물렀다.

"석아, 이거 실화면 임팩트 크다. 서장님한테 보고했더니 대번에

눈이 희번덕하더라."

　이석은 듣는 둥 마는 둥 소년의 사진만 뚫어지게 들여다보았다. 소년의 눈꺼풀이 파르르 떨리는 것 같았다. 마치 이곳의 대화를 엿듣고 있는 것처럼.

　"싹수만 보이면 올인하기로 했으니까, 광수대에서 숟가락 들이밀기 전에 얼른 먹고 치우자. 그래도 미친놈 잡는 덴 네가 최고 아니냐."

10

착상着想은 착상着床만큼이나 신비로운 과정이다. 구상 단계에서 떠오르는 수많은 아이디어 중 어떤 게 끝까지 살아남아 번듯한 이야기로 성장할지 알 수 없는 일이다. 분출된 수억 마리의 정자 중 어떤 게 온전한 생명체로 성장할지 알 수 없는 것처럼. 누구나 최고의 씨앗이 착상되길 원하겠지만 그렇다고 아이디어의 우열을 가리기 위해 지나치게 고심할 필요는 없다. 이야기란 게 '눈먼 시계공'의 솜씨로 진화에 진화를 거듭하다보면 어디선가 우연히, 운명처럼 서로 얽히는 법이니까.

창밖에서 촛불을 향해 나방 한 마리가 달려들었다. 녀석은 촛불을 가로막고 있는 유리창이 제 생명을 지켜주는 보호막이란 것도 모른 채 픽, 픽, 원망스레 몸을 부딪쳤다. 나방은 얼마나 더 진화해야 불에 대한 저 무모한 욕망을 접을까. 어쩌면 불꽃에 몸을 태우는 순교가 저들에겐 최고의 법열인 건가. 불현듯 또다른 나방 한 마리가 떠올랐다. 백여 년 전의 어느 여름밤, 제네바에서 파리로 향하는 기차로 날아든 나방. 마법의 양탄자가 펄럭이기 시작했다.

두 개의 책장이 직각으로 입을 벌리고 있는 방구석으로 가서 눈으

로 책등을 훑었다. 깔끔하게 정돈된 이석 형사의 책장과 달리 내 책장
은 혼돈 그 자체이다. 온갖 분야의 잡다한 책들이 아무런 기준도 없
이 뒤섞여 있고 거꾸로 꽂힌 책들도 수두룩하다. 내 게으름과는 별개
로 이건 다분히 의도적인 혼돈이다. 이 배치의 핵심은 원하는 책을 빠
르게 찾는 게 아니라 원하는 책을 찾기 위해 다른 많은 책들을 거쳐야
한다는 점이다.

　파리행 기차로 날아든 나방은 찻간을 휘휘 돌아본 후 다시 창밖의
불빛을 향해 나가려 했다. 하지만 들어온 틈새를 찾지 못해 커튼과 유
리창 사이에서 날개만 퍼덕였고, 그 소리에 유럽을 여행중이던 뉴욕
출신 프랭크 밀러 양이 잠을 깼다. 유리창에 가로막힌 나방의 갈망을
멍하니 바라보는 밀러 양. 다시 자리에 누웠지만 스무 살의 예민한 아
가씨는 쉽게 잠을 이루지 못했다. 꿈과 현실 사이를 죽은 오필리어처
럼 둥둥 떠다니던 그녀는 홀연 멋진 시상이 떠올라 재빨리 수첩과 연
필을 꺼냈다. 융 기본 저작집 7권 『상징과 리비도』를 뽑아 밀러 양의
시 「태양을 향한 나방」을 찾았다.

처음으로 의식 속으로 기어들어갔을 때, 난 그대를 그리워했네.
내가 아직 번데기로 누워 있을 때, 나의 모든 꿈은 그대에 관한 것이었다네.
나와 같은 종류의 수많은 무리가 자주 생명을 버린다네.
그대에게서 나온 희미한 불꽃에 부딪치며.
단 한 시간만 더—그러면 나의 가련한 삶이 끝나리.
나의 마지막 갈망은 그러나, 나의 최초의 소망과 마찬가지로
조금이라도 그대의 장엄함 가까이에 다가가는 것. 그런 뒤,

단 한 번의 황홀한 눈길을 붙들 수 있다면, 난 만족스럽게 죽어가리라.
언젠가 내가 그의 무한한 광휘 속에서 볼 수 있을 것이기에,
아름다움과 온기, 그리고 생명의 원천을!

미국으로 돌아간 밀러 양은 정신분열증을 앓았다. 담당 의사는 그녀가 여행중에 기록한 시와 환상들을 치료에 활용했고 이를 학술지에 발표했다. 대서양 너머에서 한창 집단무의식 연구에 몰두하고 있던 칼 구스타프 융이 이 자료에 관심을 보였다. 융은 자신의 저서에서 상당한 지면을 할애해(심지어 괴테의 『파우스트』와 나란히 놓고) 밀러 양의 시를 분석했다. 그녀의 환상이 어떻게 개인적인 경험을 넘어 인류가 저장해온 보편적인 원형에 연결되는지.

융의 책을 아무데나 꽂아놓고 다시 책등을 훑었다. 밀러 양의 나방은 융을 거쳐 가스통 바슐라르의 저서에도 날아들었다. 흔들리는 촛불에 미혹되어 시작한 이미지와 상상력 연구로 이성 중심의 '서구 인식 전체에 덫을 놓은'* 몽상의 철학자. 바슐라르는 불을 향해 뛰어드는 나방에서 그리스의 한 철학자를 떠올렸다. 『불의 정신분석』을 꺼내 책장을 넘겼다.

……불은 변화의 욕망을, 시간을 앞당기고자 하는 욕망을, 모든 생명을 그 종말, 그 피안으로 나르고자 하는 욕망을 암시한다. 그럴 때 몽상은 진정으로 매력적이고 극적이다. 이 몽상은 인간의 운명을 증폭시킨다. 작은 것을 큰 것

---

* 미셸 푸코는 가스통 바슐라르 탄생 100주년 기념 인터뷰에서 그를 이렇게 소개했다.

에 연결시키고, 아궁이를 화산에 연결시키고, 장작의 삶을 세계의 삶에 연결시킨다. 매혹된 존재는 화형대가 부르는 소리를 듣는다. 그에게 파괴는 변화 이상의 무엇이다. 그것은 갱신이다.

매우 특수하면서도 또한 매우 일반적인 이 몽상은 불에 대한 사랑과 존경이 결합하는, 삶의 본능과 죽음의 본능이 결합하는 하나의 진정한 콤플렉스를 결정짓는다. 서둘러 말하자면 이를 우리는 엠페도클레스 콤플렉스라 부를 수 있을 것이다.

『만화로 정리하는 그리스 철학자들』에 따르면, 엠페도클레스는 자신이 천계에서 쫓겨난 신이라고 공공연히 허풍을 쳤던 모양이다. 그 정도에서 그쳤으면 좋았으련만 그는 다시 천계로 돌아가기 위해 부정한 육신을 불로 정화해야 한다는 과격한 주장까지 펼쳤다. 현대의 록스타들처럼 그리스 철학자들 사이에선 기행이 필수였던 걸까. 엠페도클레스는 에트나 화산 분화구에 몸을 던짐으로써 자신의 주장이 허풍이 아닌 망상이었음을 만천하에 입증했다.

허망한 죽음에 가려져 제대로 알려지지 않았지만 엠페도클레스는 4원소설의 창시자이다. 물, 불, 공기, 흙의 네 가지 원소가 사랑과 미움에 의해 합쳐지고 나눠지며 세상 만물을 구성한다는, 한 번쯤 믿어보고 싶은 로맨틱한 입자물리학 이론. 아마도 그는 분화구에 떨어지는 마지막 순간까지 불과 사랑으로 결합해 새로운 존재로 태어나리라 확신했을 것이다. 물, 공기, 흙 중 하나를 골랐다면 목숨은 건졌을 것을, 하필이면 불을……

19세기 원자론에 밀려 폐기되기 전까지 4원소설은 이천 년 넘게 서

양 과학과 철학의 근간을 이루었다. 아리스토텔레스라는 슈퍼스타가 계승하고 발전시켰기에 가능한 일이었다. 그는 4원소에 냉, 온, 건, 습이라는 네 가지 성질을 추가하고 이 조합의 변화에 따라 4원소 역시 서로 변환될 수 있다는 가설을 덧붙였다. 아리스토텔레스의 4원소 가변설은 아랍과 중세 유럽을 거치며 과학과 신비가, 성과 속이 융합된 획기적인 학문의 탄생에 산파역을 했다. 모든 이론적 토대가 허물어진 지금까지도 끊임없이 호명되는 이름, 바로 연금술이다.

세상 만물의 근원을 밝혀내고 싶었던 위대한 철학자의 이론은 사람들의 세속적인 상상력을 자극했다. 4원소가 서로 변환될 수 있다더라, 그럼 4원소의 조합인 물질도 변할 수 있는 게 아닌가, 배합만 잘하면 쓸모없는 쇳덩이도 황금으로……

11

이석이 파일 뭉치를 옆구리에 끼고 취조실로 들어서자 소년은 엉거주춤 일어나 고개를 까딱했다.

"앉아."

이석이 자리에 앉자 소년도 다시 의자에 엉덩이를 걸쳤다. 열예닐곱 살쯤 되었을까? 가뜩이나 왜소한 체구가 구부정한 자세에 갇혀 있는 느낌이었다. 목이 늘어난 검은색 울 스웨터 아래로 앙상한 오른쪽 쇄골이 절반쯤 드러나 있었다.

"저기, 제가 여기 앉아서 생각을 해봤는데요……"

소년은 말을 멈추고 옆쪽 벽을 돌아보았다. 이석은 잠자코 기다렸다.

"벽에 그림을 걸어놓는 게 좋겠어요."

"그림을."

"예. 라위스달의 풍경화나 카라바조의 인물화…… 아니 그건 너무 명암이 뚜렷해서 별로다. 달리가 좋겠네요. 특유의 익살로 분위기를 부드럽게 만들어주면서 자기 내면을 들여다보게 하는 효과가 있으니까."

이석은 회색 방음벽을 새삼스럽게 둘러보았다.

"어째서 그런 게 필요하지?"

"여기서 벌어지는 일은 대부분 정서적 반응일 텐데, 분위기가 너무 삭막하네요."

발음이 부정확하거나 목소리가 작은 건 아닌데 소년의 말은 귀에 잘 들어오지 않았다. 고막을 통과하면서 의미가 탈색되는 느낌이랄까. 억양 때문인 것 같았다. 사람이 말할 때 보통 한 옥타브를 오르내린다면 소년은 도, 레, 미, 파, 네 개 정도의 음계만 사용했다. 자연히 귀를 더 기울일 수밖에 없었다.

"괜찮은 생각이네. 위에 건의해보마."

이석은 고개를 끄덕였다. 확실한 물증이 없는 취조에서는 사건에 관련된 첫마디를 끌어내는 타이밍이 중요하다. 일단 가볍게 대화를 주고받으며 용의자의 성향을 파악해야 한다. 스카치테이프의 절단면을 찾듯이 살살 돌리면서 손끝의 감각으로……

"거짓말."

"응?"

"건의 안 할 거죠?"

소년이 늘어진 스웨터 목둘레를 추어올렸다. 이번에는 왼쪽 쇄골이 절반쯤 드러났다. 이석은 양손을 올려 항복한다는 제스처를 취했다.

"미안하다. 교양이 많이 부족한 분들이라 건의해봤자 씨알도 안 먹힐 소리거든."

이석은 턱짓으로 반사유리 너머에 있을 수사과장을 가리켰다.

"솔직히 말하면 괜찮은 생각이란 것도 거짓말이야. 여기서 벌어지는 일이 대부분 정서적 반응인 건 맞지만 그런 예술적 상상력은 도움이 안 돼. 최소한의 기억력, 그거면 충분하지. 그때, 그곳에서, 무슨 일이 있었는가."

"그런 건 고문이 최곤데."

"저런, 극단적이구나. 그래도 여긴 문명사회니까 그 중간쯤이 좋겠다."

"새끼손가락 한 마디는 어디 갔어요?"

소년은 탁자 위에 올려놓은 이석의 오른손을 빤히 쳐다보며 물었다.

"길고양이가 물어 갔을 거야, 아마."

삼 년 전 잭나이프로 타이트스커트나 청바지를 입은 여성의 엉덩이만 찌르고 달아나는 변태를 검거하던 중 이석은 손가락 한 마디를 잃었다. 곧장 주워 봉합했으면 되살릴 수 있었지만 그는 범인을 쫓아 담벼락을 넘는 쪽을 택했다. 놈에게 수갑을 채워 돌아왔을 때 손가락은 사라지고 없었다. 얼룩무늬 길고양이가 트럭 밑에 웅크린 채 그를 노려보았다.

"영혼의 안테나를 잃었네요."

"영혼의 안테나?"

"중세시대 영매들은 접신할 때 새끼손가락으로 귀를 막았어요. 새끼손가락 끝이 영혼과 접촉할 수 있는 안테나라고 믿었거든요. 약속할 때 새끼손가락을 거는 풍습도 거기서 유래한 거래요."

이석은 자신의 오른손을 내려다보았다.

"나도 무척 안타깝게 생각한다."

빈말은 아니었다. 끝마디를 잃고 나서야 그간 오른손 새끼손가락으로 꽤 많은 일을 해왔다는 걸 깨달았다. 생각이 막힐 때 귓바퀴를 자극하거나 양념장의 간을 보거나 눈가에 붙은 눈곱을 떼는, 사소하지만 생략할 수 없는 동작들.

"팔은 어때?"

소년은 괜찮다는 표정으로 붕대를 감은 왼 팔뚝을 들어 보였다. 반대쪽 소매 밑에도 화상 흉터가 고개를 내밀고 있었다. 최근에 생긴 흉터는 아니었다.

"아, 이거요."

이석의 시선을 느낀 소년은 시원스럽게 소매를 걷었다. 손목에서 팔뚝 중간까지 피부가 우글쭈글 주름져 있었다.

"어릴 때 덜렁대다가 다쳤어요. 엄마는 이걸 볼 때마다 칼리 여신 같다며 한숨을 쉬었죠."

"칼리?"

"힌두교 파괴의 여신이에요. 시간을 뜻하는 칼라에서 나온 이름이죠. 파괴의 신 시바가 순환을 위한 파괴라면 칼리는 그야말로 파괴를 위한 파괴예요. 순수한 고통과 공포의 여신. 모습도 유별나서 한번 보면 잊을 수가 없어요. 검푸른 피부에 길게 빼문 붉은 혀, 산발한 머리털, 칼과 창을 든 열 개의 팔, 사람 머리통을 잘라 엮은 목걸이에 악마의 팔로 만든 허리띠……"

"어머니가 힌두교도인가?"

신나게 설명을 이어가던 소년은 붕대의 매듭을 만지작거리며 딴청을 부렸다. 어머니 쪽에 비상벨이 있다는 사실을 확인하고 일단 넘어가기로 했다.

"너, 불타 죽은 사람 신분증 수집하는 취미가 있다며?"

소년은 고개를 숙이고 실실 웃었다. 이석도 실실 따라 웃으며 파일에서 사진들을 꺼내 탁자에 늘어놓았다. 한데 모아놓으니 시커먼 숯덩이들은 똑같이 생긴 레고 블록처럼 보였다.

"이 사람들 네가 죽였니?"

이번엔 정공법으로 치고 들어갔다. 끄덕이는 건지 가로젓는 건지 소년은 고개를 대각선으로 애매하게 까딱거렸다.

"아니면 누가 죽였는지 알고 있어?"

보통 사람은 똑바로 쳐다보기도 힘든 혐오스러운 사진들을 소년은 차분하게 들여다보았다. 잔잔한 애정마저 느껴지는 눈빛이었다.

"이 사람들 죽은 게 아니에요."

이석은 고개를 시계 방향으로 빙 돌려 목을 풀었다. 이러면 번거로워지는데…… 스카치테이프가 이미 한 바퀴 이상 돌아간 것 같은데 손끝에 절단면이 걸리지 않았다. 이석은 소년을 향해 의자를 당겨 앉았다.

"그래? 그렇다면 더욱 문제인데. 눈알을 시커멓게 그슬려놔서 TV를 못 보잖아. 입술이 사라졌으니 침을 줄줄 흘리며 다닐 테고. 그나저나 불알이 이렇게 납작하게 눌어붙어서 어쩌나. 그리고 여기, 이걸 봐."

이석은 누구인지 모를 사체의 복부를 손가락으로 두드렸다.

"사람이 오래 타면 이렇게 뱃가죽이 뚫려 내장이 흘러나와. 이게 위장이야 허파야? 이 잘 익은 쪽이 간인가? 와, 이 상태로 살아간다는 말이구나. 하긴 편리한 점도 있겠네. 평생 선크림은 안 발라도 되잖아."

이석은 잠시 사이를 두었다가 보험약관을 안내하듯 건조하게 말했다.

"이 사람들은 죽었어. 죽었다고. 끝, 디 엔드. 이 세상에서 영원히 사라진 거야."

영원히, 영원히…… 소년이 어깨를 움츠리고 웅얼거렸다.

"자, 다시 잘 생각해봐. 네 배낭에서 이 세 사람의 신분증이 나왔어. 네가 휘발유를 들이붓고 불을 댕겼어?"

어느 현장에서도 검출되지 않은 휘발유를 미끼 삼아 슬쩍 끼워넣었다. 소년은 보일 듯 말 듯 고개를 저었다. 미세한 움직임이었지만 이번엔 분명히 가로젓는 동작이었다.

"그럼 불붙인 사람을 알고 있어?"

소년은 큼직한 앞니로 아랫입술을 깨물고 있다가 마지못한 듯 입을 열었다.

"형사님은 연금술을 믿으세요?"

"연금술. 쇳조각을 금으로 바꾸는 거?"

"표면적으론, 예, 그거요."

"안 믿는다."

소년은 다소 실망한 표정으로 고개를 끄덕였다.

"그럼 제 얘기도 믿지 못하실 거예요."

이석은 모스부호를 타전하듯 손바닥으로 탁자를 툭툭 두드렸다. 방음벽으로 둘러싸인 회색 공간이 오늘따라 삭막하게 보였다.

"시도해봐. 내가 믿건 안 믿건 진실은 통하는 법이니까. 그동안 연금술사 못지않은 기인들이 이 방을 거쳐갔지. 메릴린 먼로에 빙의된 무당, 톰과 제리라는 인격을 가진 회계사, 리라좌에서 왔다는 외계인, 또 누가 있었더라? 그래, 내가 신참일 때 말이야……"

12

　하얗고 통통한 두 개의 다리가 욕실에서 우리를 맞았다. 엄지발톱에 그려진 헬로 키티 페디큐어가 실패한 농담처럼 어색한 분위기를 연출했다. 오른쪽, 아니 왼쪽 발뒤꿈치에 정사각형 반창고가 붙어 있었다. 새로 산 샌들이 불편했던 모양이다. 두 다리가 떠받치고 있던 몸통은 타일 바닥 여기저기 흩어져 있었다. 어느 토막도 사람의 일부분으로 보이지 않는 건 머리가 없기 때문인 것 같았다. 구석에 놓인 고무 양동이에 밝은 갈색 머리칼과 둥그런 뼛조각이 검붉은 곤죽에 파묻혀 있었다. 빨갛게 물든 손도끼와 돌망치는 욕조 안에 던져놓았다. 선두에 섰던 기동대원이 입을 틀어막고 뛰쳐나갔다.

　여섯번째 희생자는 스물세 살의 새마을금고 직원이었다. 태국 여행 전날 급하게 샌들을 사러 나갔다가 실종된 상태였다. 고교 동창들과 떠나는 첫 해외여행이었다. 예정대로라면 저 두 다리는 지금쯤 파타야 해변을 거닐고 있어야 했다. 곰팡이와 찌든 물때로 얼룩덜룩한 욕실 바닥에 나뒹구는 대신.

　"없습니다. 튄 거 같은데요."

　"미치겠네. 뒤처리하다 말고 사라진 걸 보면 멀리 못 갔을 거야. 마을 도로 봉쇄하고 인근 농가, 축사 샅샅이 뒤져."

"마을 뒤쪽은 산인데……"

"산도 포위해서 다 뒤져!"

이상한 일이었다. 산전수전 다 겪은 선배들도 신물을 삼키며 고개를 돌리는데 내 안에선 별다른 동요가 일지 않았다. 분노, 역겨움, 안타까움, 무력감, 그 무엇도 감지되지 않았다. 냄새조차 느껴지지 않았다. 모든 감정 게이지의 바늘이 제로에 맞춰진 아타락시아 상태. 처음엔 수용 한계를 넘어서는 참혹한 광경에 충격을 받은 거라고 생각했다.

"씨발, 저거 좀 꺼라."

팀장이 은단을 씹으며 내뱉었다. 그제야 거실에 카세트 플레이어가 돌아가고 있다는 사실을 알아차렸다. 스피커에서는 중년 여인의 푸근한 음성이 흘러나오고 있었다. 독일어보다는 부드럽고 스페인어보다는 딱딱한 생경한 외국어였다. STOP 버튼에 손가락을 올린 채 나도 모르게 사근사근 건네는 여인의 이야기에 귀를 기울였다. 먼 외계에서 들려오는 자장가를 듣는 기분이었다.

"뭐해! 끄라니까."

팀장의 일갈에 놀란 손가락이 버튼을 눌렀다. 테이프가 멈추는 순간 가슴속에서 돌탑이 무너지는 느낌과 함께 욕지기가 치밀었다. 분노, 역겨움, 안타까움, 무력감, 온갖 부정적인 감정이 한꺼번에 밀어닥쳤다. 거구의 레슬러들에게 깔린 것처럼 옴짝달싹할 수 없었다. 힘겹게 숨을 쉴 때마다 피비린내가 진동했다. 이것 때문이었구나. 아무 의미도 전달하지 못하는 낯선 말소리가 욕실의 핏빛 풍경과 절묘한 균형을 이루고 있었구나. 온 마을이 정전된 듯한 불가항력적인 평온. 그런데 어째서? 도무지 이해할 수 없는 균형 감각이었다. 그와 함께

또하나의 의문이 고개를 들었다. 혹시 조금 전까지 여기서 손도끼를
휘두르던 놈도……

13

"알아냈나요?"

"살인범?"

"아뇨, 테이프에서 흘러나오던 말소리요."

이석은 물끄러미 소년을 건너다보았다. 그날 현장에서 철수할 때 몰래 테이프를 챙긴 걸 알고 있다는 투였다.

"헝가리어로 그림 형제 동화를 읽어주는 소리였어."

소년은 아, 하며 고개를 끄덕였다.

"살인범은 어떻게 됐어요?"

"마을 뒷산에서 잡았어. 서른여섯 먹은 용달 기사였지. 전과도 없고 정신병력도 없고 헝가리하고 아무 관계도 없는."

"왜 그런 짓을 했대요?"

소년은 짜증스러운 듯 눈살을 찌푸렸지만 억양은 한결같이 단조로웠다. 봄밤에 한 방울씩 떨어지는 낙숫물 소리를 듣고 있는 기분이었다. 이석은 팔짱을 끼고 몸을 등받이에 기댔다.

"악마가 시켰대."

"악마요?"

"자기 왼쪽 폐 속에 악마가 살고 있어서 숨을 쉴 때마다 속삭임이

들린다는 거야. '넌 선택받은 제사장이다. 저자를 죽여 제물로 바쳐라. 내가 너에게 무한한 힘과 자유를 주겠노라.' 한국어에 능통한 악마였나봐."

"황당하네요."

소년은 설레설레 고개를 저었다.

"왜, 깔끔하잖아. 사람을 여섯이나 토막 내야 하는 더 합당한 이유를 따지는 것보다는. 내 안에 악마가 있다."

"악마는 사람들 안에 있지 않아요."

입질이 왔다. 손가락에 약간 더 힘을 주고 건반을 누른 것처럼 지금까지와는 미묘하게 다른 음색. 이석은 낚싯줄을 살살 당기며 미끼를 문 고기의 크기를 가늠했다.

"그럼 어디 있지?"

"……"

"안이 아니면 밖에 있겠네. 외부에서 리모컨으로 사람들을 조종하는 건가?"

소년은 천천히 고개를 저었다.

"악마는 사람과 사람 사이에 있어요. 부싯돌이 부딪쳐 불꽃이 일듯 생겨나는 거라고…… 아담이 그랬어요."

이석의 눈이 사늘하게 빛났다.

"아담이 누구지?"

"아담 모르세요? 최초의 인간, 에덴동산."

"나뭇잎으로 사타구니만 가리고 다니는 그 아담을 만났다는 거야?"

"그럴 리가요. 아담 뭐라고 했는데, 프랑스 성씨 같은……"

이석은 흐트러진 사진들을 탁자 중앙에 똑바로 정렬하며 질문을 이어갔다.

"그 아담 뭐라는 친구가 이 세 사람을 이렇게 만든 모양이구나."

소년은 고개를 숙이고 기어드는 목소리로 말했다.

"더 있을 거예요."

"그렇군. 그럼 앞으로도 또 있겠네."

"……"

"아담은 지금 어디 있지?"

이석은 낚싯줄을 풀어주고 기다렸다. 소년은 코를 훌쩍이며 스웨터 목둘레를 추어올렸다. 다시 오른쪽 쇄골이 드러났다. 생각 같아서는 당장 일어나 양쪽 쇄골이 공평하게 드러나도록 스웨터 목을 정중앙에 맞춰주고 싶었다. 침묵을 지키던 소년이 목을 가다듬고 물었다.

"여기 금연인가요?"

"응."

"담배 한 대 주실래요?"

"곤란해. 국민건강증진법에 청소년보호법 위반이야."

"뒤에 건 아니에요. 얼마 전에 만 열아홉 살이 됐거든요. 제가 좀 어려 보여요."

이석은 다리를 꼬며 헛웃음을 흘렸다. 거, 재밌는 놈이네.

"그럼 보호자가 동석할 필요는 없고, 원한다면 국선 변호사를 불러 줄 수 있어."

"변호사는 왜요, 잘못한 것도 없는데. 담배 한 대만 주시면 다 얘기할게요. 전부 다."

보통은 용의자들이 모든 걸 체념한 얼굴로 내뱉는 대사인데 소년의 표정에는 별다른 변화가 없었다. 무슨 꿍꿍이속인지 모르겠으나 밑지는 장사는 아니었다. 이석이 담배 한 개비를 건네자 소년은 두 손으로 공손하게 받아 입에 물었다.

"불도."

이석이 라이터를 켜는 순간 소년의 검은 눈동자에 야릇한 물기가 어렸다. 심해에 잠겨 있던 괴생명체가 단숨에 수면으로 솟구쳐 숨구멍을 내민 것 같은…… 아니, 동공에 비친 불그림자일 뿐인가? 소년은 고개를 비스듬히 기울이고 다가와 담배에 불을 붙였다. 반듯하게 정렬된 사진들 위로 두 사람의 그림자가 연리지처럼 이어져 너울거렸다.

"담배 연기 무게 재는 방법 아세요?"

소년의 물음에 이석은 고개를 저었다.

"〈스모크〉란 영화를 보면 나와요. 간단해요. 먼저 저울에 담배를 올려 무게를 재고, 담배를 피우면서 재를 전부 저울 위에 떠는 거예요. 마지막에 다 피운 꽁초까지 올리면 처음 무게와의 차이가 연기 무게가 되는 거죠."

가늘고 긴 연기가 허공을 사선으로 가로질렀다.

"그래서 연기 무게가 몇 그램이라는 거지?"

"몰라요. 영화에선 대사로만 나와요. 소설가와 담뱃가게 주인이 잡담을 나누는 중에. 궁금하세요?"

"별로."

"전 궁금해서 해봤어요."

"그래?"

"제약사에서 마루타 알바 할 때 정밀한 전자저울이 있었거든요. 밤에 몰래 실험을 해봤죠. 가루가 흩날리지 않도록 조심스럽게 저울 위에 재를 떨고, 마지막에 불이 저절로 꺼질 때까지 기다렸다가 꽁초를 올렸더니……"

"그랬더니?"

소년은 필터 가까이 타들어온 담배를 바닥에 떨어뜨리고 운동화 앞코로 밟아 뭉갰다. 불티가 전부 사라질 때까지 꼼꼼하게.

"무게가 늘었더라고요. 아주 약간이지만."

"무게가 늘었다. 가능한가, 그게?"

소년은 어깨를 으쓱했다.

"그러게요. 이상하죠?"

두 사람은 말없이 허공의 담배 연기를 바라보았다. 점점 희미해지는 연기가 마지막 날갯짓과 함께 사라질 때까지. 이석이 안주머니에서 수첩과 볼펜을 꺼냈다.

"시작할까?"

"예."

"이름이?"

14

마롤리. 그 단어를 어디서 주워들었더라? 마롤리는 타밀어로 메아리라는 뜻이다. 한국어와 타밀어는 발음뿐 아니라 뜻까지 유사한 단어가 많다. 엄마는 타밀어로도 똑같이 엄마, 아빠도 역시 아빠, 나는 난, 너는 니, 뱀은 밤부, 메아리는 마롤리. 신기한 일이다. 인도양 저편에서 힌두교를 믿는 사람들이 쓰는 언어인데. 신이 바벨탑의 인부들을 흩어버릴 때 타밀어 시조와 한국어 시조는 옆에서 함께 벽돌을 쌓던 단짝이었는지도 모르겠다.

홍차 때문이었다. 그 단어가 떠오르기 직전 나는 궁금증을 참지 못하고 잘못 배달된 나무상자를 열어보았다. 사각형 홍차 캔 세 개가 스펀지 포장재 위에 나란히 누워 있었다. 손안나씨는 홍차 애호가인 모양이었다. 주문한 차가 도착하기를 이제나저제나 기다리고 있을 텐데. 런던의 타워브리지가 그려진 가운데 캔을 꺼내보았다.

Flavory Tea, Made in Sri Lanka, 100% Pure Ceylon black leaf tea with……

스리랑카, 실론티. 캔에 쓰인 자잘한 글자들은 언젠가 여행 잡지에서 봤던 하푸탈레의 풍경으로 이어졌다. 산등성을 따라 구불구불 펼쳐진 진초록 차밭, 찻잎을 쓸면 돌고래처럼 솟구칠 것 같은 이슬방울들, 끈이 달린 자루를 머리에 걸고 찻잎을 따는 타밀족 여인들. 사진만 보고 있어도 싱그러운 초록의 기운이 혈관을 타고 퍼지는 느낌이었다.

이 목가적인 풍경은 19세기 대영제국의 작품이다. 당시 전 세계를 호령하던 '해가 지지 않는 나라'에 그림자를 드리운 것은 국민들의 홍차 사랑이었다. 차 수입으로 국가 재정이 휘청거릴 지경이 되자 영국은 식민지였던 스리랑카를 거대한 차밭으로 만들고 인도 남부에서 타밀족을 이주시켜 일꾼으로 부렸다. 여기엔 기존의 스리랑카 타밀족과 갈등 관계에 있던 신할리즈족을 견제하려는 의도도 내포돼 있었다. 영국의 이러한 식민 정책은 훗날 이십육 년에 걸쳐 십만 명 이상이 사망하고 백만 명 이상의 난민이 발생한 스리랑카 내전으로 이어졌다. 우리가 즐기는 홍차 한잔의 여유와 함께.

백오십여 년 전의 하푸탈레 고원으로 날아가보자. 영문도 모른 채 실려온 타밀족들은 엉성한 판잣집에 기거하며 머리에 자루를 걸고 평생 찻잎을 따야 했다. 그들의 자식들 역시 철들자마자 차밭으로 나가 평생 찻잎을 따야 했다. 그들의 자식의 자식들도 하루 열두 시간씩 평생 찻잎을 따야 했다. 그들의 자식의 자식의 자식들도 하루 이 달러의 품삯을 위해 평생 찻잎을 따야 했다. 그들의 자식의 자식의 자식의 자식들 중 한 소녀가 어느 날 찻잎을 따다가 고개를 들고 하늘에 뜬 뭉게구름을 올려다보았다. 얼마 전 차밭에 피를 뿜고 이생을 떠난 아버지의 파리한 낯빛이 떠올랐다. 그렇게 술 좀 작작 마시지. 지금쯤 어디서 무엇으로 환생했으려나…… 휘유, 소녀가 한숨을 내쉬자 누군가 하늘에서 밀가루 반죽을 치대는 것처럼 구름의 모양이 변하기 시작했다. 둥글게 웅크린 뒷다리와 쫑긋 선 길쭉한 귀, 실룩이는 몽탕한 주둥이. 하얀 토끼는 힘차게 몸을 뻗어 바람을 타고 점프했다. 폴짝. 새파란 하늘을 가로질러 또 한번, 폴짝. 흰토끼가 동쪽 산마루 너머로 사라질 때까지 멍하니 바라보던 소녀는 머리를 죄고 있던 자루를 벗어던지고 그길로 하푸탈레를 떠났다. 빙글빙글 돌아가는 회전목마에서 뛰어내린 것이다. 폴짝.

우여곡절 끝에 수도 콜롬보로 흘러들었지만 불가촉천민 취급을 받는 타밀 소녀의 삶은 녹록지 않았다. 허드렛일을 전전하며 하루하루 버티는 사이 북부에선 타밀엘람해방호랑이LTTE와 신할리즈족 정부군 사이의 내전이 다시 격화되고 있었다. 테러니 학살이니 하는 말들에 섞여 타밀족 고아들을 납치해 장기를 밀매하는 조직에 대한 흉흉한 소문까지 나돌았다. 후텁지근한 뒷골목 숙소에 지친 몸을 누이면 말없이 떠나온 하푸탈레의 가족들이 눈앞에 어른거렸다. 막내 쿠샨은 큰누나를 찾으며 맨날 울고 있는 건 아닌지…… 빙글빙글, 수도 콜롬보 역시 그녀에겐 조금 더 크고 위험한 회전목마일 뿐이었다.

그러던 중 어디선가 들려온 '코리안 드림'이란 단어가 소녀의 새로운 희망으로 떠올랐다. 바다 건너 동쪽에 코리아란 나라가 있다더라, 거기서 일하면 여기보다 돈을 열 배쯤 벌 수 있다더라. 이주 경비를 빌려주고 숙식도 제공해준다더라. 몇 년만 고생하고 돌아오면 평생 두 다리 뻗고 지낼 수 있다더라. 솔깃하지 않을 수가 없었다. 하푸탈레 시내에 큰 집을 짓고 가족들과 게스트하우스를 운영하는 풍경이 벌써부터 눈앞에 그려졌다. 코리아, 코리아, 이름마저 신비롭지 않은 가. 소녀는 동쪽으로 가는 비행기에 몸을 실었다. 또다시 회전목마에 서, 폴짝.

"그 소녀가 바로 우리 엄마야."

억양 없는 목소리가 사방 벽에 메아리쳤다. 메아리, 메아리, 메아리, 마롤리…… 소년의 이름은 그렇게 정해졌다. 김마롤리.

15

　내 이름을 들으면 사람들은 이누이트의 눈에 대한 표현만큼이나 다양한 반응을 보이죠. 호기심 가득한 눈으로 꼬치꼬치 캐묻는 사람, 호기심을 보이지만 묻지 않는 사람, 자신은 이깟 일에 호기심을 보이는 경박한 사람이 아니라는 티를 내며 무심한 척하는 사람, 정말로 무심한 사람, 애매한 표정으로 고개를 끄덕이는 사람, 튀는 이름에 적개심을 보이는 사람, 튀는 이름을 부러워하는 사람. 내 이름은 늘 메아리처럼 되돌아와요. 언젠가 북한산 정상에서 "메아리!" 하고 외쳤더니 메아리가 "마롤리, 마롤리, 마롤리" 하고 대답하더군요. 물론 내 귀에만 그렇게 들렸겠지만.

　엄마는 왜 내게 메아리라는 이름을 붙였을까요? 실체 없이 웅웅 울리는 이름을. 사방에 명성을 떨치라는 깊은 뜻이었을까요? 세상에 순응하며 살아가라는 소박한 바람을 담았을까요? 아니면 산울림 밴드를 향한 팬심? 그럽지만 돌아가고 싶지 않은 고향에 대한 향수? 항상 이름 때문에 곤란을 겪으면서도 엄마에게 물어볼 생각을 안 했네요. 이름이란 누가 지어주는 게 아니라 그냥 가지고 태어나는 건 줄 알았거든요. 고막이나 배꼽이나 십이지장처럼.

　"파차이, 파차이. 구름과 차밭밖에 없는 곳이야."

고향인 하푸탈레에 대해 물으면 엄마는 늘 그렇게 웅얼거리며 고개를 절레절레 저었어요. 그러면서도 입꼬리가 슬며시 밀려 올라가는 건 어쩔 수 없었나봐요. 파차이는 우리말과 유사성이 없는 단어라 무슨 뜻인지 모르겠죠? 파차이, 초록이라는 뜻이에요.

초등학교 때 교실 뒷벽에 붙은 세계지도에서 스리랑카를 찾아본 적이 있어요. 까치발을 하고 적도를 따라 왔다갔다하며 깨알 같은 글자들을 하나씩 읽어나갔죠. 종아리가 저려 서 있기도 힘겨워질 즈음 인도에서 과자 부스러기처럼 떨어져나온 섬나라가 눈에 들어왔어요. 스리랑카. 대한민국과는 한 뼘 남짓한 거리였죠. 저기구나. 엄마가 저기서 왔구나. 새끼손톱만한 보라색 섬을 뚫어지게 들여다보았지만 엄마가 말한 구름과 차밭은 보이지 않았어요.

코리아에 도착한 엄마는 안산에 있는 가죽 염색 공장에 취직했어요. 공장장의 폭언에 시달리며 하루 열다섯 시간씩 일하고 컨테이너에서 칼잠을 자는 생활은 견딜 만했지만 역한 화학약품 냄새만은 적응이 되지 않았다고 하더군요. 늘 뱃멀미를 하는 것처럼 현기증과 헛구역질에 시달렸다고. 하긴 적응이 되겠어요? 아담의 말에 따르면 하푸탈레에서는 숨만 쉬어도 폐를 꺼내 맑은 시냇물에 썩썩 헹구는 느낌이라고 하던데.

고달픈 불법체류자 신세였지만 엄마는 흰토끼를 따라나선 걸 한 번도 후회하지 않았대요. 덕분에 아버지를 만났으니까. 엄마는 아무리 피곤해도 아버지 얘기만 나오면 소녀처럼 수줍게 생글거렸어요. 그 흰토끼는 제 생명의 은인이기도 하죠. 하푸탈레 차밭과 담양 대밭에서 태어난 두 분이 대부도의 허름한 모텔에서 저를 잉태하기까지 얼마나 많은 우연과 인연이 엎치락뒤치락했겠어요. 그중 하나만 어긋났어도 전 지금 이 세상에 없을 거예요. 엄마가 막걸리에 알근달근하게 취해 들려주는 아버지와의 첫 만남 에피소드는 완전 영화의 한 장면이에요. 들어보시겠어요? 엄마는 공장에서 일하는 동안 박카스를 자주 마셨대요. 속이 메스꺼울 때 그 알싸하고 달달한 맛이 특효약이라나. 그날도 평소처럼 박카스를 사러……

예? 아, 아담요. 지금 하고 있는 중인데. 이야기란 게 차근차근 순서대로 해야 되잖아요. 강박증 환자가 외출 준비를 하는 것처럼. 그래요, 원하신다면 아담을 만난 일부터 얘기할게요. 어차피 다 연결이 되니까. 그런데 형사님, 생각해보면 이상하지 않아요? 사람들은 완벽하게 잘생긴 남자에게 왜 조각미남이란 표현을 쓸까요?

16

기타로 오토바이를 타자 기타로 오토바이를 타자 기타로 오토바이를 타자 타자 오토바이로 기타를 타자 오토바이로 기타를 타자 오토바이로 기타를 타자 타자

라디샤는 산울림의 신곡을 흥얼거리며 호젓한 밤길을 걸었다. 산울림의 곡들은 노랫말이 쉽고 친근해 한국어 교재로 안성맞춤이었다. 그런데 새로 나온 이 노래만은 도무지 이해할 수가 없었다. 맥락 없이 단어들을 나열하며 계속 타자고만 하니. 노트에 삐뚤빼뚤 적은 가사를 아무리 들여다봐도 의미 없는 주문처럼 보였다. 어쨌든 반복되는 리듬을 따라 흥얼거리다보면 근심이 사라지고 낙천적인 기분이 되니 신통한 주문이긴 했다. 비닐봉지에 담긴 박카스 병이 찰그랑찰그랑 몸을 비비며 추임새를 넣었다.
　밤하늘에는 반달이 홀로 떠 있었다. 김이 모락모락 나는 호빵을 반으로 가른 것처럼 뽀얗고 탐스러운 달이 어쩐지 외로워 보였다. 언제나 별 무리에 둘러싸여 있던 하푸탈레의 달이 떠오른 탓이리라. 밥값에 기숙사비, 관리비, 이주 경비와 이자 등을 떼고 나면 고향에 보낼 수 있는 돈은 몇 푼 되지 않았다. 게스트하우스의 꿈은 물건너갔지만

74

그래도 동생들 뒷바라지하기에는 충분한 돈이었다. 쿠샨은 학교에 잘 다니고 있을까? 평생 찻잎이나 따지 않으려면 공부 열심히 해야 할 텐데.

수박으로 달팽이를 타자 메추리로 전깃불을 타자 개미로 밥상을 타자 타자 풍선으로 송곳을 타자 타지 말고 안아보자 송충이로 장롱을 안아보자

뒤에서 불쑥 튀어나온 차가운 손이 라디샤의 입을 틀어막았다. 연이어 나타난 몇 개의 손이 버둥거리는 그녀의 팔다리를 잡고 어둠 속으로 질질 끌고 갔다. 비닐봉지가 땅에 떨어지며 둔탁한 소리가 울렸다.
"애 불법체류자 맞지?"
"맞아요. 신고도 못해요."
"네 이년, 남의 나라에서 돈을 벌면 세금을 내야지. 몸으로."
낄낄낄, 헤헤헤, 킥킥킥. 검은 그림자들의 숨결에서 역한 술냄새와 담배 냄새가 진동했다. 발버둥칠수록 축축한 손아귀들이 더욱 거세게 몸을 죄어왔다. 밤하늘에 덩그러니 걸린 반달을 올려다보며 라디샤는 힌두교의 수많은 신들에게 기도했다. 이 마귀들의 손아귀에서 저를 구해주세요. 제발 구해주세요. 제발…… 만일 그게 안 된다면 제 영혼을 빼내 잠시 하푸탈레에 숨겨주세요. 이 순간을 기억하지 못하도록. 그녀는 팔다리를 바르작거리며 신들린 사람처럼 주문을 외웠다.

기타로 오토바이를 타자 오토바이로 기타를 타자 기타로 오토바

이를 타자 오토바이로

하늘과 땅의 헤아릴 수 없이 많은 신들 중 하나가 그녀의 기도를 들
었다. 얼룩무늬 길고양이의 모습으로 강림한 신은 근처 반지하 셋방
의 들창가에 자리를 잡고 목을 놓아 울었다. 추리닝 차림으로 누워서
TV를 보고 있던 사내가 구시렁거리며 몸을 일으켜서는 주방 찬장을
뒤져 하나 남은 참치 캔을 발견하고 잠시 고민하다가 결국 캔을 챙겨
밖으로 나올 수밖에 없는 구슬픈 소리로. 추리닝 사내는 라디샤를 끌
고 가던 불한당 패거리와 딱 마주쳤다.

"와, 씨발! 백마 탄 왕자님, 타이밍 죽인다."

"우리 영화에서처럼 처맞고 도망가야 되는 거야?"

"맨날 그러면 재미없지. 반전이 있어야지, 반전이."

불한당들은 깐족거리며 파란 추리닝을 에워쌌다. 엉거주춤 서 있는
단신의 사내가 그리 위협적인 상대로 보이진 않았다. 포위망이 조여
오자 사내는 참치 캔을 추리닝 주머니에 쑤셔넣고 가드를 올렸다.

"오, 백마 탄 왕자님 왕년에 싸움박질 좀 했나본데."

싸움박질이라고 할 것도 없었다. 해괴한 기합과 함께 달려든 불한
당1이 주먹은 보지도 못한 채 코피를 쏟으며 자빠졌다. 뒤에서 기습
하려던 불한당2는 추리닝이 회전하는 것과 동시에 턱이 돌아갔다. 멈
칫하다가 달려든 불한당3은 어퍼컷이 명치에 꽂히자 주저앉으며 토
사물을 쏟아냈다. 불한당4는 제자리에 가만히 붙박였다. 사내가 다시
자세를 잡고 가드를 올리자 불한당패는 꼬리가 빠지게 달아났다. 그
들은 몰랐다. 백마 탄 왕자님이 웰터급 한국 랭킹 2위까지 올랐던 복

서 출신의 스턴트맨이라는 사실을.

"아가씨, 괜찮아요?"

오들오들 떨고 있는 라디샤를 안아 일으키던 추리닝 사내는 그대로 굳어버렸다. 느닷없이 나타난 별 무리가 밤하늘에서 함박눈처럼 쏟아져내렸다. 평소 흘려듣던 길고양이 울음소리가 오늘따라 왜 그리 절절하게 다가왔는지 알 것 같았다. 카메라 앞이라면 격투 신이 끝나자마자 뒤로 빠져야 했지만, 오늘은 그가 운명적인 로맨스까지 담당하는 주인공이었다.

17

완벽하게 잘생긴 남자에게 왜 조각미남이라는 표현을 쓸까? 조각은 아무리 잘 만들어도 현실의 모방일 뿐이고 현실은 이데아의 모방일 뿐인데. 남자의 이데아 입장에선 두 단계의 굴욕인 셈이다. 어쩌면 그 표현은 순수한 원형인 이데아를 묘사할 수 없다는 좌절감에서 비롯된 어깃장인지도 모른다. 언어라는 붓은 원형에서 어긋난 기형을 그리기에 적합한 도구이니까. 걔는 눈이 단춧구멍이잖아, 들창코라 빗물 다 들어가겠네, 괜찮긴 한데 뻐드렁니가 좀…… 지상에 현현한 이데아와 마주친다면 구구하게 덧붙일 말 따윈 떠오르지 않는다. 정삼각형은 그냥 정삼각형이듯이. 아담을 만났을 때 꼭 그런 기분이었다.

"이봐, 정신이 들어?"

일렁이는 수면을 바라보는 것처럼 흐릿하게 얼굴 하나가 나타났다. 초점을 맞추려 눈을 깜빡이자 눈물이 눈꼬리를 타고 또르르 흘러내렸다.

"안심해, 아직 죽지 않았으니까."

수면이 잠잠해지며 차츰 선명하게 다가오는 얼굴. 상당한 과소평가의 위험을 무릅쓰고 그 정삼각형을 묘사해보자면, 매끈한 연갈색 피부와 물결치는 다갈색 머리칼의 조화가 부드러우면서도 단단한 인상을 주었다. 눈머리에서 쌍꺼풀에 바싹 다가섰다가 눈꼬리를 향해 유려한 곡선을 그리는 짙은 눈썹은 두 개의 파란 눈동자를 더욱 깊어 보이게 했다. 사파이어처럼 튀는 파랑이 아닌 살짝 흐린 가을하늘 같은 은은한 파랑. 그 아래로 크지도 작지도 높지도 낮지도 않은 코가 고고하게 솟아 중심을 잡고 있었다. 입 주위에 무심하게 자란 수염은 미지의 생명체인 양 살아 움직이는 선홍빛 입술의 안락한 둥지처럼 보였다.

사실 이깟 구구한 묘사는 그의 내부에서 뿜어져나오는 아우라가 거죽에 남긴 흔적에 지나지 않았다. 국적이나 인종을 추정하기 힘든 그 신비로운 분위기는 묘사는커녕 눈으로도 포착하기 힘들었다(실제로 그의 몸에는 여러 세대에 걸쳐 다양한 민족의 피가 섞여들었다고 한다). 한순간 동양인의 오목조목한 인상이 보이는가 싶다가 고개를 돌리면 북유럽에서 마주칠 것 같은 시원시원한 윤곽선이 나타났고, 부드러운 미소에는 능청스런 라틴계 바람둥이와 고즈넉한 인도의 현자가 겹쳐 있었다. 말끔하게 면도만 한다면 성별마저 단번에 확신하기 어려울 듯했다. 직접 만나면 알게 된다. 세상에는 그런 얼굴도 있다는 걸.

"이걸 마셔."

남자가 찌그러진 스테인리스 컵을 내밀었다. 타는 듯이 목이 말랐기에 나는 침낭을 걷고 일어나 컵에 든 액체를 단숨에 들이켰다. 당연히 물인 줄 알았는데 목구멍을 넘어가는 씁쓸한 맛에 절로 인상이 찌푸려졌다.

"죽순과 감국으로 끓인 차야. 몸속에 고인 불기운을 가라앉혀줄 거야."

불기운? 옆에서 모닥불이 탁탁 손가락을 튕겼다. 끊겼던 기억이 징검다리처럼 떠올랐다. 길바닥에 흩뿌려진 유리 파편, 밤하늘을 향해 포효하는 불기둥, 코와 입을 틀어막는 열기, 팔다리를 휘저으며 바닥을…… 다음 장면은 남자가 보충해줬다. 근처에서 불길을 보고 달려왔다가 출입문 문턱을 베고 쓰러져 있는 나를 끄집어냈다고.

"혹시 장렬히 산화하려던 계획을 내가 방해한 건가?"

"예? 아, 아니에요. 그런 거. 저도 불길을 보고, 안에 사람이 있어서 뛰어들었다가……"

"다른 사람은 못 봤는데. 아는 사람?"

잠깐 생각하다가 고개를 저었다. 아는 사람의 범위에 넣기에는 너무 짧은 만남이었다.

"용감하고 이타적이군. 유전자를 남기기 힘든 개체야."

남자가 싱긋 웃으며 내 어깨를 툭 쳤다. 조약돌 하나가 어깨에 떨어진 것처럼 잔잔한 파문이 몸 전체로 퍼져나갔다.

"난 아담이라고 해. 아담 르페브르."

남자가 내민 손은 선뜻 잡기가 망설여질 정도로 반드럽게 보였다. 하지만 막상 마주잡자 손의 굴곡 하나하나가 빈틈없이 밀착되는 느낌이었다. 마치 내가 악수하는 모양을 뜬 거푸집에 손을 집어넣은 것처럼.

"마롤리예요. 김마롤리."

"유니크한 이름이네. 타밀어로 메아리를 뜻하는 그 마롤리인가?"

나는 얼떨름히 고개를 끄덕였다.

"마롤리, 메아리, 마롤리, 메아리, 마롤리, 메아리…… 물에 비친 자기 모습을 바라보는 나르키소스 같아. 거기다 숲의 요정 에코를 더

하면, 오. 짝사랑의 삼위일체로군."

아담은 자신의 언어유희가 마음에 드는 듯 고개를 끄덕였다. '마롤리 반응 리스트'에 기상천외한 항목이 새로 추가되었다.

"그런데 여기가 어디죠?"

그제야 사방을 가로막은 회색 벽이 눈에 들어왔다. 배관이 끊긴 채 덩그러니 벽에 매달린 녹슨 보일러, 노끈으로 묶인 책더미와 시멘트 벽돌, 부서진 가구의 잔해. 들창 밑에는 캠핑용 취사도구로 간이 부엌을 꾸려놓았고 그 옆에 짐을 반쯤 덜어낸 카키색 대형 배낭이 벽에 기대 있었다. 땀자국과 흙먼지 얼룩, 닳아 너덜거리는 벨트에서 산전수전 다 겪은 베테랑의 위용이 느껴졌다. 옆에 나란히 놓인 내 파란색 신제품 배낭은 천방지축 애송이처럼 보였다.

"가난한 여행자를 위한 무료 호텔."

무료 호텔은 재개발구역에 있는 빈집 지하실이었다. 아담의 부연 설명에 따르면 세계 어느 곳에서나 며칠 머무를 폐가를 찾는 건 그리 어렵지 않다고 했다. 약간의 불편과 함께 마약중독자, 비행 청소년들, 경찰에 쫓기는 범죄자와 맞닥뜨리는 위험을 감수할 용의만 있다면.

"배낭여행중인가봐요?"

"너무 오래 다니다보니 여행이라고 불러야 하는지 모르겠어. 달팽이처럼 집을 지고 다니는 쪽에 가깝지."

"얼마나 됐는데요?"

"기억이 안 날 정도로 오래."

잠시 대화가 끊긴 사이 뱃속에서 거대한 허기가 소용돌이쳤다. 민망해서 헛기침을 하는데 그 소리를 덮으며 또 한번 소용돌이가 울렸다.

"소리가 얼마나 더 커지는지 확인하는 건 너무 잔인한 처사겠지?"

아담이 간이 부엌에서 삶은 달걀이 수북이 쌓인 코펠 냄비와 빨간 파프리카를 들고 왔다. 마음은 급한데 손가락에 힘이 들어가지 않아 달걀 껍데기를 벗기는 데 시간이 많이 걸렸다. 반면 아담은 달걀을 손아귀에 쥐고 살짝 균열을 내는가 싶더니 손가락을 몇 번 까딱여 모자 벗기듯 순식간에 껍데기를 벗겨냈다. 보고 또 봐도 신기한 손놀림이었다.

"집이 이 근처인가?"

"아뇨, 지하철 타고 좀 가야 돼요."

"괜찮으면 여기서 충분히 쉬었다가 가도록 해. 연기를 많이 마셨으니 후유증이 있을 거야."

"그래도 될까요? 여행중인데 폐를 끼치는 것 같아서."

"상관없어. 말벗은 언제든 환영이니까. 그럼 여긴 다른 볼일로 온 건가?"

"예, 볼일이 좀……"

"무슨 일인데?"

"누굴 찾으러."

"누굴?"

거침없이 이어진 질문에 나는 잠시 망설이다가 대답했다.

"아버지를."

"흠, 그래?"

아담의 푸른 눈이 호기심으로 반짝였다.

18

"I am your father."

영화사에 아로새겨진 최고의 명대사 중 하나는 초등학생도 알 만한 네 개의 단어로 이루어져 있다. 다스 베이더의 이 한마디가 그토록 회자되는 이유는 단순한 반전을 넘어 스타워즈 시리즈 전체를 꿰는 키워드로 작용하기 때문이다. 죽은 줄 알았던 아버지를 죽인 줄 알았던 악당을 죽이러 갔는데 그가 바로 죽은 줄 알았던 아버지였으니…… 이런 혼란을 방지하기 위해 한 콘돔 회사에서는 단호한 문구가 새겨진 다스 베이더 콘돔을 내놓기도 했다.

"I will not be your father."

고대 영웅신화의 주요 테마인 '아버지 찾기'는 현재까지도 소설과 영화에서 꾸준히 반복되고 있다. 고구려에선 유리가, 그리스에선 테세우스가 나란히 칼을 신표로 아버지를 찾아 왕이 되고, 〈안개 속의 풍경〉에선 불라와 알렉산드로스 남매가, 〈그을린 사랑〉에선 잔과 시몽 남매가 아버지를 찾아 나섰다가 갖은 고초를 겪는가 하면, 배트맨과 스파이더맨 같은 슈퍼히어로들은 아버지 부재라는 트라우마를 극복하기 위해 요상한 옷을 입고 활극을 벌인다. 마롤리의 모험 역시 아버지 찾기 테마로 시작된다(물론 테마는 언제든 변주될 수 있다).

아버지를 찾아 길을 나서기 위해서는 우선 아버지가 사라져야 한다. 부자가 서로 알아볼 수 없도록 주인공이 충분히 어렸을 때. 고로 막 애틋한 사랑을 시작한 마롤리의 부모를 어떻게든 찢어놓아야 한다. 극적인 효과를 높이자면 가급적 안타깝게, 사랑을 지키려는 노력 때문에 점점 더 무자비한 운명의 격류에 휘말리도록. 참, 이것도 못할 짓이다. 내 손으로 빚은 인물들을 기어코 불행의 구렁텅이에 빠뜨리기 위해 머리를 쥐어짜고 있으니. 직업이라 생각하고 마음 독하게 먹는 수밖에 없다. 행복한 사람이 행복한 사람을 만나 행복하게 사는 이야기를 쓰는 작가는 결코 행복해질 수 없으니까.

스리랑카 출신의 불법체류자 여인과 가난한 스턴트맨 사내. 다행히 이들에게 닥칠 시련을 만드는 건 그리 어렵지 않을 것 같다. 약간의 리얼리티만 첨가하는 것으로 충분하지 않을까?

그들의 아이는 그해 마지막 눈이 내린 봄밤에 대부도의 허름한 모텔에서 잉태되었다. 늘 하던 헛구역질과 입덧을 구분하지 못한 여자는 삼 개월이 다 되도록 아이의 존재를 눈치채지 못하고 줄곧 박카스만 마셔댔다. 도도록하게 부풀어오른 여자의 아랫배를 눈여겨본 사내가 혹시, 하며 임신 테스트기를 내밀었다. 여자는 화장실에서 고개를 갸웃거리며 나왔다.

"이거, 쌍둥이?"

판정창에 선명하게 새겨진 두 개의 빨간 줄을 내려다보던 사내의 눈에서 울컥 눈물이 쏟아졌다. 여자는 그의 턱부리에 매달린 눈물방울을 새끼손가락 끝에 옮겨 신기한 듯 들여다보았다. 사내가 풀썩 무릎을 꿇더니 여자의 배에 얼굴을 파묻고 울먹였다.

"내가 네 아빠야. 내가 네 아빠야. 내가 네 아빠야. 내가 네 아빠야."

국경을 초월한 사랑은 국제결혼이라는 법적 절차에 들어가자마자 난관에 부딪쳤다. 여자가 불법체류 상태였기에 일단 자진 출국해서 입국 금지 기간을 채워야 한다는 사실을 미처 몰랐던 것이다. 담당자의 말에 따르면 그 절차가 몇 년이 걸릴지 알 수 없으며 몇 년의 기다림 끝에 허가가 난다는 보장도 없었다. 설상가상으로 스리랑카는 내전이 최악의 상황으로 치닫고 있었다. 자살 테러와 대량 학살이 반복되는 아수라장에 임신중인 연인을 보내거나, 혼인신고도 못한 채 평생 숨어 다니며 아이를 키우거나. 두 가지 선택지 앞에서 사내는 통감했다. 사랑엔 국경이 없다지만 비자는 있어야 한다는 걸.

백방으로 방법을 알아보던 사내는 출국하지 않고 결혼비자를 받는 길이 있다는 정보에 귀가 번쩍 뜨였다. 물론 지름길에는 비싼 통행료가 붙기 마련이었다. 브로커가 "사정도 딱하고 하니……"라며 인심 쓰듯 내민 숫자는 그가 감당할 수 있는 액수가 아니었다. 여기저기서 별 도움도 안 되는 푼돈을 변통하는 사이 여자의 배는 점점 불러왔다. 사내는 어떤 선택을 했을까?

때마침 안면이 있는 톱스타가 음주운전을 하다가 사람을 쳤다면 절호의 기회였을 것이다. 대역은 그의 전문이니까. "삼 년 받고 모범수로 일 년 반이면 나옵니다. 십팔방 한 번 갔다 오는 거예요." 소속사 변호사의 말은 사실이었지만 교도소는 변수가 많은 곳이었다. 특히 정의감 넘치는 전직 복서에게는. 목욕탕에서 조폭과 시비가 붙었다가 상대가 재수없게 비누를 밟고 자빠진다면 형기가 대폭 늘어날 수도 있었다.

나중에 몇 배로 갚겠다는 다짐을 핑계삼아 남의 집 담장을 넘었을 지도 모른다. 빈집털이범으로 나선 과거 체육관 동료가 확실한 정보가 있다며 그를 꼬드겼다. 퇴직한 노부부가 여행으로 집을 비운다, 그 집엔 증여세를 피하기 위해 사들인 고가의 미술품이 많다, 장물아비도 다 확보되었다. 하지만 여행이 취소되었다는 최신 정보는 업데이트되지 못했다. 갑자기 나타난 그림자를 밀쳤다가 노인이 탁자 모서리에 뒤통수를 찧는다면 그는 오랜 시간 도망자로 살아야 할 것이었다.

가장 쉽게 떠오르는 해결책은 사채업자이다. 담보가 없으니 신체포기 각서를 썼을 테고, 눈덩이처럼 불어난 이자를 감당하지 못해 그는 신장 하나를 떼어줘야 했다. 그런 험한 일을 멀쩡한 의사가 하겠는가. 손을 달달 떠는 알코올중독 돌팔이 때문에 그는 온갖 합병증에 시달렸다. 병마는 그를 난폭한 주정뱅이로 바꾸어놓았고 여인은 갓 태어난 아들을 지키기 위해 야반도주를 했는지도 모른다.

어떤 선택을 했건 이어지는 장면은 똑같다. 혼자 남은 여인은 어린 마롤리를 둘러업고 허드렛일을 찾아 공장이나 식당을 전전한다. 시간이 흘러 아버지에 대해 묻는 아이에겐 뺑소니 사고로 돌아가셨다고 얼렁뚱땅 둘러대고……

19

아버지의 유품이라곤 자신이 출연한 영화 스턴트 신들을 이어붙인 비디오테이프 하나뿐이었어요. 홀연히 나타나 건물 옥상에서 뛰어내리고, 오토바이와 함께 강물에 처박히고, 차에 들이받혀 구르고, 불길에 휩싸여 허우적거리는, 그래도 불사조처럼 또다시 살아나는 아버지. 작달막한 키에 굵은 목을 가진 다부진 체형이었어요. 왼손목 안쪽에 점이 두 개 있고 오른손 약지는 뼈가 부러졌다가 제대로 붙지 않았는지 살짝 굽어 있었죠. 턱을 치켜들면 울대뼈가 하트 모양으로 돌출되는 것도 찾아냈어요. 하지만 비디오테이프를 아무리 슬로모션으로 돌려봐도 얼굴은 확인할 수 없었어요. 아버지는 언제나 절묘하게 카메라를 피해 뛰어내리고 처박히고 구르고 허우적거리고……

"조각미남이었어, 장동건 같은."

물론 그 정도는 아니었겠죠. 정말 그랬다면 영화판의 그 수많은 카메라가 그토록 필사적으로 아버지를 외면했겠어요? 엄마에게도 아버지는 짧은 기억으로만 존재하다보니 시간이 흐를수록 변형이 됐을 거예요. 기억도 예술가처럼 창의력을 발휘하잖아요. 현실이 고달플수록 예술혼은 뜨겁게 타오르기 마련이죠.

엄마는 체구가 작고 말이 더딘 탓에 식당이건 공장이건 한군데서 오래 자리를 지키지 못했어요. 일자리가 있다는 지역을 귀동냥해서 옮기고 옮기고 또 옮기고, 난 새로운 교실의 교탁 옆에 서서 삼십여 명의 아이들을 동시에 얼뜬 표정으로 만드는 마법의 주문을 외치고 외치고 또 외치고. "김, 마롤리입니다!"

이사를 할 때마다 엄마는 머리숱이 줄고 목소리가 작아졌어요. 빨래를 널거나 국에 소금을 넣다가 배터리가 방전된 것처럼 멈추는 일이 잦았죠. 또 하푸탈레에 충전하러 가셨구나. 슬며시 올라가는 입꼬리를 보면 알 수 있었어요. 하지만 충전을 해도 그때뿐이었죠. 화면은 금세 흐릿해지고, 통화중에 자꾸 끊기고, 그러다 또 꺼지고. 아마 내탓도 컸을 거예요. 아버지와 달리 약골인데다 덤벙대기까지 해서 걸핏하면 병원 신세를 졌거든요.

엄마를 생각하면 늘 불 꺼진 어둠침침한 방이 떠올라요. 창으로 비쳐든 네온 불빛이 거대한 거미처럼 벽을 기어다니고 뒷골목의 상스러운 소음이 무람없이 들락거리는 쪽방. 엄마가 힘없이 늘어진 나를 품에 안고 노래를 불러주고 있어요. 타밀 노래라 가사를 알아들을 순 없지만 그래서 더 좋아요. 양수에 둥둥 뜬 채 아직 경험하지 못한 바깥세계의 언어를 엿듣는 기분이랄까. 우리는 막 분열한 단세포생물처럼 아둥바둥 살과 살을 밀착시켜요. 다시 온전한 하나가 되기 위해.

벌써 사 년이 지났네요. 어느 날 학교에서 돌아오니 거인들이 둘러앉아 고기라도 구워먹은 것처럼 우리 판잣집이 시커먼 잿더미로 변해 있었어요. 전기장판 합선이라고 하더군요. 거미줄처럼 얼기설기 엮인 전선 위에 드러누운 검은 엄마. 아침에 허리가 쑤신다며 찜질하던 모습 그대로였어요. 원래 한번 잠들면 겨울잠 자는 다람쥐꼬리겨울잠쥐처럼 여간해서 깨지 않긴 했지만, 아무리 그래도, 참.

사실 전 지금쯤 하푸탈레 고원을 거닐고 있어야 해요. 공기 좋은 고향 차밭에 엄마의 유골을 뿌려주는 게 오래전부터 계획한 성년식이었거든요. 실은 엄마의 계획에 가깝죠. 꿈에 몇 번이나 박카스를 들고 나와서 부탁하더라고요. "파차이, 파차이." 가는 김에 인도와 네팔까지 둘러보는 일정을 짜고 부지런히 알바를 뛰면서 여행 경비를 모았어요. 배낭과 침낭 같은 준비물을 구입하고 옥탑 셋방을 빼면서 얼마 안 되는 살림은 다 처분하기로 했죠. 돌아오면 모든 걸 리셋하고 제로에서 다시 시작하고 싶었거든요.

그런데 말이죠, 유골 해외 반출에 필요한 서류들을 준비하던 중 놀라운 사실을 알게 됐어요. 가족관계증명서의 엄마 이름 옆에 찍혀 있는 '사망' 표시가 아버지 이름 옆에는 없는 게 아니겠어요? "김우신 씨는 사망신고가 접수된 적이 없으니까요." 직원분이 마우스를 몇 번 클릭하더니 차분한 음성으로 아버지를 무덤에서 끄집어냈어요. 설마…… 주민등록초본을 추가로 떼어봤죠. 뺑소니 사고로 이번 생을 마감했다는 아버지는 최근까지 대한민국에서 주소를 이전하며 살아왔더군요. 머릿속에서 수백 마리의 매미들이 울부짖기 시작했어요. 가을바람에 보도블록 위로 떨어져 짓밟히기 전 마지막으로 발악하는 그런 울음 말이에요.

왜 아버지는 운명적 사랑을 외면하고 집을 떠났을까? 왜 십구 년 동안 아들을 한 번도 찾지 않았을까? 왜 엄마는 멀쩡히 살아 있는 사람을 관 속에 욱여넣고 파묻었을까? 그 비밀을 이제 와서 파헤치는 게 바람직한 일일까? 그래도 유골을 뿌리기 전에 두 분이 마지막 인사를 나누어야 하지 않나? 물음표들이 얽히고설킨 난장판을 초대형 물음표 하나가 뛰어들어 깔끔하게 정리했어요. 아버지는 어떻게 생겼을까?

마지막 주소지는 삼 년 전 전입신고를 한 인천이더군요. 혹시 며칠 머물게 될지 모른다는 생각에 배낭에 간단한 짐과 엄마의 유골이 든 딸기잼 병을 챙겨 지하철 1호선에 올랐어요. 눈을 감고 덜컹거리는 진동에 몸을 맡기고 있자니 설렘, 긴장, 원망 같은 인간적인 감정들은 쭉정이처럼 날아가고 비장한 운명적 예감이 가슴 밑바닥을 굴러다녔어요. 주몽을 찾아가는 유리처럼, 아이게우스를 찾아가는 테세우스처럼 신화 속 영웅이 된 심정이었죠. 부자지간의 신표로 녹슨 과도라도 하나 숨겨놓았으면 좋았으련만.

20

내겐 징크스가 하나 있다. 소설 속에서 죽는 인물은 아무리 해도 상상만으로는 탄생하지 않는다는 것. 반드시 살아 움직이는 모델이 있어야 한다. 그렇다고 지인들을 몰래 데려다가 제물로 바치는 건 아니고 필요할 때마다 거리에서 공개 오디션을 치른다. 무작정 쏘다니다가 느낌이 오는 배우가 있으면 즉석에서 캐스팅해 이야기 속으로 끌어들이는 방식이다. 배역을 구체적으로 정해놓지 않은 만큼 발탁되는 인물에 따라 새로운 이야기가 파생되고 또 합쳐진다는 게 이 오디션의 묘미이다. 이번 소설에는 총 세 명의 배우가 필요하다.

뜨거운 물로 샤워를 하고 간만에 면도도 했다. 거울 속의 매끈한 얼굴이 희생자로 캐스팅해도 될 정도로 낯설게 보였다. 옷장 앞에서 잠시 고민하다가 하늘색 스웨터와 청바지, 검은색 체스터필드 코트를 골랐다. 그동안 살이 붙었는지 옷들이 바듯하게 몸을 감쌌다. 구석에 찌그러져 있는 백팩을 꺼내 홍차 상자를 챙겨넣었다. 종일 걸어다녀야 할 테니 신발은 가벼운 러닝화를 신었다. 느낌이 좋아. 좋은 배우들을 만날 것 같아. 신발장 위에 붙은 거울 속에서 동료 심사위원이 고개를 끄덕였다.

손안나씨는 어떤 사람일까? 부모가 아들내미를 작정하고 놀림감으로 만든 게 아니라면 아마도 여성일 것이다. 단독주택에 거주하며 홍차를 즐기는 취미가 있다. 아니, 어쩌면 평생토록 부모를 원망하는 남성일 수도 있다. 본인은 홍차와 녹차의 차이도 모르지만 홍차를 좋아하는 누군가의 환심을 사야 하는지도 모른다. 내가 손안나씨에 대해 알고 있는 건 이름밖에 없다. 그럼에도 도시 반대편으로 잘못 배달된 물건을 직접 가져다주는 친절을 베푸는 이유는 어젯밤에 흥미로운 계획이 떠올랐기 때문이다.

이 상자는 원래 웰컴팩토리와 손안나씨를 연결하는 직선상을 이동했어야 하는 물건이다. 하지만 누군가의 실수로 인해 직선은 나와 연결되었고 그 실수가 내게 새로운 소설의 영감을 주었다. 내가 할 수 있는 가장 일반적인 대응은 반송이다. 이 경우 상자는 쐐기 모양으로 벌어진 두 개의 직선을 거쳐 손안나씨에게 되돌아갈 것이다. 하지만 내가 직접 손안나씨를 찾아간다면? 무관한 두 꼭짓점이 새로운 직선으로 연결되며 지도상에 삼각형 하나가 그려진다. 필연과 우연과 의지, 세 개의 선분으로 이루어진 삼각형.

인터넷에서 세 꼭짓점이 나오도록 지도를 출력했다. 자를 대고 빨간 사인펜으로 삼각형을 그린 후 내부를 촘촘한 빗금으로 채워넣었다. 세 변의 길이가 제각각인 붉은 삼각형이 고개를 갸웃한 채 나를 바라보았다. 순간 찌릿한 정전기가 심장을 스치며 하나의 계획이 떠올랐다. 이 삼각형 내부를 돌아다니며 소설에 등장할 세 명의 희생자를 찾자. 그리고 마지막으로 손안나씨를 방문해 상자를 돌려주자. 그러면 이 소설은 우연에서 시작해 내 의지를 거쳐 필연으로 끝나는 단일폐곡선으로 완성되는 것이다. 그야말로 아름다운 계획이 아닌가.

그게 왜 아름답냐고 따져 묻는다면 제대로 설명할 자신은 없다. 모든 창작의 과정에서 가장 핵심적인 부분은 설명될 수 없는 찰나의 떨림으로 채워지는 법이니까. 세상에 존재할 이유가 없었던 삼각형 하나가 지도 위에 생긴 게 신기했다. 복잡하게 얽힌 도로들을 가로지르며 UFO처럼 내려앉은 붉은 삼각형. 마주 바라보고 있자니 나를 잡아끄는 비밀스런 인력이 느껴지고, 그 안으로 들어가면 새로운 세상이 펼쳐질 것 같고, 이 순간이 아주 오래전부터 예정되어 있었던 듯한…… 사랑도 그런 식으로 시작되지 않나.

21

빛바랜 검은 시트지가 네 개의 유리창을 빈틈없이 가리고 있었다. 창문마다 큼직하게 붙은 주황색 네 글자는 '성' '인' '용' '품'. 양쪽 아래를 떠받치고 있는 '상담 환영'과 '일본 직수입'은 더욱 노골적인 진분홍색이었다. 재개발구역 언덕길 초입에 자리잡은 단층 건물이었다. 술 취한 거인이 발길질이라도 한 것처럼 외벽 한쪽이 허물어졌고 누군가 내다버린 매트리스가 벽돌 더미를 베고 누워 있었다. 몇 번이나 확인했지만 주소는 틀림없었다. 매트리스 위에 퍼질러앉은 누렁이가 달관한 표정으로 나를 바라보았다.

일인용 성수, 입수 환담, 본인 성품 환수. 창문의 글자들을 조합해 현실의 이면에 감추어진 힌트를 찾아보았다. 마음을 안정시키려고 하는 말놀이일 뿐이지만 이 점괘가 신통하게 들어맞는 경우가 많았다. 일용직 인품, 본성 직영 환상…… 본성 직영 환상. 오늘따라 알쏭달쏭한 점괘가 나왔다.

시트지가 벗겨진 틈새로 가게 안을 들여다보았다. 어두컴컴한 실내에 세로로 길쭉한 빛이 서 있었다. 뒤쪽 문틈에서 새어나오는 불빛인가? 노란빛에 가까운 걸 보면 형광등은 아닌 듯했다. 그리고 조금 흔들렸다. 갑자기 불빛이 사라졌다. 다시 나타났다. 다시 사라졌다가,

나타나고. 축 늘어진 덩어리가 공중에서 흔들리고 있었다.

"아!"

유리가 뿌옇게 흐려졌다. 나는 문을 박차고 안으로 뛰어들었다. 허공에 매달린 여자를 향해 팔을 뻗는 순간 무언가 발부리에 걸렸고, 몸이 다이빙하듯 공중에 떠올랐고, 앞으로 고꾸라지며 여자의 다리를 잡아채고 말았다. 물컹한 몸뚱이가 올가미에 턱 걸리는 느낌. 제발 이미 숨이 끊어져 있었기를…… 바닥에 얼굴을 처박으며 나도 모르게 사악한 기도를 올렸다.

"펑!"

귀를 때리는 폭음에 이어 공기 빠지는 소리. 공중에서 빈 올가미가 흔들렸다. 출입문으로 비쳐든 햇빛이 레드카펫처럼 바닥에 깔렸고 그 위에서 하얀 슬립 차림의 여자가 납작하게 꺼져갔다. 다리 사이에 붙은 조잡한 모양의 실리콘 성기가 눈앞에 입을 벌리고 있었다.

"오우, 이런."

누군가 혀를 굴리며 탄식했다. 눈알을 사포로 긁어놓은 것처럼 흐리터분한 눈빛의 남자가 옆에 서 있었다.

"안젤라 머리가 터졌어."

어깨까지 늘어진 떡 진 머리에 하관을 덮은 지저분한 수염, 군데군데 솜이 삐져나온 깔깔이. 시큼하게 풍겨오는 악취가 아니더라도 충분히 노숙자임을 짐작할 수 있었다. 그는 허리를 굽혀 축 늘어진 공기 인형을 두 팔로 안아올렸다.

"죄송해요. 전 사람인 줄……"

노숙자가 집게손가락을 쳐들어 내 말을 막더니 그 자세 그대로 생각에 잠겼다. 나도 바닥에 쓰러진 자세 그대로 기다렸다. 허겁지겁 구석의 소파로 달려간 노숙자는 공기인형을 정성스럽게 소파에 걸쳐놓은 후 청록색 보디의 통기타를 끌어안고 옆에 앉았다.

머리가 터지거나 가슴이 터져야 올가미를 벗어날 수 있지, 머리가 터지거나 가슴이 터지거나

노숙자는 코드를 바꿔가며 노랫말을 반복했다. 바닥에는 찢어진 종이 박스와 빈 소주병과 용도를 알 수 없는 물건 들이 먼지를 뒤집어쓰고 나뒹굴었다. 출입문 옆에 쓰러져 있는 회전식 엽서 스탠드가 내 발을 걸어 넘어뜨린 장본인인 듯했다. 욱신거리는 무릎을 잡고 일어서다가 나는 흠칫 몸을 움츠렸다. 사방 벽을 빼곡히 채운 물고기 비늘. 자세히 보니 검은 스프레이로 그린 사람들이었다. 동그란 머리에 어깨만 있는 사람들이 열렬히 환호하는 표정을 짓고 있었다.

"밖에 해가 졌나?"

노숙자가 근엄한 음성으로 물었다. 굳이 그럴 필요는 없었지만 고개를 돌려 출입문 밖을 확인했다.

"아뇨, 아직."

노숙자는 조는 것처럼 고개를 끄덕였다. 어디라고 딱 꼬집어 말할 수는 없지만 어딘가 나와 닮은 구석이 있었다. 나는 바지를 털고 머리를 정리하고 마른침을 두 번 삼킨 후 물었다.

"저, 혹시…… 김우신씨인가요?"

노숙자는 고개를 갸웃거리며 기타만 퉁겼다. 마음에 드는 코드가

떠오르지 않는 표정이었다.

"사람을 찾고 있는데요, 김우신씨라고…… 혹시 모르세요?"

"내 남은 기억에는 없다. 사라진 기억에 있다면, 사라졌겠지."

노숙자는 연극 대사를 읊조리듯 대답했다. 소파 앞으로 다가가 그를 자세히 살펴보았다. 남루한 행색 때문에 나이를 가늠하기 어려웠지만 아버지 연배인 오십대까지 밀어올리기엔 무리였다. 키도 백칠십 센티미터 남짓한 비디오테이프 속 아버지보다 훌쩍 커 보였고 기타줄을 퉁기는 오른손 약지는 정상이었다. 등에 진 배낭이 어깨를 내리눌렀다. 아쉬움과 안도감이 뒤섞여 반죽이 되었는데 정확한 배합 비율은 알기 힘들었다.

"실례지만 여기서 지내신 지 얼마나 됐죠?"

"……"

"들어올 때 다른 사람은 없었나요?"

화룡점정의 코드가 좀처럼 떠오르지 않는지 노숙자는 미간을 찌푸린 채 묵묵부답이었다. 실내를 둘러보는 척하며 불빛이 새어나오는 내실로 다가가 슬쩍 문을 밀었다. 방 한가운데 놓인 사각 페인트 통에서 모닥불이 타고 있었다. 쑤셔넣은 장작에는 플라스틱 손잡이와 경첩이 그대로 붙어 있었다. 때에 절어 번질거리는 누비 담요와 옷가지 몇 벌이 구석에 뒤엉켜 있고 누렇게 바랜 정면 벽지에는 스프레이로 '스톡홀름 신드롬'이라고 휘갈겨놓았다. 포박된 인질이 한 명 누워 있으면 딱 어울릴 풍경이었다. 아버지가 이 성인용품점을 직접 운영했을까? 이 방에서 추리닝 차림으로 밥을 먹고 드러누워 TV를 보면서……

"피리 부는 사나이를 따라갔을 거야."

뒤에서 걸걸한 음성이 날아왔다.

"예?"

"네가 찾는다는 사람, 피리 소리에 홀린 거야. 피리 부는 사나이가 나타나면 사람들이 사라져. 슝, 슝."

다시 소파 앞으로 다가갔다. 노숙자의 흐리터분한 눈동자는 겁에 질린 것처럼 보이기도 했고 한없이 평온해 보이기도 했다. 옆에 걸쳐진 안젤라가 납작한 눈으로 나를 째려보았다.

"그 소리는, 그 아름다운 소리는 정말이지…… 어쩔 수가 없거든. 빨려들어가는 거야. 블랙홀처럼. 빛조차 빠져나올 수 없는 중력 무한대의 공간, 너무 많은 것을 붙잡아놓느라 무에 가까워진 구덩이."

노숙자는 황홀한 표정으로 기타를 살포시 끌어안았다. 귀담아들을 만한 주장은 아니었지만 제법 흥미로운 구석이 있었다.

"피리 부는 사나이는 아이들을 데려가지 않나요?"

"어른은 아직 사라지지 않은 아이니까."

"아…… 그런데 피리 부는 사나이는 사람들을 왜 데려가는 거죠?"

노숙자는 주위를 두리번거리다가 음산한 목소리로 속삭였다.

"영혼을 추출하려고. 그는 사람들의 영혼을 뽑아 먹고 살거든."

"저런, 끔찍하네요."

"그렇게 나쁜 건 아니야. 적어도 자기한테 영혼이 있다는 사실은 깨닫게 되니까."

"아저씨도 피리 부는 사나이를 만났나요?"

노숙자는 움찔하며 입을 꾹 다물었다. 대답을 기다렸지만 지저분한

98

수염 사이에 파묻힌 입술은 열릴 기미를 보이지 않았다. 벽에 그려진 관객들이 야유를 보냈다. 기타줄만 만지작거리던 노숙자가 웅얼거리며 물었다.

"밖에 해가 졌나?"

"아뇨, 아직."

노숙자는 고개를 끄덕이더니 기타를 고쳐 잡고 완성된 노래를 들려주었다.

뭉게구름에 밧줄을 걸고, 안젤라는 푸른 하늘에 목을 매달았네, 발아래 펼쳐진 조립식 낙원, 사람들은 피리 부는 사나이를 따라 블랙홀 속으로 사라졌지, 모든 구멍이 막힌 천사, 안젤라에 갇힌 나의 숨결, 머리가 터지거나 가슴이 터져야 올가미를 벗어날 수 있어, 머리가 터지거나 가슴이 터지거나

언덕길을 지그재그로 올라가며 대문을 두드렸다. 대부분 빈집이었고 이따금 문틈으로 내다보는 찌든 얼굴 중 성인용품점 사장이나 김우신을 기억하는 이는 없었다. 불 꺼진 집들이 하나둘 어둠 속으로 스며들었다. 배낭에서 딸기잼 병이 달그락거리는 소리가 엄마의 타박처럼 들렸다. '애야, 무덤 파헤치는 일은 그만둬라. 아버지 얼굴은 커가면서 거울을 보면 알게 될 테니.'

언덕배기에 이르자 길이 끊기고 커다란 교회가 앞을 가로막았다. 한때는 이곳에서 흘러넘친 찬송가가 비탈을 타고 내려가 온 동네를 은총으로 덮었을 것이다. 하지만 지금은 깨진 유리창과 문에 감긴 쇠

사슬이 스산함을 더하는 콘크리트 덩어리일 뿐이었다. 우뚝 솟은 전면 벽에 비키니 자국처럼 남은 거대한 십자가의 흔적만이 과거의 영광을 곱씹고 있었다. 출입문 계단에 걸터앉아 담배를 물고 불을 붙였다. 피어오른 연기가 갈 곳이 없는지 흐느적흐느적 주위를 배회했다.

"아주 잊고 싶어요. 아주 잊고 싶어요."

엄마의 넋두리는 항상 그런 어색한 문장으로 마무리되었다. '아주'보다는 '영영'이나 '전부'를 붙이는 게 자연스럽다고 몇 번이나 말했지만 소용없었다. 뭘 그토록 잊고 싶은지 물으면 엄마는 억지웃음과 함께 나를 끌어안곤 했다. 엄마의 품에서는 구수한 막걸리 냄새가 났다. 뭐긴, 두 분이 헤어지게 된 어둡고 추레하고 구질구질한 사연이겠지. 영웅신화에는 절대 등장하지 않을. 펄럭이며 내려앉은 어둠이 재개발구역의 쇠락한 풍경을 방수포처럼 덮어주었다.

손가락을 튕겨 담배꽁초를 날리는 순간이었다. 내리뻗은 언덕길 아래쪽에서 어둠을 찢고 불기둥이 치솟았다. 눈어림해보니 내가 올라온 길의 출발점 부근이었다. 텅 빈 내실에서 타고 있던 모닥불이 떠올랐다. 나는 알 수 없는 힘에 이끌려 비탈을 내려갔다. 발걸음이 점점 빨라지더니 어느새 전속력으로 달리고 있었다. 배낭 속에서 딸기잼 병이 등을 쿡쿡 찔렀다. '거봐라, 좋을 게 없다니까.'

성인용품점 건물이 화염에 휩싸여 있었다. 날카로운 이빨을 드러낸 네 개의 창문이 헐떡거리며 불을 뿜었다. 길바닥에 흩어진 유리 파편마다 불그림자가 넘실거렸다. 뻗쳐오는 육중한 열기가 나를 거칠게 밀어냈다. 아니 거칠게 끌어당겼다. 지붕을 뚫고 솟구쳐 머리를 풀어헤친 불보라가 내 안으로 침투해 오장육부를 헤집어놓았다. 텅 빈 나는 넋을 잃고 바라볼 수밖에 없었다. 조악한 문명의 흔적 하나를 품고 밤하늘을 향해 포효하는 붉은 괴물을, 사물의 경계를 허물고 카오스로 역행하는 검은 구멍을. 그건 정말이지, 황홀한 광경이었다.

검은 구멍…… 블랙홀…… 아!

문이 떨어져나간 출입구를 통해 안으로 뛰어들었다. 불기운이 득달같이 달려들어 코와 입을 틀어막았다. 소파는 이미 뼈대만 남아 타고 있었다. 안젤라가 저기 앉아 있었을까? 눈앞이 어른거렸다. 팔뚝으로 얼굴을 가리고 숨을 참으며, 안쪽으로 한 발 한 발 걸음을 옮겼다. 불구덩이로 변한 내실, 검은 연기 사이로…… 활활 타고 있는 몸뚱이…… 기도하듯 두 손을 모은 채…… 그리고 옆에, 불길 속에 서 있는 또 한 사람, 등에 날개가…… 가슴에 힘이 빠지며 숨을 훅 들이마시고 말았다. 목구멍이 타들어갔다. 몸을 돌리는 순간 팔꿈치와 무릎에 충격이 왔다. 안간힘을 다해 팔다리를 휘저으며 바닥을 기었다. 나가야 한다, 불길을 뚫고, 밖으로……

22

그 사내에게 눈길이 간 이유는 태권도 학원 현수막 때문이었다. 사내는 통통한 몸으로 '도' 자를 가리고 '태권' 옆에 우두커니 서 있었다. 어깨를 늘어뜨린 채 흐리터분한 눈으로 맨홀 뚜껑만 쳐다보는 모습은 씩씩한 고딕체 두 글자를 자꾸만 거꾸로 읽게 만들었다. 나는 길 맞은편 벤치에 자리를 잡고 바쁘게 오가는 사람들 사이로 사내를 관찰했다.

몸에 꽉 끼는 꼬질꼬질한 항공 점퍼, 손목과 허리에 레이스처럼 삐져나온 누런 깔깔이, 귀를 덮은 덥수룩한 머리와 입 주위에 웃자란 수염. '빅이슈 5,000원'이라고 쓴 종이를 가로수에 붙여놓지 않았더라도 충분히 노숙자임을 짐작할 수 있었다. 발치의 박스에 잡지가 가득했고 손에도 몇 권 들고 있었지만 판촉 활동을 할 생각은 전혀 없어 보였다. 포스터로 제작해 벽에 붙여놓고 체념의 정서가 필요할 때 한 번씩 쳐다보면 제격일 듯했다.

첫번째 희생자는 분량이 많지 않아 가급적 한눈에 각인되는 이미지가 필요했다. 분위기는 괜찮은데 임팩트가 약하지 않아? 옆에 있는 가상의 동료 심사위원에게 귀엣말로 속삭였다. 응, 너무 전형적인 노숙자라 호기심을 유발하는 포인트가 없네. 행인들도 전혀 관심을 안 보이잖아. 동료 심사위원 역시 같은 의견이었다. 예, 수고했어요. 연락드릴게요.

벤치에서 몸을 일으키는데 사내가 기다렸다는 듯이 잡지를 박스에 패대기쳤다. 그는 뒤쪽 관목 화단 너머로 허리를 숙이더니 스티커가 덕지덕지 붙은 기타 케이스를 집어올렸다. 이제야 개인기를 선보이는 건가? 엉거주춤 들었던 엉덩이를 다시 벤치에 걸쳤다. 케이스에서 청록색 보디의 통기타를 꺼내 어깨에 걸치는 것만으로 주위의 공기가 나선을 그리며 그에게 빨려들었다. 행인들도 지저분한 노숙자와 반들거리는 청록색 기타의 조합에 기꺼이 고개를 돌리는 정도의 관심을 투자했다. 능숙하게 튜닝을 마친 사내는 근사한 저음으로 노래를 시작했다. 부르튼 투박한 손이 여섯 개의 기타줄 위를 우아하게 미끄러졌다. 가사는 들리지 않았지만 최면에 빠져드는 듯한 몽환적인 멜로디가 매력적이었다.

합격 통보를 하기도 전에 노숙자는 소설 속으로 들어가 배역을 꿰차고 즉흥연기를 선보였다. 그에 맞춰 무대 배경이 그려지고 앞뒤 장면들이 이어졌다. 서둘러 수첩을 꺼내 샘솟는 아이디어들을 두서없이 써내려갔다. 첫번째 희생자…… 노숙자…… 청록색 기타…… 눈알을 사포로…… 성인용품점…… 피리 부는 사나이……

찾은 것 같지? 응, 괜찮네. 오가는 사람들을 뚫고 오디션 합격자를 만나러 갔다. 노래를 마친 사내가 나를 힐끔 곁눈질했다.

"좋은데요."

사내는 흐뭇한 기분을 애써 감추는 기색이었다.

"노래 제목이 뭐죠?"

"아직 안 정했어요."

"자작곡?"

"예, 어제 만들어서……"

"밴드 같은 걸 했나봐요?"

사내는 대답하고 싶지 않은지 기타 헤드만 만지작거렸다. 박스에서 『빅이슈』한 부를 집어들었다. 표지에는 서글서글한 눈매에 선이 고운 젊은 남자가 기타를 끌어안고 환하게 웃고 있었다. 최근 이슈가 된 TV 오디션 프로그램의 우승자였다. 가뜩이나 한국말이 서툰 재미교포가 너무 격하게 울먹이는 통에 한참이나 이어진 그의 우승 소감은 아무도 알아듣지 못했다.

"한 부 드릴까요?"

사내가 걸걸한 음성으로 물었다.

"아뇨."

나는 잡지를 내려놓고 자리를 떴다.

23

"안에 또다른 사람이 있었다고?"

아담이 눈을 가늘게 뜨고 물었다.

"예, 옆에 서 있었어요."

"등에 날개가 달린?"

나는 애매하게 고개를 끄덕였다. 아담의 눈이 더 가늘어졌다.

"분명히 보긴 봤는데……"

눈을 감고 당시 상황을 찬찬히 되짚어보았다. 머릿속에서 재생되는 영상은 조금 전보다 해상도가 떨어지고 색감이 탁해졌다. 또렷했던 두 사람의 형체가 불길 속에서 건들건들 흔들렸다. 보긴 뭘 봐. 옆에서 모닥불이 탁탁거리며 혀를 찼다. 사방에서 달려드는 화염과 연기로 정신을 차릴 수 없는 지경이었잖아. 기도? 날개? 눈을 제대로 뜨기는 했어? 네가 본 건 춤추는 불꼬리와 두려움이 만들어낸 추상화 아니었을까?

"아, 모르겠어요. 불꽃이 일렁이는 게 그렇게 보였던 것도 같고."

"그럴 수 있지. 기억도 예술가처럼 창의력을 발휘하거든. 특히 그런 급박한 순간에는."

아담까지 그렇게 말하자 더욱 자신감이 떨어졌다. 그럼 그 노숙자도 불구덩이 속에 없었던 걸까? 하긴 복잡한 고층 건물도 아니고, 대피할 시간은 충분했을 것이다. 하지만 내실에서 잠들어 있다가 연기를 마셨다면, 깨어나 혼비백산한 상태에서 기도를…… 모르겠다. 내일쯤 인터넷 기사를 검색해보면 알 수 있겠지.

"그나저나 연결 고리가 끊어졌네."

"예?"

"아버지 말이야. 다른 단서는 없는 거야?"

"예, 아는 건 그 주소뿐이에요."

"찾아보면 방법이 있지 않을까? 영화판에 수소문해본다거나, 경찰에 실종 신고를 낸다거나."

"그렇긴 한데…… 굳이 그렇게까지 하고 싶지 않아요. 어쩌면 아버지가……"

두려움 때문이라는 말은 차마 하지 못했다. 죽을 고비를 겪고 났더니 미신적인 두려움이 엄습했다. 이 화마는 엄마가 하늘에서 보낸 경고가 아니었을까 하는.

"천하에 상종 못할 개차반일까봐?"

"예? 아뇨, 어쩌면 아버지가 원치 않을지도…… 대체 그런 말은 어디서 배웠어요?"

"예산시장 국밥집 아주머니한테서. 남편이 속을 많이 썩였나봐."

아담은 장난스럽게 웃으며 달걀을 입에 넣었다. 따라 웃지 않을 도리가 없는 웃음이었다. 수북이 쌓여 있던 달걀은 어느새 하나밖에 남지 않았다. 아담이 마지막 달걀을 양보하는 눈짓을 보냈지만 고개를 저었다. 달걀 한 판을 삶은 게 맞다면 그가 스물두 개를 먹었다. 처음의 기세와 달리 난 일곱 개를 꾸역꾸역 밀어넣고 나자 속에서 닭똥 냄새가 올라와 더는 손이 가지 않았다.

"달걀을 정말 잘 드시네요."

"주식이야. 특별한 일이 없으면 이걸로 하루 끼니를 때우지."

"매일 달걀만 먹는다고요?"

"응. 사자가 고기를 먹고 판다가 대나무를 먹는 것처럼."

아담은 태연하게 대꾸하고 마지막 달걀을 집어들었다. 폐가에서 삶은 달걀로 연명하며 세계를 떠도는 잘생긴 구도자, 혹은 잘생긴 괴짜. 내 생명의 은인은 여러모로 유별난 사람이었다.

"왜 그렇게 오랫동안 여행을 다니는지 물어봐도 돼요?"

"그게 내 일이니까."

"돌아다니는 게?"

"돌아다니면서……"

아담은 모닥불을 바라보며 잠시 생각에 잠겼다가 대답했다.

"사람들 사연을 수집하는 게."

여행 작가라는 말인가? 아니면 소설가? 그렇다면 간단히 그렇게 말했을 텐데. 문화인류학 연구 같은 걸 하나? 궁금하긴 했지만 두루뭉술하게 에둘러 대답하니 더이상 파고들기가 어려웠다. 혹시 아담은 달걀이 주식인 별에서 온 외계인이 아닐까. 다양한 먹거리가 있는 지구를 공격하기에 앞서 인간세계를 정탐하기 위해 침투한 스파이. 완벽주의자인 분장팀 책임자가 너무 튀는 가면을 제작하는 바람에 이런 후미진 숙소에 몸을 숨기고……

"중세의 몇몇 연금술사들은 달걀을 이용해 현자의 돌을 만들려고 했어."

아담은 껍데기를 벗긴 반질반질한 달걀을 눈앞에 들고 바라보았다.

"현자의 돌? 그게 뭔데요?"

"불완전한 존재를 완전하게 변화시켜주는 신비의 물질. 예를 들어 어떤 금속이든 용해 과정에서 현자의 돌을 조금만 섞으면 금으로 변하는 거지. 연금술사 하면 흔히 떠오르는 이미지 있잖아. 불이 이글거리는 화로 앞에서 요상한 실험 기구들을 다루는. 사실 그 장면은 금이 아니라 현자의 돌을 만드는 과정이야."

"아…… 그런데 왜 하필 달걀이죠?"

"알이란 게 다 똑같이 생겼지만 전혀 다른 생명체들이 나오잖아. 닭이 나오고 비둘기가 나오고 칠면조가 나오고 뱀이 나오고 거북이가 나오고. 그래서 연금술사들은 생각했지. 저 알이야말로 모든 생명의 근원이 되는 물질을 함유한 게 틀림없다. 그걸 추출할 수 있다면 사물을 자유자재로 변화시키는 현자의 돌의 원료가 될 것이다."

아담은 달걀을 입에 넣고 꾹꾹 씹었다.

"요즘 유행하는 줄기세포 연구와 비슷하게 들리네요."

"맞아, 무엇이든 될 수 있는 미분화 상태의 가능성. 실제로 달걀을 완전식품이라고 하잖아. 이 조그만 알에서 하나의 생명체를 구성하는 모든 기관이 만들어지기 때문에 단백질, 지방, 탄수화물, 콜레스테롤, 비타민, 엽산, 칼슘, 철 등 영양소가 골고루 함유돼 있어. 게다가 소화율이 구십오 퍼센트 이상이라 먹으면 거의 그대로 몸에 흡수되고, 세계 어느 곳에서나 비교적 저렴하게 구입할 수 있다는 장점도 있지. 달걀의 유일한 흠이라면……"

아담은 파프리카를 반으로 쪼개어 한 쪽을 내게 주었다.

"비타민C가 없다는 거지."

우리는 파프리카를 아삭아삭 썹어 먹었다. 입안이 개운해지며 몸 전체에 비타민C가 퍼지는 기분이었다.

"생명의 은인에게 고맙다는 말을 아직 못했네요."

"지금 해."

"고마워요."

"한국에는 보은설화가 많던데. 까치도 은혜를 갚고, 호랑이도 은혜를 갚고, 제비는 금은보화가 열리는 박씨를 물어다주고."

"참, 외국인이 아는 것도 많네요."

그러고 보니 미처 의식하지 못했다. 아담과 내가 이렇게 자연스럽게 대화를 나누는 모습이 실은 무척 부자연스러운 모습이란 걸.

"그런데 어떻게 이렇게 한국말을 잘하죠?"

24

아담 르페브르란 인물 역시 내가 의도적으로 만든 캐릭터는 아니
다. 이번에는 의식의 사각지대에서 자생적으로 태어난 기척마저 없었
다. 이 친구는 아무래도 마롤리의 작품인 것 같다. 실을 매달아 조종
하는 건지 지켜보면서 잔손질만 해주는 건지 모르겠지만, 한 단계를
더 거친 만큼 내 영향권에서는 멀찌감치 벗어난 존재이다. 그에 대한
정보를 얻기 위해 일단 폐가의 지하실로 가봐야겠다. 모닥불 불빛이
새어나오는 들창 옆에 쪼그려앉아 두런두런 들려오는 말소리에 귀를
기울여본다. 이야기 생태계가 너무 건강해도 문제다. 내가 쓰는 소설
이 점점 나 자신에게 미스터리가 되어가고 있으니.

아담의 한국어는 정말 유창했다. 단어가 혀끝에서 살짝 미끄러지는
외국인 특유의 발음이 남아 있었지만 억양이나 표현력은 보통의 한국
인과 차이가 없었다. 어휘 사용은 보통의 한국인보다 더 풍부하고 정
확했으며 각종 속담이나 격언은 물론 은어와 비속어까지 두루 꿰고
있었다. 그는 한국어뿐 아니라 이십여 개의 언어를 자유자재로 구사
해 세계 어디를 가든 의사소통하는 데 어려움이 없다고 했다. 거기까
지는 나도 마롤리도 순수하게 감탄하는 자세로 들었다. 하지만 생소
한 소수민족의 언어를 반년이면 일상 회화가 가능한 수준으로 익힌다

는 대목에서는 고개를 갸웃거릴 수밖에 없었다.

"생각만큼 어려운 일이 아니야. 귀에 닿는 소리가 다를 뿐 모든 언어는 기본적으로 사람들이 서로 소통하려고 만든 도구잖아. 벽이 아니라 길이니까 편안하게 산책하듯 익히면 돼."

"산책보다는 마라톤에 가깝지 않나요?"

"물론 약간의 요령이 필요해. 말이 안 통하는 낯선 땅에 간다는 건 수영을 못하는 사람이 망망대해에 떨어진 것과 마찬가지니까. 아무리 발버둥쳐봤자 닿을 곳은 없어. 점점 힘이 빠지고 숨이 가빠오고. 두렵지. 그 두려움의 실체는 죽음 이전에 나와 바다 사이의 이질감이야. 본능적인 살갗의 긴장, 그걸 떨치기만 하면 돼. 천천히 가라앉으면서 바다의 흐름을, 바다의 노래를 받아들이는 거야. 바다의 차가운 꿈을…… 인간과 마찬가지로 모든 언어에는 선험적으로 공유하는 원시림 같은 공간이 있어. 그 햇빛도 들지 않는 언어의 심층으로 내려가 몸을 충분히 적셔주면 비로소 깨닫게 되지. 모든 생명은 물에서 왔으며 내게도 숨겨진 아가미가 있다는 걸."

"상당히 신비주의적인 외국어 학습법이네요. 그런 깨달음을 얻고 나면 낯선 땅에서 저절로 말이 통하게 되나요?"

"그럴 리가. 일단 소리가 귀에 익으면 그때부터 부지런히 단어, 숙어를 외우고 틈날 때마다 써먹어야지."

"아……"

마롤리도 나도 다시 순수하게 감탄하는 자세로 고개를 끄덕였다. 결론은 신이 아담을 만들 때 지성과 미모를 양손에 들고 간을 맞추다가 양념통 뚜껑이 열리며 죄다 쏟아버렸다는 것이다. 그 외에도 아담에겐 유별난 점이 많았다. 마롤리가 '타임머신 화법'이라고 이름 붙인 능청스런 입담도 그중 하나였다.

"아무리 그래도 너무 유창해요. 여기서 수십 년은 산 사람처럼."

"이전에 머문 기간들을 합치면 꽤 될 거야. 수십 년은 아니어도."

"어쩐지. 한국 방문이 처음은 아니었군요?"

"사 년 전에 들른 게 가장 최근이었고 서울올림픽 때도 한동안 머물렀어. 그전엔 갑자기 전쟁이 터지는 바람에 꽤 오래 발이 묶이기도 했지."

"전쟁? 전쟁이라면 제일 가까운 게 6·25인데."

"그래, 6·25전쟁. 당시 난 제2차세계대전의 격전지들을 방문하고 있었는데, 일본을 둘러보고 부산으로 넘어왔다가……"

물론 아담이 아흔 넘은 노인으로 보이지는 않았다. 최대한 악의적으로 봐도 삼십대 중반 정도. 하지만 그는 수천 년을 살아온 사람처럼 대화중에 자유자재로 시간 여행을 했다. 느닷없이 단두대에서 매일 수백 명씩 목이 잘리는 프랑스대혁명의 한복판으로 갔다가("나중엔 사람들 머리통이 양어깨 사이에 얹어놓은 장식품처럼 보이더라고") 카라반 행렬의 일원으로 실크로드를 건넜고("모래를 어찌나 먹었는지 움직일 때마다 뱃속에서 사르락사르락 소리가 나는 거야") 미국 서부 개척 시대의 술집에서 난투극에 휘말렸으며("결투는 무슨, 총을 뽑다가 자기 발이나 안 쏘면 다행이지") 심지어 모세의 무리에 끼어 홍해를 건너기도 했다("사실 바다는 아니고 야트막한 갈대 습지였어").

뮌하우젠 남작처럼 이런 에피소드를 경험담인 양 늘어놓으니 처음엔 마롤리도 대꾸하기가 난감했다. '딱히 농담을 하는 것 같진 않고, 심각한 허언증이 있나?' 하지만 아담의 얼굴을 마주하고 있노라면 이런 합리적인 의심마저 불경한 생떼로 여겨졌다. 마롤리는 잠시나마 품었던 불손과 교만을 반성하고 최대한 호의적인 해석을 찾아냈다. 이는 역사와 문화에 대한 해박한 지식을 경험으로 위장해 풀어내는 겸손한 화법이라고. 그렇게 마음을 정화하고 나자 타임머신 화법에 천연덕스럽게 장단을 맞출 수 있었다.

"안전을 위해서 확인하는 건데, 뱀파이어와는 관계없는 거죠?"

"이런, 설마 뱀파이어가 진짜 존재한다고 믿는 건 아니겠지?"

"모르죠. 모든 전설에 마음을 열기로 했어요."

"가만, 그러고 보니 약간 관계가 있기는 하네."

"와! 이럴 줄 알았어."

"『드라큘라』를 쓴 브램 스토커를 런던에서 몇 번 만났거든. 라이시엄극장에서 〈햄릿〉 공연을 봤던 날 헨리 어빙 씨를 통해 인사를 나눴지. 딱 공무원 스타일이라 그다지 흥미를 느끼지 못했는데 그쪽에서 계속 만나자는 기별이 오는 거야. 알고 봤더니 동유럽 뱀파이어 전설에 대한 소설을 준비중인데 왠지 모르게 내게서 강력한 영감을 받는다나. 그 책이 이렇게 유명해질 줄 알았다면……"

25

반사유리 뒤편에서 노크 소리가 울렸다. 이석은 마롤리에게 잠깐 기다리라는 손짓을 하고 옆에 붙은 모니터실로 갔다. 서형사가 두툼한 파일을 건넸다.

"진짜 있네요. 김마롤리, 1997년 11월 10일 출생. 모친은 스리랑카 국적의 라디샤 파트마나탄, 김우신과의 결혼으로 영주비자 취득, 2012년 광명 판자촌에서 전기장판 합선으로 인한 화재로 사망. 진술한 대룝니다."

흔적만 남은 전기장판 위에 팔다리를 늘어뜨리고 누운 시커먼 덩어리가 라디샤인 듯했다. 부검은 따로 실시하지 않았다.

"뒤에 보세요. 소년원에서 일 년 살았더라고요."

이석은 글자체가 상이한 서류들을 훌훌 넘겼다.

"폭행?"

"자신을 괴롭히던 동급생을 쇠파이프로 아작냈어요. 코, 팔, 갈비 복합골절, 전치 십이 주."

재판 기록에 의하면 초범인데다 피해자에게 지속적으로 괴롭힘을 당했던 점, 모친 사망으로 정서적으로 불안한 상태였다는 교사의 탄원 등이 참작되어 보호관찰에 그칠 수도 있었다. 하지만 분류심사원에서 난동을 부리고 심리에서도 전혀 반성의 기미를 보이지 않아 결국 가장 강력한 소년보호처분 10호를 받았다. 서류를 들여다보던 이석은 고개를 갸웃했다.

"중학교 일학년 때 괴롭힌 애였다는데 왜 이 년이나 지나서 복수를 했을까? 화재 사고 이후에는 칠 개월째 학교도 안 나갔잖아."

"어머니 죽음으로 고삐가 풀린 게 아닐까요? 병이 영향을 미쳤을 수도 있고."

"병이라니."

"소년원에서 애가 몇 차례 넋 나간 것처럼 멈추는 증세를 보이니까 외부에 정식으로 검사를 의뢰했더라고요. 측두엽뇌전증 판정을 받았는데 뒤에 자료가 있습니다."

감정 기록과 함께 측두엽뇌전증에 대한 자료가 두툼하게 첨부되어 있었다. 군데군데 중요한 내용을 서형사가 분홍색 형광펜으로 칠해놓았다. 이석은 책상에 걸터앉아 자료를 훑었다.

외상으로 인한 손상, 감염, 뇌혈관의 기형, 뇌종양, 유전적인 요인 등이 원인으로…… 발작이 일어나는 동안 청각적, 시각적 환상을 경험할 수 있고…… 다른 뇌전증과 구별되는 점은 발작이 없을 때에도 측두엽 손상에서 생기는 증상들을 보인다는 것인데 이를 거슈윈드 증후군Geschwind syndrome 이라고…… 첫째, 강박적으로 글을 쓰고자 하는 욕구…… 둘째, 과도한 종교적 성향과 도덕적인 우려…… 셋째, 일시적인 공격성…… 넷째, 타인에 대한 의존성…… 다섯째, 성적 관심이 극단적으로 증가하거나 극단적으로 감소…… 종교적 엑스터시 체험이나 정교한 망상의 체계를…… 테레사 수녀,

도스토옙스키, 빈센트 반 고흐 등이 측두엽뇌전증을 앓았을 것으로 추정되며, 루이스 캐럴은 발작시 경험한 시각적 환상을 바탕으로 『이상한 나라의 앨리스』를……

"하, 가지가지 하네."

이석은 쓴웃음을 지으며 반사유리 건너편을 보았다. 마롤리는 입을 가리고 하품을 하고 있었다.

"과도한 종교적 성향, 일시적인 공격성, 타인에 대한 의존성. 멘토의 망상을 숭배하며 따라다니는 추종자 역할에 딱 들어맞잖아요. 아담이라는 자가 돈키호테고 저 녀석이 산초임이 틀림없습니다."

서형사는 자신만만한 표정으로 팔짱을 꼈다.

"산초는 돈키호테의 망상을 숭배하지 않았어. 지극히 현실적인 인간이라고."

"같이 돌아다니면서 사고 친 건 맞잖아요."

듣고 있던 수사과장이 한쪽 눈썹을 찌푸리며 자리에서 일어섰다.

"인천하고 속초에 지원팀 보냈다. 증거 될 만한 건 싸그리 긁어 오라고 했는데 이제 와서 뭐가 나오겠냐. 회나 한 접시 처먹고 오겠지."

수사과장은 반사유리를 향해 턱짓했다.

"사람 셋이 타 죽었는데 단서라고는 신분증 세 개하고 재뿐이야. 저 입에서 뭐라도 끄집어내야 돼."

이석은 파일을 책상에 탁탁 두드려 안에 든 서류를 간추렸다.

"끄집어내고 말고 할 게 뭐 있어요, 알아서 술술 불고 있는데. 혼자 『이상한 나라의 앨리스』를 쓰고 있다는 게 문제지."

수사과장은 안경을 이마 위로 밀어올리고 마른세수를 했다.

"그러니까 잘 읽어보고 판단해. 어디까지가 픽션이고 어디서부터 논픽션인지."

이석이 다시 취조실로 들어서자 한쪽으로 느슨하게 기울어져 있던 마롤리가 자세를 고쳐 앉았다.

"소년원은 지낼 만했어?"

마롤리는 탁자의 둥근 모서리를 만지작거리며 실실 웃었다. 이석은 파일을 뒤적여 관련 서류를 찾았다.

"친구 이름이…… 박상철. 아주 화끈하게 복수했네."

"복수요?"

"널 괴롭힌 놈이었다며."

마롤리는 가상의 그림을 감상하듯 맞은편 회색 벽의 한 지점을 물끄러미 응시했다.

"복수까진 아니지만 그런 생각은 했어요. 어차피 들어갈 거면 공리주의적인 선택을 하자. 최대 다수의 최대 행복. 그때 떠오른 게 상철이었죠. 걘 앞으로도 자기보다 약한 사람들을 괴롭히며 살아갈 게 뻔했거든요. 결국 이런 방에 들락거리며 형사님을 성가시게 할 테죠. 누군가 한 번쯤 브레이크를 걸어줄 필요가 있다고 생각했어요. 남을 괴롭히기 전에 잠깐이나마 망설이도록. 그로써 세상이 티끌만큼이라도 깨끗해진다면 좋은 일이잖아요."

이석은 짐짓 흐뭇한 미소를 지어 보였다.

"고맙구나, 내 미래의 업무를 덜어줘서."

"뭘요. 그렇게 주고받으며 사는 거죠."

"그런데 '어차피 들어갈 거'란 건 무슨 소리지?"

"아, 원동기 면허 때문에요."

"원동기 면허?"

"엄마 죽고 나서 좀 힘들었거든요. 저 같은 혼혈 중학생이 할 수 있는 알바가 별로 없더라고요. 종일 경비 아저씨 피해 다니며 아파트에 전단지 붙이고, 개당 삼원씩에 지우개 포장하고, 새벽에 노래방 청소하고, 그래봤자 라면으로 간신히 끼니만 때울 뿐이었죠. 돌도 씹어 먹을 나이에 말이에요."

마롤리는 동의를 구하듯 빙그레 웃었다.

"원동기 면허만 있으면 배달 알바가 가능하니까 일자리가 많아져요. 시급도 몇 배로 뛰고. 근데 그건 만 십육 세부터 딸 수 있거든요. 어떡해요, 머리를 굴려서 인생 설계를 했죠. 소년원에서 일 년만 때우자. 거긴 전과도 남지 않으니까. 삼시 세끼 챙겨 먹으며 공부도 하고, 나오면 바로 원동기 면허를 따서 자립할 수 있으니 일석삼조다."

"덤으로 박상철이한테 브레이크도 한번 걸어주고."

"예, 일석사조."

어떤 감정을 올려놓아도 이내 흘러내릴 것 같은 딱딱하고 미끄러운 눈동자를 이석은 멀거니 건너다보았다. 뭐냐, 이 녀석은. 하나하나 듣고 있노라면 납득하지 못할 것도 없는 사연인데, 그 조각들을 이어붙여 나오는 형상은 프랑켄슈타인의 괴물처럼 괴상하기 짝이 없었다. 마롤리는 어깨를 으쓱하며 덧붙였다.

"저, 보기보다 치밀한 놈이에요."

26

"그 잡종 얘기 들었냐?"

"잡종이라니, 누구?"

"저번에 불나서 엄마 죽었다는 혼혈아 있잖아."

"아, 마롤리. 걔가 왜?"

"그 새끼가 상철이 까서 입원시켰대."

"뭐! 걔가 어떻게? 상대가 안 될 텐데."

"집 앞에 숨어 있다가 쇠파이프로 선빵 날리고 깠나봐. 상철이 새끼, 뼈가 열 개도 넘게 부러졌다는데."

"정말? 마롤리가?"

"너 일학년 때 걔랑 친하지 않았냐?"

"친하긴, 그냥 동네 도서관에서 몇 번 본 거지."

맞아요. 친한 건 아니었어요. 마음속으로 그애를 응원하고 있었을 뿐.

"학교는 네가 앞으로 살아가야 할 세상의 축소판이란다. 사회에 나가 잘 적응할 수 있도록 훈련시켜주는 곳이지. 그러니까 학교에서 뒤처지는 사람은 평생 뒤처져 사는 거야."

학교에 가기 싫다고 징징대는 초등학생 아들을 아버지는 그렇게 타일렀어요. 옳은 말씀이에요. 학교는 교과서와 실생활의 아득한 괴리를 정신적 혼란 없이 받아들이도록 훈련시켜주는 곳이죠. 배움이 빠른 아이들은 수업시간에 "친구와 사이좋게 지내기, 너희가 있어 행복해!"를 해맑게 복창한 후 쉬는 시간에 지우개똥을 모아 내 머리에 털고, 의자에 껌을 붙여놓고, 거지밥 먹으라며 급식 찌꺼기를 내 식판에 들이붓고, 나를 야구공 삼아 대걸레로 배팅 연습을 하고, 엄마 지갑에서 돈을 훔쳐오게 만들었어요. 내가 앞으로 살아가야 할 사회에 적응하기 위해서는 참고 견딜 수밖에 없었답니다.

중학교에 진학하면서 덩치가 커진 아이들의 업그레이드된 괴롭힘을 생각하니 한숨만 푹푹 나왔어요. 사냥꾼과 사냥감은 학기초의 서열 싸움으로 정해지는데 우리 반에선 상철이가 일찌감치 사냥꾼 우두머리에 등극했죠. 큰 키와 실실 웃으며 노려보는 독살스러운 눈빛만으로 사람을 얼어붙게 만드는 놈이었어요. 학교생활 폼나게 하고 싶은 애들, 사냥감이 되기 싫은 애들이 상철이 주위로 몰려들었어요. 집단의 결속을 다지기 위해 사냥이 시작될 차례였죠.

초등학교 찐따 경력이 탄로날까봐, 내 유약함이 피 냄새처럼 퍼져 그들을 자극할까봐 하루하루가 가시방석이었어요. 그때 내 앞에 나타난 구세주가 있었으니, 그 이름도 신비로운 마롤리. 내가 봐도 그애는 정말 완벽한 사냥감이었어요. 가무잡잡한 피부에 억센 머릿결을 가진 혼혈아였고 아버지가 없었고 엄마는 외노자였고 체구가 작았고 친구가 없었고 가난했고 옷이 더러웠고 이름이 괴상했으니까. 마롤리가 확실한 총알받이가 되어준 덕분에 난 존재감 없는 평민의 위치를 고수할 수 있었어요. 그토록 원하던 무료한 나날이었죠. 유일한 걱정거리라면 마롤리가 못 견디고 전학을 가거나 등교를 거부하는 사태가 발생하는 거였어요. 늘어가는 그애의 멍자국을 보며 나는 마음속으로 열렬히 응원을 보냈어요. 절대 포기하면 안 돼! 굳세게 버텨야 해, 마롤리!

학교에 정을 붙이지 못한 내게 동네 도서관은 은혜로운 망명지였어요. 조용하고 서로가 서로를 거들떠보지 않고 종일 죽치고 있어도 아무도 뭐라 하지 않는 곳. 이 얼마나 세련된 문명 세계입니까. 신문을 펼쳐놓고 꾸벅꾸벅 조는 할아버지들은 태평성대를 상징하는 살아 있는 동상이었죠. 그러니 어느 날 도서관에서 책에 고개를 파묻고 있는 마롤리를 봤을 때 내 심정이 어땠겠어요. 아, 쟤도 역시…… 하얀 울타리를 두른 나만의 평화로운 목장이 순식간에 철조망을 둘러친 포로수용소로 전락했어요. 하지만 난 이내 마음을 고쳐먹고 먼저 다가가 알은척을 했죠. 멀뚱히 쳐다보는 그애를 밖으로 데리고 나와 게토레이까지 샀어요. 누가 뭐래도 난 마롤리의 열성팬이니까.

"도서관에 자주 와?"

"응, 매일."

"읽고 있던 책은 뭐야? 엄청 두껍던데."

"니체, 『자라투스트라는 이렇게 말했다』."

"그걸…… 왜 읽는데?"

"요즘 '누구나 한 번쯤 들어봤지만 제대로 읽은 사람은 거의 없는 책'을 골라서 읽고 있거든. 『삼국유사』『유토피아』『난중일기』『모비딕』『실낙원』『논어』『종의 기원』『국가론』『신곡』『파우스트』."

"헐, 왜?"

"그냥 궁금해서."

"어렵지 않아?"

"어려워. 그래도 꼭꼭 씹어서 읽으면 단물이 빠져나와. 쥐포처럼."

"쥐포, 맛있지. 그래서 자라…… 그 사람이 뭐라고 말했는데?"

"인간은 극복되어야 할 그 무엇이다. 그대들은 인간을 극복하기 위해 무엇을 했는가."

"응?"

"초인…… 그래, 이 세상엔 초인이 필요해."

마롤리는 고개를 들어 하늘의 뜬구름을 쏘아보며 중얼거렸어요. 상태가 생각보다 심각하더라고요. 역시 아이들이 사냥감을 허투루 고르는 게 아니었어요.

"새끼, 그 정도로 꼴통인 줄은 몰랐네. 괜히 안 건드리길 잘했지."

"근데 그거 진짜야?"

"민수가 병원에 갔다 와서 말해줬다니까. 상철이 지금 미라처럼 온몸에 붕대 칭칭 감고 누워 있대. 새끼, 꼴좋다."

"마롤리 걔 그렇게 안 보였는데."

"누가 아니래. 야, 찐따 무서워서 학교 다니겠나."

27

예, 속초는 아담이 정했어요. 정확히 말하자면 기의 흐름이 그렇게 정해주었죠. 아담의 말에 따르면 우리 주위에는 모든 피조물을 아우르며 우주를 운행하는 기의 흐름이 있대요. 우리가 그 거대하고 심오한 흐름을 이해하는 건 불가능하지만, 암시적인 신호를 통해 막연하게나마 감지할 수는 있다는 거예요. 지도가 없어도 내비게이션의 음성을 따라가다보면 목적지에 도달하는 것처럼. 예를 들면 저와의 만남도 아담에겐 하나의 신호였죠. 후유증을 핑계로 그의 거처에 머문 지 사흘 째 되던 날, 진지한 표정으로 한국 관광 안내서를 들여다보던 아담이 속초를 척 짚으며 말했어요.

"그 노숙자가 피리 부는 사나이를 언급했잖아. 피리 부는 사나이는 처음에 쥐들을 몰아가서 강물에 빠뜨리고 그다음에는 아이들을 데리고 언덕 사이로 사라져. 그리고 마롤리 넌 아버지를 찾기 위해 여기에 왔다가 나와 만났고. 모든 신호들이 바로 이곳, 속초를 가리키고 있어. 산과 바다가 어우러진 도시, 아바이마을이 있는 곳."

황당했죠. 내 이름으로 장난을 치더니 원래 언어유희를 좋아하는구나. 그땐 그냥 정처 없이 떠도는 여정에 의미를 부여하는 놀이 정도로 여겨졌어요. 중요한 건 그다음 신호였어요.

"게다가 '풀을 묶다'라는 이름이 우리의 인연을 상징하는 것 같잖아. 어때, 함께 가지 않겠어?"

전 잠시 생각하다가 그러자고 했어요. 아마 세종기지를 보러 남극에 가자고 했어도 잠시 생각하다가 그러자고 했을 거예요. 함께. 발음이 멋지지 않아요? 동그란 공기 덩어리를 굴리듯 부드럽게 시작해서 수정처럼 맑은 단단함으로 끝나는, 하암께!

즉시 배낭을 꾸려 터미널로 가서 표를 사고 버스에 승차. 간단하더군요. 달팽이처럼 집을 지고 다닌다는 말을 실감했죠. 버스에 앉아 창밖으로 도시 풍경이 듬성듬성 빠져나가는 걸 바라보다가 문득 깨달았어요. 나는 바다를 실제로 본 적이 없다는 걸. 이제껏 본 바다는 전부 TV나 사진 속의 풍경이었다는 걸. 삼면이 바다인 나라에 살면서 십구 년 만에 처음으로, 그것도 생면부지의 외국인 손에 이끌려 바다를 보러 가다니.

"난 열 달 내내 바다만 본 적도 있는데. 리스본에서 출발해 희망봉을 돌아 인도로 가는 포르투갈 갤리언선이었을 거야. 사람들이 밤새 배 밑창에 토사물을 쏟아놓으면 어디선가 쥐떼가 몰려들어……"

이런 얘기를 아무렇지도 않게 하는 외국인 말이에요. 속초에 도착해 처음으로 바다를 본 감상을 말하자면, TV나 사진에서 본 것과 똑같더라고요. 넓고, 파랗고. 제 마음을 사로잡은 건 바다의 웅장함보다 그 가장자리에서 나부끼는 파도였어요. 멀리서 나를 덮칠 듯 거칠게 달려오는, 모래톱에 발부리가 걸려 철퍼덕 엎어지는, 한숨을 쉬며 질질 끌려가는, 다시 멀리서 나를 덮칠 듯 거칠게 달려오는…… 같은 동작을 집요하게 반복하는 대상을 집요하게 바라보고 있노라면, 맞물

린 톱니바퀴가 서로 반대 방향으로 돌아가듯 마음은 한없이 느슨해졌
어요. 배꼽시계가 시간의 흐름을 알려주지 않는다면 영원히 바라볼
수도 있는 위험한 풍경이었어요.

첫 방문인 걸 아는지 바다가 환영 선물을 주더라고요. 모래사장을
걷다가 바다를 향해 불거진 곳에 올랐는데 버려진 오두막이 있는 거
예요. 자연석과 시멘트로 벽을 올리고 기와지붕을 얹은 정사각형 오
두막은 당집으로 쓰던 공간인 듯했어요. 양쪽에 창이 뚫려 환기가 잘
되고, 바다 쪽 경사면에 위치하고 있어 불을 피워도 사람들 눈에 띌
염려가 없고, 눈앞에 펼쳐진 수려한 오션 뷰까지. 아담 역시 흡족한
표정이었죠.

"이 정도면 5성급 폐가인데."

여행이라곤 하지만 아담은 지역의 관광지나 특산물 따위에는 관심
이 없었어요. 종일 목적지도 없이 무작정 걷는 게 전부였죠. 그게 또
은근히 재미있더라고요. 낯선 듯 낯익은 풍경 속을, 언젠가 알게 될
지도 모를 타인들 사이를 걷고 또 걷고. 그러다 날이 저물면 우린 오
두막으로 돌아와 모닥불을 피워놓고 바다를 바라보며 커피나 보드카
를 홀짝였어요. 불이란 건 참 신기해요. 피어오르는 순간 어떤 장소
든 경건하면서 아늑한 분위기로 물들이잖아요. 살갗이 녹아 서로 들
러붙는 것 같은, 무슨 얘기를 털어놓아도 마음으로 곧장 스며들 것
같은 분위기. 불구덩이 속에서 죽을 뻔한 지 며칠이나 됐다고, 하하.
아담이 자신의 정체를 밝힌 것도 그렇게 달과 바다와 모닥불이 있는
밤이었어요.

28

 휘영청한 보름달이 밤바다 위에 걸려 있었다. 너울거리는 해수면은 달빛에서 실을 뽑아 또하나의 달을 제 몸에 수놓았다. 하늘에 뜬 달이 여지없는 진리라면 바다 위에서 흔들리는 달은 유혹적인 농담이었다. 둘 사이를 가르는 수평선은 어둠에 묻혀 보이지 않았다.

 "마침 오늘처럼 보름달이 밝은 밤이었어. 간신히 숲을 빠져나오는데 물동이를 이고 가던 마을 아낙네와 마주친 거야. 갑자기 비명을 지르더니 물동이를 팽개치고 줄행랑을 치더군. 숲에서 야영을 하다가 공수병에 걸린 상태였거든. 옷은 누더기에다 퀭하게 충혈된 눈으로 침을 흘리고 있었으니 보기 좋지는 않았겠지. 아무리 그래도 아픈 사람을 도와주지는 못할망정 웬 호들갑인가 했어."

 마법의 양탄자는 어느새 천 년 전의 동유럽 상공을 날고 있었다. 아담은 커피를 한 모금 마시고 말을 이었다.

 "당시 마을에 정체 모를 맹수가 나타나 가축을 잡아먹고 사람까지 죽었다는 사실은 미처 몰랐지. 백 년쯤 후에 그 지방을 다시 지나는데 이미 늑대인간 전설이……"

 드라큘라에 이어 늑대인간까지. 아담의 일관된 농담은 어떤 달을 되비추고 있는 걸까. 아무려나, 그의 허풍에 장단을 맞추고 있으면 역설적으로 내가 세상과 맞닿아 있다는 실감이 났다. 태초로부터 지금 나에게 이르는 모든 시공간이 거대한 한 그루의 나무를 통해 이어져 있는 느낌이었다.

"사연을 수집하는 게 아니라 나눠주면서 다니는 거 아니에요?"

"그렇게 주고받으며 사는 거지."

아담은 독수리 깃털이 달린 피스 파이프를 입에 물었다. 골드러시 시대에 체로키족 주술사가 준 선물이라고 했다. 이름이 '푸른 연기에 홀린'이라고 했던가?

"세속적인 질문 하나 해도 돼요?"

"내겐 모든 게 세속이야."

"계속 여행을 다니면서 경비는 어떻게 마련하는지 궁금해요. 틈틈이 아르바이트를 하는지, 아니면 애플 주식이라도 잔뜩 가지고 있는 건지."

"아직 얘길 안 했구나."

"뭘요?"

"사실 난 연금술사야."

바위 절벽을 기어오른 파도 소리가 오두막을 어슬렁 한 바퀴 둘러보고 다시 빠져나갔다.

"믿지 못하는 표정이군."

"그럴 리가요. 다만……"

"다만?"

"연금술사치고 너무 검소한 것 같아서. 그 찌그러진 컵 하나만 금으로 바꿔도 진짜 5성급 호텔에 묵을 수 있잖아요."

아담은 희푸른 연기를 풀풀 흘리며 웃었다.

"그게 바로 연금술사의 딜레마야. 실제로 금을 만들 수 있는 경지에 오르면 더이상 금을 탐하지 않게 되거든."

"그럼 뭘 탐하죠?"

"마음의 평화."

잠시 기다렸지만 더이상의 부연 설명은 없었다.

"좀더 희귀한 게 나올 줄 알았는데."

"오, 대단히 희귀한 거야."

듣고 보니 그런 것 같기도 했다. 이제껏 내가 본 마음들은 모두 무엇엔가 시달리고 있었다. 불안에, 두려움에, 탐욕에, 책임감에, 우울에, 권태에, 망상에, 심지어 꿈이나 희망, 사랑에.

"그런데 마음의 평화를 군이 연금술로 구해야 하나요? 명상이나 종교 활동이 더 적합한 것 같은데."

"그런 건 힘들잖아. 원리만 받아들이면 연금술 쪽이 훨씬 빠르고 간편해."

"원리가 뭔데요?"

"음, 수강료가 꽤 비싼데. 강사가 초일류라서."

"금을 탐하지 않는다면서."

"대신 마음을 탐한다니까. 진심으로 배우고 싶은 거야?"

"물론이죠. 이왕이면 실제 금을 만드는 기초 과정부터."

아담이 미소를 지으며 모닥불 너머에서 파이프를 건넸다. 연기를 깊이 한 모금 빨아들였다가 천천히 내뱉었다. 몽롱한 청명함이 온몸으로 퍼져갔다. 블라디보스토크로 간다는 페리가 밤바다에 수놓인 보

름달을 가르며 지나고 있었다. 블라디보스토크라고 하면 달나라만큼
이나 아득한 미지의 땅이었는데 속초에 오니 하룻밤 뱃길로 닿을 수
있는 이웃 도시가 되었다. 블라디보스토크로 가면 또다른 미지의 땅
이 이웃해 있을 테지. 그렇게 주변의 점들을 하나씩 선으로 이어간다
면……

"너와 나."

"응?"

"이 나뭇가지, 나뭇가지를 태우는 불꽃, 저 아래 모래사장, 모래사
장의 쓰레기봉투."

아담이 파도 소리에 화음을 넣듯 느릿느릿 말했다.

"쓰레기봉투를 뒤지는 고양이, 고양이를 향해 가는 파도의 포말,
바다, 바닷속의 해초, 마주보고 있는 하늘의 구름, 저 보름달과 반짝
이는 별들…… 이 모든 게 무엇으로 만들어졌다고 생각해?"

단순하지만 난해한 질문이었다.

"글쎄요, 과자의 성분 표시 같은 걸 묻는 건 아니죠?"

"그런 걸 묻는 거야."

"그렇다면 다 다르겠죠. 성분이나 분자구조 그런 게."

"다 똑같아."

"정말?"

"우주 만물은 단 하나의 재료로 만들어졌다. 프리마 마테리아. 여
기서 물, 불, 공기, 흙이라는 4대 원소가 생겨나고, 이 4대 원소의 조
합으로 세상 모든 물질이 만들어진다. 이게 연금술의 대전제야. 프리
마 마테리아의 정체는 아무도 몰라. 인간 인식의 영역을 넘어서는 문

제니까. 우주를 만든 신의 영혼에서부터 검은 카오스의 덩어리까지 추측만 가능할 뿐이지. 확실한 건, 그 자체로는 아무런 특성도 없는 물질이란 거야. 레고 블록처럼."

"레고 블록."

"응, 그렇기 때문에 무엇이든 될 수 있지. 레고 블록으로 만들어진 마을을 생각해봐. 사람이건 강아지건 나무건 시냇물이건 집이건 자동차건 분해하면 전부 작은 블록으로 돌아가잖아. 사람을 만들었던 블록으로 다시 강아지를 만들 수 있고 나무를 만들 수 있고 집이나 자동차를 만들 수도 있어. 내가 너이고 네가 나인, 얼마든지 순환이 가능한 세계."

내 몸이 작은 레고 블록으로 산산이 분해되는 장면이 머릿속에 그려졌다. 흩어진 블록으로 만들고 싶은 걸 생각해보았지만 딱히 떠오르는 게 없었다.

"이 대전제가 사람들의 상상력을 자극했어. 모든 물질이 똑같은 재료로 만들어졌다면 한 물질을 다른 물질로 변환하는 것도 가능하지 않을까?"

"쇳덩이를 금으로."

"금으로. 왜 하필 금일까?"

이번에는 쉬운 질문이었다.

"금은 돈이 되니까."

"맞아. 조금 더 길게 설명하자면, 옛사람들은 금속도 땅속에서 탄생하고 성장하는 생물이라고 믿었어. 숙성의 차이 때문에 다양한 금속이 존재하지만, 결국 그 모든 금속이 도달하게 될 성장의 마지막 단계가 바로 금이었지."

아담은 두 손으로 컵을 감싸쥐고 커피 향을 음미했다. 앞머리가 찰 랑이며 흘러내렸다.

"금은 첫새벽 찰나의 태양빛처럼 반짝이면서, 공기나 물에 부식되 지 않는 영원성을 지녔고……"

아담이 컵을 부드럽게 매만지면서 리듬을 실어 읊조렸다. 그 리듬에 맞춰 모닥불이 왈츠를 추듯 경쾌하게 흔들렸다. 바람은 불지 않았다.

"같은 크기의 납보다 묵직하면서, 원하는 대로 얇게 펴고 가늘게 뽑을 수 있는 유연성을 겸비했고……"

불그림자 때문인가? 아담의 손가락 사이로 드러난 컵이 조금씩 붉 게 변해가는 것처럼 보였다. 심장이 미지의 진동에 공명하듯 조금씩 빠르게 뛰었다.

"순결한 본모습일 땐 탐미적 삶을 추구하지만, 필요에 따라 온갖 금속들과 화합할 줄 아는 실용적 성격이기도 하지. 그야말로 금속의 완전체."

아! 나는 숨을 멈추고 그대로 굳어버렸다. 눈도 깜빡일 수 없었다. 아담의 손 위로 천천히 떠오르는 건…… 금이었다. 황금으로 변한 스 테인리스 컵이 모닥불 너머에서 첫새벽 찰나의 태양빛처럼 눈부시게 반짝였다.

"어, 어…… 그, 그거……"

앞에 모닥불이 있다는 것도 잊고 황금을 향해 손을 뻗다가 불기에 놀라 화들짝 뒤로 뺐다. 그사이 아담은 마술사처럼 유연한 손놀림으 로 컵을 한 번 감쌌다가 내놓았다. 그의 손에는 본래의 찌그러진 스테인리스 컵이 들려 있었다.

"무슨 일이야? 손 괜찮아?"

도리어 아담이 눈을 동그랗게 뜨고 물었다.

"아, 예, 괜찮아요. 그런데 그거……"

"뭐?"

"아…… 아뇨. 아니에요."

파이프를 입으로 가져가 연기를 깊숙이 빨아들였다. 찡, 머릿속에서 소리굽쇠를 친 것처럼 진동이 울렸다. 내가 또 헛것을 봤나? 조금 전에 본 장면을 머릿속에서 슬로모션으로 재생해보았다. 이번에는 몇 번을 돌려봐도 분명히, 틀림없이, 확실히 금이었다. 아담의 손에는 번쩍이는 황금 잔이 들려 있었다.

"불완전한 존재가 완전함을 동경하는 건 자연스러운 욕망이야. 신을 소유할 수는 없으니 금은 그 좋은 대용품이 되었지. 오랜 옛날부터 왜 그토록 많은 신상에 금을 덧입혔겠어."

아담은 아무 일 없었다는 듯 태연하게 설명을 이어갔다.

"지모신의 자궁 속에서 영겁의 숙성을 거쳐 탄생하는 궁극의 금속. 사람들은 더 많은 금을 갖기 위해 그 자연 숙성의 과정을 인위적으로 제어하고자 했어. 불완전한 존재를 완전하게 변화시켜주는 기적의 성장촉진제, 그게 바로……"

"현자의 돌."

미처 정신을 수습하지 못한 내 입에서 그 단어가 저절로 흘러나왔다. 아담이 불꽃 너머에서 눈을 맞추며 웃었다.

"그래, 현자의 돌이야."

29

　교복 차림의 남학생 셋이 촐랑거리며 언덕길을 올라갔다. 가방에 매달린 스파이더맨, 아이언맨, 헐크 인형이 함께 촐랑거리며 흔들렸다.
　"에이, 아닌 것 같은데."
　"맞다니까. 가서 봐봐."
　"쪽팔리게."
　그들의 눈길은 몇 발짝 앞에서 양손에 장바구니를 들고 올라가는 가랑가랑한 여자에게 쏠려 있었다. 파인애플이 든 오른쪽 장바구니가 더 무거운지 오른쪽 어깨가 기우뚱하게 처져 있었다. 균형을 잡느라 오른쪽 하이힐이 언덕길을 찍는 소리가 조금 더 크게 울렸다. 그 강약의 리듬에 맞춰 긴 곱슬머리가 회색 코트 위에서 쇠사슬처럼 흔들렸다.
　"내가 가볼게."
　헐크가 쪼르르 달려가 여자를 서너 걸음 지나쳤다. 주머니에 손을 꽂고 걷던 헐크는 고개를 홱 돌려 여자를 쳐다보았다. 미간이 좁아지면서 입술이 튀어나왔다. 헐크는 발걸음을 늦춰 여자와 거의 나란히 걸으며 노골적으로 여자의 얼굴을 올려다보았다. 그 무례한 응시로부터 자신을 보호하기 위해 여자가 할 수 있는 일은 목이 뻐근하다는 듯 고개를 옆으로 살짝 트는 것밖에 없었다. 발걸음이 조금 빨라지며 검은 스타킹에 감싸인 종아리에 근육이 불거졌다.

"오, 씨, 맞는 것 같아."

일행에게 돌아온 헐크가 호들갑스럽게 떠들었다.

"난 딱 보고 알았다니까."

"우웩, 토 쏠려."

아이언맨이 허리를 굽혀 오바이트하는 시늉을 했다. 여자가 발길을 돌려 옆쪽에 뚫린 골목으로 접어들었다. 장바구니를 들고 가는 사람 치고는 급작스러운 방향 전환이었다. 남학생들은 키득거리며 골목을 한 번씩 들여다보고 지나갔다.

왜들 저래? 얼굴이 기형인가? 비호감 역할 전문으로 나오는 연예 인인가? 이 생각 저 생각 궁굴리며 여자가 사라진 골목으로 접어들었 다가 발을 멈칫했다. 낡은 빌라의 현관 계단에 여자가 담배를 입에 물 고 앉아 있었다. 좁은 골목으로 비집고 들어온 햇살이 그녀의 머리칼 을 타고 흘렀다. 그녀는 내가 아는 한 비호감 연예인이 아니었고 얼굴 에 문제가 있지도 않았다. 미추를 가운데 금 하나로 나누자면 아름다 운 쪽에 속했다. 다만 어딘가 어정쩡한 기분을 안겨주는 아름다움이 었다.

"이봐요."

허스키한 음성이 나를 불러 세웠다.

"불 있어요?"

여자는 빈 담배를 물고 있었다. 라이터를 켜서 내밀자 그녀는 고개 를 비스듬히 기울이고 담배에 불을 붙였다. 바람을 막느라 올린 왼손 소매 안쪽으로 길쭉하게 그어진 흉터가 들여다보였다. 가까이서 보니 그 어정쩡한 기분의 정체를 알 것 같았다. 목에 울대뼈가 하트 모양으로 돌출되어 있었다.

"땡큐."

여자가 눈을 찡끗했다. 옆에 놓인 장바구니에서 파인애플이 삐죽삐죽 솟은 머리를 내밀고 나를 훔쳐보았다. 문득 영화 〈중경삼림〉의 한 장면이 떠올랐다.

"파인애플 좋아하세요?"

여자는 장바구니를 힐끔 내려다본 후 대답했다.

"별로요. 손질하기도 힘들고."

"파인애플 전용 커터가 있어요."

"그래요?"

"파인애플을 원통형으로 한 번에 잘라줘요."

"편하겠다. 그런 건 어디서 팔죠?"

"인터넷에 쳐보면 많이 나올 겁니다."

여자는 고개를 끄덕였다. 나는 가볍게 목례를 하고 가던 길이 있던 사람처럼 몸을 돌려 걸었다. 다른 골목으로 꺾어들면서 돌아보니 여자는 고개를 뒤로 젖힌 채 햇살 속으로 연기 도넛을 날리고 있었다. 찾은 것 같지, 두번째 희생자. 응, 느낌이 딱 오네. 동료 심사위원과 단번에 의견이 일치했다. 키메라. 그 단어와 함께 속초의 외진 뒷골목에 위치한 조그만 술집이 떠올랐다. 이름처럼 퓨전 스타일로 꾸며진…… 나는 서둘러 수첩을 꺼냈다.

30

파인애플이 언덕길을 굴러내려왔다. 삐죽삐죽 솟은 줄기가 뱅글뱅
글 돌아가는 모습이 제 분에 겨워 폭주하는 만화 캐릭터처럼 보였다.
파인애플의 주인으로 추정되는 여자가 한 손에 장바구니를 들고 언덕
길 위에 서 있었다. 어차피 하이힐을 신고 달려 내려와봤자 파인애플
을 따라잡을 수는 없겠지만 그녀가 풍기는 건 그런 체념의 정서가 아
니었다. 그녀는 파인애플의 전략을 순수하게 관조하고 있었다. 녀석
이 길가의 쓰레기봉투에 머리를 처박고 멈출 때까지 꼼짝도 않고.

아담이 파인애플을 주워들고 언덕을 올라갔고 나도 뒤를 따랐다.
여자는 형식적으로 두어 걸음만 마중하고 제자리에서 기다렸다. 기름
한 코와 기름한 얼굴, 기름한 목, 기름한 팔다리가 붕괴 직전의 젠가
탑처럼 위태롭게 균형을 이루고 있었다. 얼굴에 웃음기가 없었지만
도도하거나 퉁명스런 느낌은 주지 않았다.

"아리가토."

여자는 눈을 찡긋하고 파인애플을 받아 장바구니에 넣었다. 허스키
한 목소리가 그녀의 분위기와 잘 어울렸다.

"혹시 일부러 굴린 건가요?"

아담의 질문에 여자가 눈을 깜빡거렸다.

"에, 내가 왜 그러겠어요?"

"모르죠, 파인애플을 미워할 이유가 하나쯤 있을지."

여자는 고개를 젖히고 원색 물감을 흩뿌리는 것처럼 깔깔 웃었다. 슴슴한 인상이라고 생각했는데 각도를 조금 틀자 홀로그램 엽서처럼 숨어 있던 퇴폐미가 불쑥 나타났다.

"음, 이 철갑 같은 거죽이 재수없긴 했어. 손질하기도 힘들고."

여자는 파인애플을 노려보며 중얼거렸다.

"속엔 그토록 물컹하고 샛노랗고 새콤달콤한 과육을 품고 있으면서. 그렇지만 마음놓고 씹다보면 질긴 심이 이틈에 끼기 십상이지. 불 있어요?"

아담이 인어가 돋을새김된 지포라이터를 꺼내 불을 붙여주었다. 교복 차림의 여학생이 휴대폰을 귀에 붙인 채 우리를 스쳐 언덕길을 내려갔다. "괜찮아, 가끔 거울을 깨뜨리는 것 말고는." 가방에 매달린 도라에몽이 촐랑거리며 흔들렸다. 누가, 왜, 가끔 거울을 깨뜨린다는 걸까?

"우리 예전에 만난 적 있나요? 여기, 아니면 일본이나 태국에서."

여자가 담배 연기를 흘리며 아담에게 물었다.

"아닐 겁니다. 한 번이라도 만난 사람은 잘 기억하는 편이거든요."

"아닌데, 분명히 어디서 스친 것 같은데……"

여자는 고개를 갸웃거리며 아담을 빤히 들여다보았다. 그 집요한 응시가 무례하게 느껴지지 않은 건 어떤 간절함이 배어 있었기 때문이다. 그녀의 입이 살짝 벌어지기에 무언가 떠오른 줄 알았는데 갑자기 고개를 돌리더니 이번에는 나를 빤히 쳐다보았다. 민망했지만 눈길을 외면하면 더 민망해질 것 같아 나도 마주 쳐다보았다. 어딘가 모호하고 야릇한 기분을 안겨주는 게 그녀의 매력인 듯했다.

"귀엽게 생겼네. 둘이 연인?"

"예? 아, 아니에요. 그냥 친구…… 함께 여행중이죠."

허둥거리는 나를 아담이 재미있다는 듯 돌아보았다.

"아니라네요."

여자가 보라색 프라다 지갑을 꺼내 뒤적거리더니 검지와 중지 사이에 명함을 끼워 내밀었다.

"한번 들러요. 여행중인 친구들에게 술 한잔 대접할 테니."

여자는 또각또각 소리를 내며 멀어졌다. 파인애플이 장바구니에서 머리를 내밀고 우리를 훔쳐보았다. 명함에는 'Bar CHIMERA'라는 상호 밑에 날개와 외뿔과 긴 꼬리가 달린 네발짐승이 그려져 있었다.

"상상에 덧입혀진 상상인가?"

옆에서 명함을 들여다보던 아담이 중얼거렸다.

"예?"

"날개와 외뿔. 키메라한테는 필요 없거든. 사자와 염소와 뱀이 합쳐진 동물이니까."

키메라…… 그녀에게서 느낀 모호하고 야릇한 기분의 정체를 알 것 같았다.

31

"가게가 대로변에서 떨어져 있는데다가 간판에 불도 켜놓지 않아서 한참 헤맸어요. 밖에서 볼 땐 평범한 관광지 술집 같았는데 문을 열고 들어섰더니……"

마롤리는 가게 내부를 회상하듯 눈을 감은 채 말을 이었다.

"거친 벽돌로 된 벽과 아치형 천장, 노란빛의 은은한 간접조명, 마치 오래된 성당 지하에 발을 들이는 기분이었어요. 반면 바닥엔 할리우드 영화에 나오는 동네 식당처럼 흑백 타일이 깔렸고, 테이블과 의자는 모양이 제각각에 색상도 알록달록한 원색이었죠. 위에서 내려오는 엄숙함과 아래에서 솟구치는 발랄함이 대치하면서 생긴 완충지대에는 두 가지 이미지로 보이는 착시 그림들을 걸어놨어요. 술잔과 마주보는 얼굴, 젊은 아가씨와 노파, 해골과 거울을 보는 여인."

"그날 몇시까지 거기 머물렀지?"

이석의 질문에 마롤리는 사진 한 장을 손가락으로 찍어 앞으로 끌어당겼다. 숯덩이 시신이 흑백 타일을 대각선으로 가로지르고 있었다.

"모르겠어요. 아담의 칵테일 때문에 셋 다 엉망으로 취했거든요. 이것저것 대충 섞어 내놓는 것 같은데 하나같이 어찌나 맛있던지."

"화재가 처음 목격된 게 새벽 세시경이었어. 그때까지 거기 있었나?"

"아뇨, 제가 나올 땐 멀쩡했어요."

일정하게 유지되던 억양에 작은 파동이 생겼다.

"네가 나올 때, '우리'가 아니고."

"예, 제가 먼저 나왔어요."

"아담은 장마리와 가게에 남아 있었고?"

마롤리는 마지못해 고개를 끄덕였다.

"왜 먼저 나왔지?"

그날의 기억을 더듬는 것처럼 손끝으로 사진을 어루만지던 마롤리가 무언가 생각난 듯 고개를 쳐들었다.

"지금 몇시죠?"

이석은 휴대폰을 꺼내 시간을 확인했다.

"열두시 반."

"배고픈데, 점심 안 주나요?"

"얼른 끝내고 먹는 게 어때?"

"아직 많이 남았는데."

이석은 몸을 뒤로 기대며 깍짓손으로 뒤통수를 받쳤다.

"그래, 돌도 씹어 먹을 나이인데. 설렁탕 괜찮아? 한우 사골로 끓여서 구수하고 고기도 많이 들었어."

마롤리는 메뉴판을 일람하듯 허공을 올려다보다가 쭈뼛쭈뼛 말했다.

"돈가스는 없나요?"

"돈가스."

"예. 얄팍하게 튀겨서 갈색 소스 듬뿍 뿌린 돈가스."

이석은 반사유리를 향해 손가락을 돌려 주문하라는 신호를 보냈다.

"형사님은 신을 믿나요?"

돈가스와 신이 밀접한 관계라도 있는 것처럼 질문이 이어졌다. 이렇게 멋대로 들이받는 범퍼카식 대화는 딱 질색이었지만 이석은 최대한 인내심을 발휘했다.

"신이 사람들에게 미치는 영향력은 믿지."

마롤리는 이해한다는 듯 고개를 끄덕였다.

"신들은 영향력에 비해 책임감이 부족한 존재 같아요. 일관성이 없고 매사에 제멋대로잖아요. 사람들이 너무 떠받들어줘서 그래요. 엄마만 해도 좋은 일이 생기면 항상 신에게 감사를 드리지만, 안 좋은 일이 생기면 카르마를 들먹이며 전생의 업보라고 자책했거든요. 전 그 말이 싫었어요. 기억도 못하는 전생의 죄를 왜 내가 뒤집어써야 하죠? 작년에 핀 벚꽃과 올해 핀 벚꽃은 엄연히 다른 꽃인데."

마롤리는 인상을 찌푸렸다가 금세 원래의 덤덤한 표정으로 돌아왔다.

"그래도 어릴 때 엄마가 해준 힌두교 신들의 이야기는 재미있었어요. 네 개의 얼굴로 사방을 보는 창조의 신 브라흐마, 다양한 아바타로 변해 질서를 수호하는 유지의 신 비슈누, 이마에 달린 세번째 눈을 뜨는 순간 모든 걸 태워버리는 파괴의 신 시바, 꼬리에 붙은 불로 악마의 도시를 쓸어버린 원숭이 신 하누만, 아버지 시바가 머리를 날려버려 코끼리 머리를 이식한 가네샤, 그리고 칼리. 엄마 품에 안겨 그런 이야기를 듣고 있으면 하늘에서 커다란 지퍼가 열리며 다른 세상이, 훨씬 오래전부터 존재하던 진짜 세상이 밀려오는 느낌이었어요.

저야 날라리 힌두교도지만……"

"사건과 관련있는 얘기인가?"

이석이 참지 못하고 말허리를 끊었다.

"아뇨. 설렁탕이 마음에 걸려서 그래요. 형사님이 생각해서 추천해
줬는데 까탈을 부린 것 같아서. 저야 날라리 힌두교도지만 엄마의 영
향으로 소고기를 안 먹거든요. 먹을 기회도 별로 없었고. 하지만 돼지
고기는 좋아해요. 돈가스나 순댓국, 족발도 좋아해요. 그런데 말하다
보니까……"

마롤리는 눈동자를 좌에서 우로 크게 한 번 굴렸다.

"관련이 있기도 하네요. 그날 밤에도 비슷한 느낌을 받았거든요.
하늘이 갈라지며 다른 세상의 존재가 내려온 것 같은."

"무슨 일이 있었는데?"

"특별한 일은 없었어요. 그냥 술 마시면서 주로 마리씨의 사연을
들었죠. 아담이 탐낼 만한 사연이 많더라고요. 누나 원피스를 입었다
가 군인이었던 아버지에게 얻어맞은 얘기, 남자답게 보이려고 양아치
들과 어울리며 사고 친 얘기, 군대 대신 선택한 감방 생활, 신주쿠의
뉴하프 클럽. 그러다가 일본에서 '나무의 바다'라는 숲에 갔던 얘기를
해줬어요. 그때부터 머릿속이 뒤죽박죽으로 헝클어졌던 것 같아요.
매년 백 구 가까운 시신이 발견되는 자살 명소라는데, 혹시 들어보셨
어요?"

이석은 가만히 마롤리를 바라보다가 대답했다.

"아오키가하라 숲."

"맞아, 그런 이름이었어요. 거기는 한번 들어가서 길을 잃으면 빠

져나올 수가 없대요. 혼령들이 끌고 다니며 계속 똑같은 풍경만 보여주기 때문에……"

"울창한 숲에 들어가면 어디나 다 그래."

"나침반도 빙글빙글 돌면서 먹통이 된다고 하던데."

"자철석이 많은 일부 지점만 그런 거야. 거기가 용암지대라서."

"와, 잘 아시네요."

마롤리는 팔뚝의 흉터를 내려다보며 빙긋이 웃었다.

"재밌어. 다들 제각각이야. 마리씨는 이게 〈마징가 제트〉에 나오는 아수라 백작처럼 보인댔어요. 남녀가 반씩 붙은 악당이라는데 전 본적이 없어요."

"아담은?"

이석이 지나가는 말로 물었다.

"예?"

"아담도 그 흉터를 봤을 거 아냐. 어떻게 보인다고 얘기 안 했어?"

"아, 했어요. 뭐랬더라, 아담은…… 맞다. 예티처럼 보인다고 했어요. 히말라야에 사는 설인."

마롤리가 팔뚝을 걷어 앞으로 쑥 내밀었다.

"형사님은 뭐가 보이세요?"

32

"퇴학 축하합니다. 앞으로의 꿈이 무엇인지 한말씀해주시죠."

타조가 미니 캠코더를 칠면조에게 들이밀었다. 본드를 짜 넣은 비닐봉지에 고개를 처박고 있던 칠면조가 양손으로 얼굴을 문질렀다.

"여러분, 두고 보십쇼! 나 이 사람, 검정고시로 서울 법대에 갈 겁니다. 우리나라에서 제일 잘나가는 판사가 돼서 전부 사형을 때려버리겠어. 너 사형! 너도 사형! 다 사형!"

칠면조가 눈을 부라리며 렌즈를 향해 삿대질을 했다. 펭귄과 키위가 박수를 치며 깔깔거렸다. 박수 소리가 텅 빈 창고에 메아리쳤다. 타조가 캠코더를 펭귄에게 돌렸다.

"당신의 꿈은 무엇입니까?"

펭귄은 손빗으로 머리를 정리하고 렌즈를 응시했다.

"나의 꿈은 평생 놀고먹는 겁니다. 맛있는 요리도 먹고 비싼 술도 먹고 예쁜 여자도 먹고. 우리 꼰대가 빨리 뒈져서 유산을 물려받아야 꿈이 이루어질 텐데, 몸에 좋은 건 다 처먹더니 너무 팔팔해서 걱정입니다."

칠면조가 에라, 하면서 발바닥으로 펭귄의 가슴팍을 밀쳤다. 펭귄은 과장된 동작으로 매트리스에서 굴러떨어졌다. 매트리스가 출렁이

144

며 판자때기 위에 놓인 소주병, 맥주병, 양주병 들이 볼링 핀처럼 흔들렸다.

"이거 있으니까 푹신하고 좋네. 어디서 가져왔다고?"

타조가 물었다.

"굴다리 옆에 있는 샛강모텔에서 밖에 내놨더라고요. 우리 둘이 머리에 이고 오느라 모가지 부러지는 줄 알았어요."

"수고했다."

"이 위에서 우리 언니 오빠들 열나게 물고 빨고 했겠지."

펭귄은 매트리스 위에 엎드리더니 간드러지는 교성을 곁들이며 허리를 앞뒤로 흔들었다. 타조와 칠면조와 키위가 웃음을 터뜨렸다.

"인마, 웃을 일이 아니야. 넌 미리미리 연습해야지."

펭귄이 키위에게 말했다.

"뭘?"

"장대령이 너 졸업하자마자 군대에 처넣는다고 했다며. 너 같은 애가 군대 가면 어떻게 되는지 알아? 고참들이 매일 밤 돌아가면서 따먹어."

"지랄, 군대가 무슨 과수원이냐. 따먹긴 뭘 따먹어."

키위는 의연하게 받아넘기려 했지만 뺨이 굳어 말투가 어눌해졌다. 펭귄은 눈을 부릅뜨고 열을 냈다.

"병신, 진짜라니까. 우리 사촌형 친구가 너처럼 곱상하게 생겼는데 이등병 때부터 고참들한테 후장 따여서 지금도 똥을 질질 흘리고 다닌대."

"아, 개뻥이지. 지금이 어느 땐데 그렇게 당하고 있냐? 간부한테 꼰지르면 그만이지."

펭귄이 어이없다는 표정으로 혀를 찼다.

"새끼, 아버지가 군인이라는 놈이 진짜 모르네. 그 형이 제일 많이 빤 게 소대장 자지였어."

키위는 머릿속에 떠오르는 흉측한 장면들을 떨치려 고개를 흔들었다.

"근데 이 새끼 진짜 남자 맞아? 이리 와봐. 미리 장비 점검을 해야지."

칠면조가 키위에게 손짓을 했다. 키위는 실실 웃으며 몸을 비틀었다.

"에이, 형, 왜 그래요?"

"이리 오라니까. 하나, 둘……"

키위는 후다닥 달려가 칠면조 앞에 섰다.

"열중쉬어!"

구령에 맞춰 키위는 손을 등뒤로 맞잡았다. 칠면조가 허리띠를 풀자 키위는 반사적으로 그의 손을 움켜잡았다.

"어, 이거 뭐하는 짓일까? 열중쉬어라고 했는데."

칠면조가 무표정한 얼굴로 올려보았다. 키위는 머뭇머뭇 다시 열중쉬어 자세를 취했다.

"한 번만 더 앞으로 튀어나오면 손등에 구멍 뚫립니다."

칠면조의 건빵 주머니엔 코르크 마개를 끼운 송곳이 들어 있었다. 그가 앞니로 코르크 마개를 뽑아 훅 뱉는 날에는 반드시 누군가의 살가죽에 구멍이 뚫렸다. 칠면조가 키위의 바지를 무릎까지 내리고 팬티 밴드에 손가락 두 개를 걸었다. 키위는 손이 나가지 않도록 등뒤에서 깍지를 끼고 버텼다. 팬티가 내려가며 서늘한 바람이 사타구니를 쓸고 갔다.

"야, 이거, 뭐가 붙어 있긴 한데, 많이 아쉽네. 현관에서 노크만 하다 끝나겠는데."

옆에서 펭귄이 낄낄거렸다.

"웃지 마, 새꺄. 너는 친구가 아직까지 딱지도 못 떼고 있는데, 응? 뭐했어? 하여튼 요즘 새끼들은 의리가 없어, 의리가."

"그래서 오늘 여자애들 불렀잖아요. 형 조기 졸업도 축하할 겸."

"언제 온대?"

"이태원 놀러갔는데 조금 있으면 올 거예요."

"어이, 오늘 잘할 수 있겠어?"

칠면조는 손가락으로 키위의 성기를 통통 튕겼다. 키위는 어금니를 앙다물었지만 그의 의지와 상관없이 성기가 부풀어오르며 고개를 쳐들었다.

"어? 이 새끼 봐라. 너 나 사랑하니? 어떡하지, 형은 자지보다 보지가 좋은데."

펭귄은 옆에서 숨이 넘어갈 듯 낄낄거렸다. 키위는 눈을 질끈 감아 눈물샘을 틀어막았다. 타조가 칠면조의 뒤통수에 새우깡을 던졌다.

"남자들끼리 뭐하는 짓이야. 빨리 입어."

키위는 타조에게 배시시 웃음을 지어 보이고 잽싸게 팬티와 바지를 끌어올렸다. 펭귄은 비닐봉지에 고개를 처박았다.

"아, 역시 돼지표보단 오공 본드가 향이 좋아."

타조가 담배에 불을 붙이고 캠코더를 키위에게 향했다.

"자, 당신의 꿈은 무엇입니까?"

33

"잔뜩 기대하고 갔는데 그냥 공기 좋은 삼림욕장인 거야. 산책로 잘 꾸며져 있고 캠핑장도 있고. 곳곳에 서 있는 자살 방지 표지판이 분위기를 띄우는 정도였어. 당신의 생명은 소중합니다. 어쩌고저쩌고."

마리씨의 허스키한 목소리가 느적느적 이어졌다. 바텐더 자리를 차지한 아담이 셰이커에 피처럼 붉은 시럽을 따랐다.

"우린 잠깐 걷다가, 아, 나 쫓아다니던 사업가하고 같이 갔거든. 잠깐 걷다가 산책로를 벗어나 숲속으로 들어갔지. 삼림욕이나 하려고 거기까지 간 건 아니었으니까. 숲에 발을 들이니까 분위기가 확실히 다르더라. 햇빛은 잘게 쪼개져 들어오고, 이끼로 덮인 나무뿌리들이 땅위를 기어다니고, 바람이 불면 하늘에서 거대한 싸리비로 숲을 쓰는 것처럼, 싸르륵, 싸르륵."

술냄새, 담배 냄새, 마른오징어 냄새가 알지 못하는 밴드의 알지 못하는 노래와 뒤섞여 흘러다녔다. 뭉툭한 이빨이 박힌 것처럼 오른쪽 옆머리가 지끈거렸다. 셰이커를 흔들던 아담이 투명한 빨간 액체를 세 개의 잔에 따랐다.

"나무, 나무, 나무. 빽빽한 나무들에 둘러싸여 있으니 원근감이 사라지고, 생각도 사라지고, 몸이 태엽인형처럼 저절로 움직이는 기분이었어. 숲이 아니라 내 마음속의 미로를 헤매는 것 같은. 아, 정말 여기서 빠져나가지 못할 수도 있겠구나, 저 나무들 사이를 뱅글뱅글 돌다가 초록의 세상에 스며들겠구나, 그것도 나쁘지 않겠구나…… 유혹, 숲을 떠도는 혼령들 짓이겠지."

우리는 잔을 부딪치고 칵테일을 단숨에 들이켰다. 식도를 긁으며 내려간 빨간 액체는 위장에서 폭죽처럼 터졌다. 몸 구석구석으로 퍼진 불꽃들이 다시 작은 폭발을 일으켰다. 눈의 초점이 흐려지며 벽에 걸린 그림들이 저절로 두 가지 형상을 왔다갔다했다. 젊은 아가씨, 노파, 젊은 아가씨, 노파, 젊은 아가씨……

"그게 느닷없이 눈앞에 나타난 거야."

"뭐가?"

아담과 내가 동시에 물었다. 마리씨는 빈 잔을 흔들며 잠시 뜸을 들이다가 대답했다.

"나무에 목을 맨 여자. 공중에 삼십 센티미터쯤 떠서, 등을 돌린 채 축 늘어져 있었어."

나도 본 적이 있는데. 뭉게구름에 밧줄을 걸고 푸른 하늘에 목을 맨 여자. 어디서 봤더라?

"나무 사이로 사늘한 바람이 불어와 종아리를 휘감고 지나갔어. 여자의 스커트가 나부끼고, 밧줄이 끼익, 끼익, 소리를 내는데, 여자의 몸이 금방이라도 빙그르르……"

"그래서 어떻게 했어요?"

"어떡하긴, 돌아서서 줄행랑을 쳤지. 눈이 마주치면 그 자리에 영원히 붙박일 것 같았거든. 숲 깊숙이 들어온 줄 알았는데 금방 산책로가 나오더라고."

"경찰에 알렸어요?"

"불법체류자 주제에 경찰은 무슨."

마리씨는 '푸른 연기에 홀린'이 선물한 파이프를 입에 문 채 몽글몽글 연기를 내뿜었다. 파르스름한 연기가 안개처럼 그녀를 감쌌다.

"도쿄로 돌아오는 차 안에서 그 모습이 계속 떠오르는 거야. 숲에서 미처 보지 못했던 것까지, 사진처럼 선명하게. 은회색 브리지를 넣은 단발머리, 왼손목을 감은 빨간 시곗줄, 바닥에 떨어진 핑크색 에나멜 구두 한 짝, 그리고 스커트…… 여자가 입고 있던 스커트를 떠올리는 순간 온몸에 소름이 쫙 끼쳤어."

아담과 나는 숨을 죽이고 그녀의 다음 말을 기다렸다.

"내가 가지고 있던 것과 똑같았거든. 검은 버드나무 가지가 프린트된 하얀 스커트. 날염을 배우던 친구가 선물해준 거였어. 세상에 단한 벌밖에 없는. 그럴 리가 없다고, 충격 때문에 착각한 거라고 우겼지만 그 스커트가 계속 눈앞에서 나부끼는 거야."

"같이 간 사업가에게 물어보지 그랬어요."

아담이 새로 만든 초록색 칵테일을 잔에 따르며 말했다.

"물어봤지. 숲에서 본 여자가 입고 있던 스커트 기억하냐고. 그랬더니……"

"그랬더니?"

"뜨악한 표정으로 나를 돌아보면서 그러는 거야. 무슨 소리냐고. 숲에는 양복 차림의 남자가 매달려 있었는데."

아담과 나는 잠시 멍하니 굳어 있다가 얼굴을 허물어뜨리며 웃었다.

"에이, 뻥이네. 그 숲에 떠도는 괴담인 거죠?"

"아이, 정말이라니까. 이것 봐."

그녀는 팔소매를 걷어 왼손목을 내보였다. 손목 안쪽에 얼룩덜룩한 올가미 모양의 타투가 새겨져 있었다. 자세히 보니 올가미는 자기 꼬리를 물고 있는 뱀, 우로보로스였다. 뱀의 머리와 꼬리가 만나는 부분을 배배 꼬아놓아 영원과 순환의 상징 우로보로스가 사형대에 걸린 올가미처럼 보였다. 도독하게 부푼 길쭉한 흉터 두 개가 뱀의 몸통을 가로지르고 있었다.

"그날 둘이 의기투합해서 새긴 거야. 숲이 우리에게 메시지를 전한 것 같았거든. 천국에서 삼십 분 즐겁게 머물기를, 악마가 너의 죽음을 알기 전에!"

마리씨는 술잔을 높이 들어올리고 외쳤다. 초록색 칵테일이 그녀의 입술 사이로 사라졌다.

"그날 우린 무엇에 홀린 듯 밤새도록 사랑을 나눴어. 두 마리 뱀처럼 서로를 휘감고 놓지 않았지. 사랑, 이 세상에서 후회가 남지 않는 일은 그것밖에 없어. 사랑을 시작할 때의 그 황홀한 떨림은…… 쉿! 들어봐."

마리씨가 갑자기 손가락을 입술에 대고 동작을 멈췄다. 아담과 나도 덩달아 동작을 멈췄다. 스피커에서 흘러나오는 가녀린 미성이 우리를 휘감고 지나갔다. 느리고 끈끈하게 이어지는, 저승의 자장가 같은 노래였다.

"저거 나야."

아담과 나는 동시에 "에!" 하고 탄성을 뱉었다. 마리씨는 자리에서 일어나 테이블 사이의 좁은 공간을 누비며 춤을 추었다. 플라멩코와 살풀이를 합친 듯한 기묘한 춤사위였다.

"일본에 가기 전에 밴드 활동을 잠깐 했었거든. 안젤라란 예명으로. 밴드 이름도 내가 직접 지었어. 태어날 때부터 내 안에 갇힌 인질을 기리는 의미로, 스톡홀름 신드롬!"

스톡홀름 신드롬, 안젤라, 스톡홀름 신드롬, 안젤라…… 이상하다, 최근에 어디서 들은 것 같은데. 어디서 들었더라? 뭉툭한 이빨이 머리통을 잘근잘근 씹어댔다. 마리씨가 파르스름한 연기 속에서 흐느적흐느적 춤을 춘다. 연기가 조금씩 사람 모양으로 뭉쳐진다. 한 사람, 두 사람, 세 사람…… 연기 인간들이 마리씨를 둘러싸고 둥실둥실 춤을 춘다. 무표정하게 몸을 흔드는 마리씨의 모습이 멀어졌다 가까워졌다…… 벽에 걸린 그림이 왔다 갔다…… 해골, 거울을 보는 여인, 해골, 거울을 보는 여인, 해골……

34

　소파에 벌거벗은 채 뒤엉겨 있는 아담과 마리씨. 시야가 직각으로 돌아간 걸 보니 난 바닥에 쓰러져 있는 모양이다. 붉고 기다란 혓바닥 두 개가 서로의 살갗을 훑고 다닌다. 성희를 즐긴다기보다는 사교의 비밀 의식을 행하는 분위기다. 몸을 합치기 위해 꼼꼼히 풀칠을 하는 것도 같고. 겨드랑이가 팔꿈치가 허벅지가 가슴이 사타구니가 들어맞는 제자리를 찾아 상대의 굴곡을 더듬는다. 아담 가슴팍의 저 얼룩덜룩한 타투는…… 둥글게 몸을 말아 자신의 꼬리를 물고 있는 뱀이다. 아몬드 꼴의 검은 눈이 차갑게 빛난다. 저렇게 자기 몸을 조금씩 먹어 들어가면 결국 아무 흔적도 없이 사라지는 건가? 뱀이 꿈틀거린다. 입을 쩍 벌려 제 꼬리를 뱉어내고 머리를 세워 주위를 둘러본다. 녀석은 아담의 겨드랑이를 향해 구불구불 기어가더니 밀착되어 있는 마리씨의 어깨로 옮겨간다. 탐스러운 가슴을 팔자 모양으로 휘감아 돌고 나서 뱀은 사타구니를 향해 돌진한다. 그녀의 배꼽 밑에는 남성과 여성의 성기가 함께 붙어 있다. 뱀은 핏줄이 불거진 페니스를 통과해 조잡한 모양의 실리콘 질 속으로 들어간다. 꼬리를 흔들며 사라진 뱀은 잠시 후 아담의 다리 사이에서 머리를 내밀고 나온다. 아담의 사타구니에도 남녀 성기가 함께 붙어 있다. 스와핑을 모의한 두 쌍의 부부처

럼 두 개의 남근과 두 개의 음문이 쿵쿵거리며 서로를 탐색한다. 얼룩
무늬 뱀은 밀착된 두 사람의 몸을 넘나들며…… 속에서 뜨끈한 기운
이 치받쳐 올라온다. 바닥에 누런 토사물이 쏟아진다. 깔깔깔깔! 마
리씨가 나를 손가락질하며 웃는다. 하하하하! 아담도 함께 웃는다. 두
사람의 아몬드 꼴 눈이 주황색으로 물든다. 누구의 것인지 모를 팔다
리가 매듭으로 묶인다. 땀방울에 녹은 살갗이 끈적끈적 들러붙는다.
깔깔깔깔! 하하하하! 갑자기 둘의 몸이 불길에 휩싸인다. 커다란 튤
립 모양의 불꽃 속에서 둘은 서로에게 스며든다. 깔깔깔하하하깔깔하
하깔하깔하…… 나는 벌떡 일어나 술집을 뛰쳐나간다. 두 팔로 공기
를 헤치며 파도 소리를 향해 달린다. 차가운 바닷바람이 머리칼을 파
고들어 두피에 맺힌 땀을 훔친다. 이를 악물고 달린다. 달린다……
그런데 왜 이렇게 속도가 안 나지? 나는 바닥을 기고 있다. 얼룩무늬
몸통으로 구불텅구불텅……

어디까지가 실제로 본 걸까? 기억과 상상과 환각이 뒤범벅되어 머
릿속을 휘돌았다. 온몸에 식은땀이 축축했다. 어떻게 숙소로 돌아왔
는지 모르겠다. 모닥불이 따뜻한 손길로 어깨를 어루만져주었다. 침
낭 속에서 애벌레처럼 몸을 웅크렸다. 뒤통수의 공기 주입구를 통해
공기가 빠져나가고 있었다. 쉬익, 쉬익. 누군가 다가와 옆에 앉는 게
느껴졌다. 부드러운 손길이 쭈글쭈글 꺼져가는 내 몸을 토닥였다.

"괜찮아. 괜찮아."

공기가 계속 빠져나갔다. 쉬익, 쉬익.

35

오늘 입양되지 않으면 안락사당합니다.

지하철역 광장에 내걸린 현수막이 눈길을 끌었다. 파란 간이 천막 아래 철제 케이지가 아파트처럼 쌓여 있었다. 케이지에 갇힌 유기견들은 하나같이 피곤한 표정이었다.

"한 마리 입양해보시겠어요?"

빨간 조끼를 입은 자원봉사자가 다가와 말을 걸었다.

"좀 생각해볼게요."

"예, 천천히 둘러보세요."

천막 주위에는 십여 명의 사람들이 서성이고 있었다. 대부분 나처럼 현수막의 자극적인 구호에 이끌린 행인들이었다. "어떡해." "불쌍하다." "에이, 나쁜 놈들." "정말 죽이는 거야?" 안타까운 탄식들 사이에서 머리를 양 갈래로 묶은 아이가 낭랑한 목소리로 물었다. "엄마, 안락사가 뭐야?" 엄마는 난처한 표정으로 아이의 딸기 모양 방울을 매만졌다.

아이에게 언제쯤 알려주는 게 적당할까? 안락사는 회복할 길 없는 고통에 시달리는 환자들이 스스로 선택하는 죽음이라고. 주인에게 버려지고 지자체 예산이 허용하는 며칠의 유예 기간을 거쳐 들어온 순서대로 죽어야 하는 유기견들이 처한 상황과는 맞지 않는다고. 살처분이나 폐기라는 용어를 피하려다보니 이런 기만적인 선택을 하게 된 거라고.

하긴 그런 솔직한 용어를 사용한다면 천막 주위에 모이는 사람들의 숫자는 더 줄어들 것이다. 캠페인의 구호는 선량한 사람들의 측은지심을 자극할 만큼만 자극적인 게 좋다. 남이 버린 유기견을 기꺼이 가족으로 맞아들이는 사람들, 입양은 못하지만 차마 발길이 떨어지지 않아 케이지 앞을 서성이는 사람들. 어차피 그 반대편에 있는, 마음이 변했다는 이유로 반려견을 가차없이 내다버리는 부류는 저런 현수막에 눈길도 주지 않을 것이다. 윤리적 우위는 전자 쪽으로 기울지 몰라도 유전학적으로 살아남을 가능성이 큰 쪽은 후자이다.

"한 마리 입양해보시겠어요?"

빨간 조끼의 자원봉사자는 내 또래의 다른 남자에게 다가갔다. 슬림 핏의 회색 코트에 검은 가죽장갑을 말아 쥔 남자는 어깨에 멘 가방을 추어올리며 어색한 미소만 지었다. 외계인 생물 교과서에 '지구인 남성' 삽화로 들어가면 어울릴 듯한 무난한 인상이었다. 남자는 자리를 뜨려는 듯 몸을 반쯤 돌렸지만 눈길은 개들을 떠나지 못했다. 그런 뒤틀린 자세로 계속 가방을 추어올리고 현수막까지 흘끗거리며 그는 한참을 갈팡질팡했다.

짐작건대 그는 애완동물을 한 번도 길러본 적이 없는 사람일 것이다. 누군가의 삶과 죽음을 책임지는 게 부담스러울뿐더러 통제할 수 없는 활기보다는 정적인 분위기를 선호하는 타입이다. 나는 그대로 자리를 뜬다는 쪽에 걸었다. 만일 입양한다면…… 남자를 세번째 희생자로 캐스팅하기로 했다. 누구 마음대로. 동료 심사위원이 즉각 제동을 걸고 나섰다. 걱정 마, 자신 있으니까.

예상대로 남자는 고개를 흔들며 돌아섰다. 거봐, 충동적인 선택을 하는 사람이 아니야. 그런데 내 말이 채 끝나기도 전에 반전이 일어났다. 딱 세 걸음을 옮긴 남자가 제식훈련을 하듯이 몸을 돌려 다시 자원봉사자에게 다가갔다. 그는 손가락으로 누런 얼룩무늬 믹스견을 가리키며 몇 마디 얘기를 나누더니 일사천리로 서류를 작성했다. 구원을 받은 얼룩무늬는 가만히 있는데 웬일인지 옆 칸의 흑갈색 꼬마가 네발을 동동 구르며 꼬리를 쳤다. 결국 남자는 두 마리를 한꺼번에 입양했다. 자원봉사자들의 찬사와 응원을 받으면서도 그는 어색한 미소만 지을 뿐 제대로 고개를 들지 못했다.

자신 있다며. 어쩔 거야? 거, 의외의 매력이 있네. 너무 무난하잖아. 낚시터 창고에서 타 죽는 장면이 안 그려져. 그렇긴 한데, 그냥 보내긴 아깝지 않아? 그렇긴 한데…… 동료 심사위원과 나는 고민에 빠졌다. 그사이 남자는 애완견 이동장을 양손에 들고 빠른 걸음으로 사라졌다. 논의 끝에 우리는 경솔하게 내뱉은 빈말 때문에 오디션을 망칠 수는 없다는 결론을 내렸다. 대신 그를 어떤 역할로든 소설에 한번 등장시키는 것으로 타협을 보았다.

36

"아담 말로는 제가 몸이 안 좋다며 급하게 뛰쳐나갔대요. 마리씨까지 갑자기 불안정한 모습을 보이는 바람에 바로 따라 나오지 못했다고 하더라고요."

마롤리는 장마리의 사진을 들여다보다가 제자리에 돌려놓았다.

"과도를 들고 죽고 싶다고 소동을 피웠나봐요. 그 말을 들으니 손목의 흉터가 자꾸 눈앞에 어른거리는 거예요. 그 숲 얘기도 찜찜하고. 떠나기 전에 키메라에 들러보자고 했는데 아담은 태연하게 웃으며 걱정 말라고 했어요. '살고자 하는 의욕이 누구보다 강한 사람이더라고. 마리씨는.' 아담의 말을 믿기로 했죠. 솔직히 간밤의 낯뜨거운 환영이 떠올라 거길 다시 가는 게 꺼려지기도 했고."

"다음날 바로 안산으로 이동한 건가?"

이석의 질문에 마롤리는 고개를 끄덕였다.

"행선지는 역시 아담이 정했고."

"아뇨, 이번에는 저한테 맡겼어요. 기의 흐름이 보내는 신호를 한번 느껴보라는데, 그런 게 갑자기 되나요. 안테나를 곤두세우고 속초에서의 시간을 되짚어보았지만 딱히 잡히는 게 없었어요. 결국 행선지를 정하지 못한 채 터미널에 도착했죠. 뭐라도 주워섬겨야겠다는 생각으로 주위를 둘러보는데 벽에 붙은 버스 운행시간표가 눈에 혹 들어오는 거예요. '안산 11:10'. 제 생일이 11월 10일이라 그 숫자가 도드라져 보였나봐요. 게다가 안산은 엄마와 아버지가 만나 저를 잉태한 곳이고, 간밤에 마리씨가 그쪽에서 학교를 다녔다고 했던 말도 얼핏 떠올랐어요. 그렇게 꿰맞추니까 진짜 안산으로 가라는 신호를 받은 것 같더라고요."

마롤리는 희미한 미소를 머금고 스웨터 왼쪽 목둘레를 추어올렸다.

"돌이켜보면 말이죠, 저는 이제껏 하고 싶은 일이란 게 없었어요. 미래의 바람을 떠올릴 여유가 없었기에 본의 아니게 카르페 디엠을 철저히 실천하며 살았죠. 외부의 소리를 그때그때 되돌려주기만 하는 메아리처럼. 그런데 아담을 만난 후 하고 싶은 게 생긴 거예요. 우주가 보내는 신호를 따라 끝없이 이어지는 순례 여행을 다니고 싶다. 다양한 사람들의 다양한 사연을 수집하고 싶다. 아담처럼, 편서풍처럼, 인공위성처럼, 후쿠시마 방사능 오염수처럼, 멈추지 않고 지구를 떠돌고 싶다. 버스에서 불쑥 떠오른 '싶다'에 어찌나 가슴이 벅차오르던지 갈비뼈 안쪽에서 투둑, 하고 밧줄이 끊어지는 소리가 울렸어요. 그 희열을 함께 나누고 싶어 옆을 돌아봤는데……"

마롤리가 말을 멈추고 목을 가다듬는 사이 이석은 수첩의 빈 페이지 한가운데 '아담'이라고 휘갈겨 썼다.

"아담은 머리를 뒤로 기대고 잠들어 있었어요. 뽀얀 햇살이 그의 얼굴을 대각선으로 가르며 드리워졌죠. 창밖을 지나는 나무들의 그림자가 반으로 잘린 얼굴을 쓸고 갔고, 라디오에서 흘러나오는 트로트가 찍찍거리는 노이즈에 자꾸만 끊겼고, 잠결에 아담이 콧잔등을 찡긋하는 순간, 뭔가 이상했어요. 아담의 얼굴에 분명 어떤 변화가 있었어요. 마스크 팩을 붙인 것처럼 또하나의 얼굴이 희미하게 겹쳐진 듯……"

서형사가 쟁반을 들고 취조실로 들어왔다. 갈색 소스가 듬뿍 뿌려진 돈가스와 콜라 캔이 마롤리 앞에 놓였다.

"칼은 없으니 포크로 잘라먹어라."

"제가 돈가스 칼로 이 형사님을 공격할까봐요?"

"잘 아네."

이석이 서형사 대신 대답했다. 마롤리는 포크를 눈앞에 들어올렸다.

"이것도 충분히 무기가 되겠는데."

"맨손으로 먹을래?"

"그냥 해본 말이에요."

마롤리는 포크를 움켜잡고 돈가스를 잘랐다. 탁, 탁, 탁. 포크 옆날이 플라스틱 접시에 부딪는 소리가 취조실에 둔탁하게 울렸다. 이석은 수첩에 쓴 '아담'을 동그라미로 계속 둘러쌌다.

"형사님은 안 드세요?"

"난 이 안에서 식사 안 한다."

"왜요?"

"뇌는 식사로 인한 포만감을 앞에 있는 사람에 대한 친밀감으로 착각하는 경향이 있거든."

"아하."

탁, 탁, 탁. 마롤리는 보란듯이 큼직한 돈가스 조각을 입에 밀어넣었다.

"그날 아담의 얼굴이 다르게 보였다는 건 무슨 뜻이지?"

"말 그대로예요. 얼굴이 달라졌어요. 변신."

"변신."

"예. 그때부터 슬슬 아담을 의심하기 시작했죠. 어쩌면 그의 허풍은 사실이 아닐까. 아담은 수천 년 동안 변신에 변신을 거듭하며 살아온 연금술사가 아닐까."

수첩 위에서 수많은 동그라미가 아담을 포위했다. 종이가 너덜너덜해져 구멍이 뚫릴 지경이 되어서야 이석은 손을 멈췄다.

"안산에 도착해서는 어디 묵었지?"

마롤리는 손가락으로 불룩한 볼을 가리켰다. 이석은 마롤리가 입안의 음식물을 다 넘길 때까지 잠자코 기다렸다.

"적당한 무료 호텔을 찾지 못해 계속 외곽으로 나오다가 그 낚시터 창고를 발견했어요. 문에 커다란 자물쇠가 걸려 있었는데 아담이 철사를 주워 오더니 간단히 따버렸죠. 참, 재주도 많아. 안에 짐이 쌓여 있어 불편했지만 찬바람을 막아주는 것만 해도 어디예요. 원래 하루만 묵고 옮길 생각이었는데 그냥저냥 눌러앉게 됐어요."

"한유철은 어떻게 만났어?"

마롤리는 콜라를 따서 한 모금 들이켜고 딸꾹질 같은 트림을 했다.

"속초에서처럼 낮에는 마냥 걷기만 했어요. 지상의 모든 길에 발자취를 남기려는 듯 걷고 또 걷고. 지금 생각해보면, 비유가 좀 그렇지만, 짝짓기 상대를 유인하기 위해 페로몬을 뿌리고 다니는 것 같았어요. 결국 그 아저씨가 걸려들었죠."

37

"아, 정말, 더럽게 그러지 좀 마."

"뭘?"

"짜장면 그릇에 담뱃재 떠는 거."

"어때, 다 먹은 건데."

"다른 사람은 안 먹니? 넌 이게 누가 담뱃재 떨었던 그릇이면 좋겠어?"

"헹궈서 내놓으면 되지. 왜 그래? 오늘 짜증 장난 아니네. 옆방 아저씨 때문에 나도 기분 꿀꿀한데."

"기본적인 매너 아냐? 서로 지킬 건 지키면서 살아야지."

"언제부터 그렇게 매너 챙겼다고. 너도 맨날 버스 의자 사이에 쓰레기 끼워놓잖아."

"야! 이게 그거랑……"

"……"

"……"

"나 원래 안 그래. 그냥 한번 해보고 싶었던 거야."

"별게 다 해보고 싶다."

"어릴 때 큰집에 놀러가면 큰아버지가 짜장면 시켜 먹고 그릇에 담뱃재를 떨었거든. 보면서 나도 크면 저렇게 해보고 싶다는 생각을 했어. 웃기는 얘기지만, 아무렇지도 않게 그러는 게 멋있더라고. 어른의 특권처럼 보이기도 했고. 얘기하고 보니 진짜 웃긴다."

"……"

"미안해. 화 풀어. 앞으로 매너 잘 지킬게."

"아니야, 갑자기 짜증내서 미안. 실은 나도 어릴 적 기억이 나서."

"무슨 기억?"

"우리 아빠가 그랬거든. 중국 음식 시켜 먹으면 남은 찌꺼기들 한군데 모아서 거기다 담뱃재를 떨었어."

"그게 싫었구나."

"그게 싫기도 했지만, 짜증낸 건 다른 일 때문이야."

"무슨 일?"

"초등학교 때 우리 반에 혼혈아가 있었거든. 어느 날 학원에 가려고 대문을 열었다가 걔랑 눈이 딱 마주친 거야. 우리집 대문 옆에 쪼그려앉아서 손에 짬뽕 그릇이랑 나무젓가락을 들고 있더라고. 방금전에 우리 식구들이 시켜 먹고 신문지를 덮어 내놓은 거였어. 짬뽕 그릇에 남은 짜장이랑 군만두, 탕수육, 단무지를 전부 부어서. 거기에 아빠 담뱃재까지."

"아."

"우린 돌처럼 굳은 채 서로 바라보기만 했어. 날 올려다보던 그애의 표정이 지금도 생생해. 입안에 있던 음식을 삼키느라 출렁이는 목울대, 너무 부끄러워 화가 난 것 같은 눈빛, 그 와중에 슬며시 입가에

묻은 짜장 소스를 핥는 혓바닥. 얼굴이 시뻘겋게 달아오른 건 오히려
내 쪽이었어. 그게 더 짜증나서 나도 모르게 소리를 빽 질렀지."

"뭐라고?"

"야! 더럽게 그걸 왜 먹어!"

"심했네."

"심했지. 그게 마법을 푸는 주문이었던 것처럼 그애는 벌떡 일어나
달아났어. 난 정말 담뱃재 때문에 한 말이었는데…… 오해를 풀고 싶
었지만 막상 학교에 가면 서로 눈길을 피하게 되더라고. 뭐라고 말을
꺼내야 할지 모르겠고, 외톨이처럼 지내던 애한테 다가가서 말을 거
는 게 애들 보기 부끄럽기도 했고. 매일 같은 교실에 있으면서 결국
학년이 끝날 때까지 한마디도 안 했어."

"그게 아직까지 마음에 걸려 있구나."

"응."

"그만 잊어버려. 지금은 걔도 짜장면, 탕수육 실컷 먹으면서 잘살
고 있을 거야."

"말해놓고 보니 궁금하다. 그애도 그 일을 기억하고 있을까?"

"이름 몰라? 페북이나 인스타 찾아보면 있을지 모르잖아."

"몰라. 되게 특이한 이름이었어. 애가 지저분해서 그렇지 혼혈이라
눈이 댕그란 게 묘한 매력이 있었는데."

"혹시 걔 좋아했던 거 아냐?"

"하, 참, 말도 안 돼."

"어, 얼굴 빨개졌는데."

"그만해라."

164

"오, 왕자님, 혼혈 왕자님. 그대는 지금 어디 있나요."
"지랄이다, 아주."

38

눈사람 모양의 인공 저수지가 이울어가는 하현달을 머리핀처럼 꽂고 잠들어 있었다. 아담은 모닥불에서 나뭇가지 하나를 집어들어 파이프에 불을 붙였다. 담배 연기가 그의 얼굴 앞에서 하얀 베일처럼 나부꼈다.

"모두가 금을 원하지만 정작 연금술사들에게 금은 메타포일 뿐이지. 공사장에 둘러친 가림막 같은 거. 금을 탐하는 게 그나마 정상적인 괴짜로 보이니까."

세계를 떠도는 순례 여행에 대한 대화는 자연스럽게 연금술 교리문답으로 이어졌다. 내 예감이 맞는다면 아담에게 그 둘은 별개의 주제가 아니었다.

"현자의 돌이 연금술사를 어떻게 변화시키는데요?"

"일단 육체에서 부정적인 요소가 전부 사라지기 때문에 불로불사의 존재가 된다고 해. 영적인 능력 역시 완벽해져서 우주의 이치에 통달하고 모든 피조물과 소통할 수 있게 되지. 그 밖에 접촉만으로 병을 치유하고, 미래를 보는 혜안이 생기고, 모습을 안 보이게 하거나 하늘을 난다는 얘기도 있어."

"연금술사가 아니라 슈퍼히어로네."

아담이 파이프를 길게 한 번 빨아들인 후 내게 건넸다.

"오랜 세월 비전되다보니 아무래도 과장된 측면이 있어. 어차피 그런 건 액세서리일 뿐이고, 연금술사들의 궁극적인 목표는 최초의 인간으로 돌아가는 거야. 신이 오븐에서 막 꺼낸 따끈따끈한 상태로."

"에덴동산의 아담 말이에요?"

"아담뿐 아니라 세계 각지의 천지창조 신화에는 다양한 모습의 거인들이 최초의 인간으로 등장해. 페르시아의 가요마르트나 인도의 푸루샤, 북유럽의 이미르, 중국의 반고, 한국의 마고할미."

"아, 들어봤어요. 거인 해체 신화 말이죠? 태초에 거인의 몸이 갈가리 찢기면서 세상 만물이 형성됐다는."

"거인의 두 눈이 하늘로 올라가 해와 달이 되고, 내뿜은 피가 바다가 되고, 내쉰 숨결은 바람이, 뼈는 바위가, 소변은 하천이 되고, 대지에 떨어진 정액이나 사체의 구더기에서 인간이 생겨나는 신화들. 마치 표절이라도 한 것처럼 서로 닮았어. 신기하지 않아? 비행기도 인터넷도 없던 시대인데."

그런 신기함은 비교신화학에서 이미 충분히 다루었을 테지만 아담은 넌지시 새로운 학설을 주장하고 있었다. 아주 오래전 세상 만물의 기원으로 여겨질 만큼 비범한 누군가가 전 세계를 돌아다녔고, 그 누군가의 이야기에 지역마다 새로운 이야기가 덧붙여졌고, 그 누군가는 다양한 이름의 거인이 되어 지금까지 세계 각지에 전해 내려오고 있다는. 뱀파이어나 늑대인간 전설처럼.

"진짜 거인으로 변하는 건 아니겠죠?"

"그것도 재미있겠지만 거인 역시 메타포일 뿐이지. 영혼과 육체가 조화롭게 통합된 존재를 상징하는."

"아까 그 슈퍼히어로에 비해 너무 소박한 거 아니에요?"

"그럴 수밖에. 조화란 완벽할수록 무에 가까워지는 거니까. 우리도 건강할 때는 몸속의 메커니즘을 전혀 의식하지 못하잖아. 이백여섯 개의 뼈와 육백사십 개의 근육들이, 지구를 두 바퀴 반이나 감을 수 있는 혈관이, 삼천 종류가 넘는 호르몬이, 육십조 개에 이르는 세포들이 무슨 역할을 하는지 깨닫게 되는 건 조화가 깨지며 통증이 찾아올 때지."

아담은 불붙은 나뭇가지 하나를 집어들고 흔들리는 불꽃을 가만히 바라보았다.

"이렇게 말로 설명해봤자 현대인이 그 총체성의 감각을 상상하기는 힘들어. 개의 후각이나 박쥐의 초음파로 감지되는 세상을 상상할 수 없는 것처럼. 인간은 분열과 대립에 익숙한 존재로 진화해오면서 통증 자체를 정체성으로 삼았거든."

불꽃이 나뭇가지를 타고 아담의 손을 향해 내려갔다.

"연금술은 결국 불의 꿈을 받아들이는 과정이야. 불이 모든 사물의 경계를 허물듯 내 안에서 아귀다툼을 벌이는 욕망들의 경계가 사라지고, 나와 나 아닌 것의 경계마저 사라지고, 마침내 나는 세상 만물이자 아무것도 아님을 깨닫게 되면, 비로소 고운 잿더미 같은 마음의 평화가 찾아오는 거지."

불꽃은 아담의 손에 닿기 직전 나뭇가지 안으로 파고들듯 꺼져버렸다. 하얀 연기가 휘청휘청 피어올랐다.

"불교에서 말하는 열반과 비슷하게 들리네요."

"열반, 구원, 옴, 모크샤, 아타락시아, 모두 같은 봉우리로 올라가는 다른 등산로들일 뿐이니까."

"현자의 돌만 있으면 그 봉우리에 곧장 오를 수 있다는 건가요?"

"케이블카를 타고, 다이렉트로."

"정신 수양이나 고행 같은 과정 없이?"

"힘들게 그런 걸 뭐하러 해. 현자의 돌은 금속과 마찬가지로 인간의 영혼과 육체도 즉각 완전하게 만들어주는데. 스위치를 올리는 것처럼, 딸깍."

그게 바람직한 구도의 길인지는 모르겠지만 상당히 유혹적인 방법이긴 했다.

"현자의 돌이란 건 말 그대로 돌멩이인가요?"

"의견이 분분해. 붉은 돌을 조금씩 갈아서 쓴다, 노란색 분말이다, 투명한 용액이다, 아니다, 현자의 돌은 궁극의 경지에 이른 연금술사 자신을 가리키는 것이다. 희생과 부활, 구원이라는 유사성을 들어 그리스도가 바로 현자의 돌이라는 주장도 있고, 음양 에너지의 합일이라는 점에 착안해 양성구유의 모습이라고 하는 설도 있지."

양성구유? 키메라에서 본 환영이 다시 떠올랐다. 그 해괴한 장면이 혹시 현자의 돌에 관한 상징이었나? 하지만 난 그 둘의 관계를 몰랐는데⋯⋯

"그 외에도 현자의 돌은 세계 곳곳에서 다양한 이름으로 전해지고 있어. 중국 연금술에서는 불로장생과 황금 변성을 가능하게 해주는 선단仙丹이 곧 현자의 돌이었고, 인도 연금술에서는 육신의 정화를 통해 정신을 해방시키는 탄트라 요가가 현자의 돌과 같은 효과를 낸다고 믿었지."

"온갖 설들이 난립한 걸 보니 실제로 현자의 돌을 만드는 데 성공한 연금술사는 없는 모양이네요."

아담은 뜻 모를 미소를 머금고 장작을 뒤적였다.

"정확히 말하자면, 현자의 돌은 만드는 게 아니야."

"그럼?"

"수집하는 거지."

아담이 왼손을 불꽃 위로 뻗어 천천히 원을 그렸다. 주인의 손바닥을 핥으려는 강아지처럼 불꽃이 혀를 날름거리며 따라다녔다.

"현자의 돌은 세계 도처에 흩어져 있거든. 눈에 띄지 않는 미세한 조각으로 나뉘어서."

"아하, 그러니까 아담이 여행을 다니는 이유가 바로……"

아담은 누가 볼세라 짧게 고개를 까딱했다. 나도 누가 들을세라 목소리를 낮춰 물었다.

"그동안 많이 수집했어요?"

"꽤 되지."

"보여줄 수 있어요?"

"보고 싶어?"

"응."

"진심으로?"

"진심으로 진심이죠."

아담이 나뭇가지를 부러뜨려 모닥불에 밀어넣었다. 딱, 하는 파열음이 허공에 마침표를 찍듯 울렸다.

"보고 나면 이전의 삶으로 돌아갈 수 없다고 해도?"

그렇다면 더더욱 보고 싶다고 대답하려다가 멈칫했다. 내 안의 무언가가 목구멍을 틀어쥐고 말을 막았다. 깊이 팬 침묵의 골짜기 양편에서 아담과 나는 멀뚱히 서로를 쳐다보았다. 진지하게 진의를 묻기도 농담으로 눙치기도 뭣한 애매한 분위기. 중간에서 모닥불이 살랑살랑 몸을 흔들었다. 때마침 낚시터 진입로로 들어선 하얀 승용차 덕분에 눈길을 돌릴 수 있었다. 응? 승용차?

멀찌감치 멈춘 승용차는 헤드라이트를 끄고 우리를 탐색하듯 어둠 속에 웅크려 있었다. 잠시 후 운전석 문을 열고 나온 펑퍼짐한 그림자가 우리를 향해 팔자걸음으로 다가왔다. 찰그랑찰그랑 유리병 부딪는 소리가 밤의 저수지에 괴괴하게 울렸다. 낚시터 주인인가? 그러면 곤란해지는데…… 모닥불 조명 안으로 들어온 남자는 발을 멈추고 저수지를 향해 고개를 돌렸다. 후줄근한 검은 외투에 찰흙으로 빚다 만 것 같은 두툴두툴한 얼굴, 유난히 번들거리는 낡은 구두. 축 늘어진 검은 비닐봉지가 집게손가락에 위태롭게 걸려 있었다.

"떡밥 잔뜩 쌓였을 텐데, 겨울 되면 물 빼고 바닥 한번 걷어줘야지. 쯧, 저러니 붕어들 상태가 안 좋지."

혼잣말을 중얼거리던 남자가 고개를 돌려 유쾌하게 덧붙였다.

"불 좀 쫴도 되겠소? 몸을 녹이고 뛰어들어야지, 심장마비 걸리겠네."

39

　세번째 희생자는 이 소설이 시작된 현실과의 접점이다. 처음엔 주인공이 유력했으나 이야기가 몸집을 불리는 과정에서 단역인 희생자3으로 축소된 신원 미상의 소사체. 모델이라도 매력적인 사람을 붙여주고 싶었는데 그마저 뜻대로 되지 않았다.

　후줄근한 검은 외투에 바람이 헝클어놓은 머리, 찰흙으로 빚다 만 것 같은 두둘두둘한 얼굴. 남자는 짝다리를 짚고 서서 매대에 쌓인 달걀들을 우두커니 바라보았다. 이따금 눈을 끔뻑이는 것 외에는 아무런 움직임이 없었다. 머릿속으로 화면을 찬찬히 되감아보았다. 몸도 녹일 겸 오디션장을 마트로 옮긴 게 약 십오 분 전이었다. 카트를 밀고 다니는 남자들을 주시하며 어슬렁거리던 내내 저 검은 외투는 저 자리에 붙박여 있었던 것 같다. 장 보러 온 분위기는 아닌데, 뭐하는 거야? 달걀과 어떤 애달픈 사연이 있는 게 아닐까? 달걀과? 동료 심사위원과 나는 남자를 훔쳐보며 속닥거렸다.

　남자가 드디어 매대로 다가가 달걀 박스 하나를 집어들었다. 뚜껑을 젖히고 어깨가 들썩일 정도로 크게 심호흡을 한 번 하더니 손을 올려 달걀들을 매만졌다. 주저하는 손끝에서는 여린 벽 하나로 자신을 지키고 있는 미완의 존재에 대한 연민과 증오가 교차했다. 저 눈빛봐. 뭐가 있다니까. 순간 남자의 손목이 수도꼭지를 돌리듯 무심하게 반 바퀴 돌아갔다. 열 개의 달걀이 거의 동시에 바닥에 떨어졌다. '픽'과 '푹'의 중간쯤 되는 비현실적인 소리가 마트의 평온한 오후에 균열을 냈다.

주변에 있던 사람들이 고개를 돌려 남자를 쳐다보았다. 사람들은 슬금슬금 물러나면서도 자리를 완전히 뜨지는 않았다. 자연스럽게 남자를 중심으로 원형 무대가 꾸려졌다. 내 자리는 객석의 가장 앞 열이었다. 남자는 눈을 끔뻑이며 깨진 달걀들을 내려다보았다. 어쩌자고 이런 짓을 했는지, 본인도 난감해하는 표정이었다. 하지만 눈빛을 통해 드러나는 그의 내면은 다른 표정을 짓고 있었다. 롤러코스터를 처음 타본 아이의 달뜬 눈빛. 무섭지만 또 타겠다고 조르는. 그는 달걀 박스를 하나 더 집어 똑같은 행동을 반복했다. 이어서 또 하나, 또 하나. 남자는 매대에 달려들어 미친 듯이 달걀 박스들을 바닥에 패대기쳤다. 깨지지 않은 달걀은 구둣발로 짓밟았다. 호흡이 거칠어질수록 휘젓는 팔다리에는 기운이 넘쳐흘렀다.

"어머, 어머, 왜 저래?"

"미쳤나봐."

원형 무대는 조금씩 넓어졌고 수군거림과 숨죽인 비명 사이로 간간이 쾌감 실린 탄성이 터져나왔다. 조끼를 걸친 점원이 왔고 제복을 입은 경비원이 왔고 넥타이를 맨 매니저가 왔지만, 성난 고릴라 같은 남자의 기세에 눌려 아무도 앞으로 나서지 못했다. 무대가 미끌미끌한 흰자와 노른자로 뒤범벅되어 함부로 다가갈 수도 없었다. 매니저가 "이봐!" "당신!" 하고 소리만 치는 사이 남자는 매대에 쌓여 있던 수

백 박스의 달걀을 하나도 남김없이 박살냈다.

　"당신, 뭐, 뭐하는 거야! 야, 빨리 경찰, 경찰에 신고해, 신고!"

　매니저가 더듬거리며 소리쳤다. 남자는 두 손으로 무릎을 짚고 서서 만족스럽게 숨을 헐떡였다. 그의 바짓단과 낡은 구두는 끈적끈적한 점액으로 뒤덮여 번들거렸다. 돌아보는 눈빛에도 천진한 흰자와 광기의 노른자가 섞여 있었다. 남자가 씩 웃으며 말했다.

　"이거 다 얼마요?"

40

한밤중에 소주 두 병과 땅콩을 들고 인적 없는 저수지를 찾은 남자. 심장마비 운운한 농담은 농담이 아니었는지도 모르겠다. 술기운을 빌려 자살하려는 사람이 안주까지 챙기는 게 일반적인 경우인지는 모르겠지만.

"와하하, 웃긴다, 웃겨."

우리가 삶은 달걀을 꺼내 술상에 보태자 남자는 과장된 웃음을 터뜨렸다.

"좀 전에 마트에 쌓여 있는 달걀을 전부 패대기치고 돈백 물어주고 오는 길인데. 내가 달걀 때문에 천당과 지옥을 오간 사람이라 꼴도 보기 싫더라고. 지난 이 년 동안 단 한 알도 안 먹었지. 그런데 하필 오늘, 여기서, 달걀이 날 기다리고 있을 줄이야, 와하하. 맛있네. 달걀이 이렇게 맛있었군그래."

원래 쾌활한 성격인 건지 자살이 취소되면서 조증이 온 건지, 남자는 크게 웃고 많이 떠들고 과하게 친근감을 표했다. 연예인 뒷담화부터 9·11 테러, 인체에 삽입하는 베리칩, 조류독감 등 다양한 화제가 꼬리를 물고 이어졌다. 그는 구성진 입담으로 대화를 흥미롭게 이끌었지만 듣다보면 결론은 항상 비상식적인 음모론이나 괴담으로 흘러

갔다.

"베리칩도 조만간 상용화될 거야. 전자 감시체계다, 악마의 표 666이다, 일루미나티의 음모다, 호들갑을 떨지만 지금 바코드 없는 마트를 상상할 수 있겠어? 정책이란 게 이러쿵저러쿵해도 결국은 편리함을 추구하는 방향으로 흘러가게 돼 있어. 베리칩이 모든 사람들의 몸에 의무적으로 이식되는 순간, 인류는 종말을 맞는 거지. 외계인의 계획대로."

"외계인이요?"

"응, 우리 인류를 창조한 그 외계인들 말이야."

"외계인이 우리를 창조했나요?"

"당연하지. 다른 동식물들은 모두 지구의 환경과 균형을 이루며 살아가는데 유독 인간만 튀잖아. 환경을 지배하려 하고, 다른 생명체를 멸종시키고, 자꾸만 지구 밖으로 나가려 하고. 생태학적으로 이런 종족이 생겨날 수 있다고 생각해? 천만에, 극소수의 돌연변이라면 몰라도 이렇게 주류 종족이 되는 건 불가능하지. 그럼 결론은 뭐겠어. 수백만 년 전에 지구를 방문한 외계인들이 유인원과 자신들의 유전자를 교배해 인간이란 종을 만든 거야. 자기들에게 맞는 새로운 터전을 찾기 위해 여러 행성을 다니며 테스트하는 중이겠지. 지구는 탈락했으니 실험체를 폐기하려는 거라고."

다소 의아했던 건, 이렇게 관심사가 다양한 사람이 바로 눈앞에 있는 아담의 비현실적인 외모나 한국어 실력에 대해서는 그다지 관심을 두지 않았다는 점이다. 하긴 마리씨도 처음에 잠깐 흥미를 보였을 뿐 그리 유별나게 굴지는 않았다. 한국어에 능통한 잘생긴 외국인에 대해 나만 과잉 반응을 보인 건가? 정작 놀랄 일은 따로 있었다. 조류독감 이야기로 흥분한 남자가 하늘을 향해 삿대질을 하는 순간 셔츠 소매 위로 드러난 왼손목에 조그만 타투가 눈에 띄었다.

"어, 그거!"

나도 모르게 남자의 손목을 끌어당겨 타투를 자세히 들여다보았다. 자기 꼬리를 물고 있는 얼룩무늬 뱀, 끝을 비틀어놓은 우로보로스. 마리씨의 손목에 있던 것과 똑같은 모양 똑같은 크기였다.

"이거 어디서 했어요?"

"그렇게 마음에 들어? 예전에 그냥…… 일본에서 새긴 거야. 도쿄에 출장 갔다가."

남자는 두툼한 콧마루를 잡아당기며 어색하게 덧붙였다.

"유령을 본 기념으로, 와하하."

호탕한 웃음과 달리 손목을 내려다보는 그의 눈빛은 애잔하게 잠겨들었다.

"그 유령도 그랬겠지?"

"예?"

"어두운 골목을 지나는데 창들에 불이 꺼지는 거야. 하나씩, 하나씩. 그렇게 다 사라지고, 마지막까지 남는 건 누군가를 사랑했던 기억밖에 없어. 그래서 믿음, 소망, 사랑 중에 제일은 사랑이라고 하나봐. 믿음과 소망도 엄청 중요한 건데."

남자는 모닥불을 바라보며 혼잣말처럼 중얼거렸다.

"혹시 그 유령……"

모닥불 건너편에서 아담이 고개를 저으며 눈짓을 보냈다. 왠지 그래야 할 것 같아서, 나는 목젖에 걸린 마리씨의 이름을 꿀꺽 삼켰다.

"불 잘 쬐고 갑니다."

술이 떨어지자 남자는 미련 없이 자리를 털고 일어섰다. 승용차의 빨간 후미등이 진입로를 빠져나가기도 전에 나는 흥분을 억누르지 못하고 외쳤다.

"이게 어떻게 된 거죠?"

"뭐가?"

"뭐가라뇨! 저 아저씨가 바로 마리씨가 말한 사업가잖아요. 죽음의 숲에 함께 갔었다는."

"그런 것 같네."

아담은 무덤덤하게 동의했다.

"그런 것 같네? 그렇게 예사롭게 받아들일 상황이 아니죠. 우린 우연히 마리씨를 만난 후 우연히 안산에 와서 우연히 이 저수지에 자릴 잡았는데, 우연히 저 아저씨가 나타나서…… 이게 말이 돼요?"

"그렇게 흥분할 거 없어. 우연의 일치란 건 대개 기의 흐름에 따른 자연스러운 귀결일 뿐이니까."

"전혀 자연스럽지 않아요. 이런 건 기적이라고 부르는 거예요, 기적."

"안산을 목적지로 정한 게 누구였더라?"

"그거야 즉흥적으로……"

"즉흥적, 무의식적 끌림. 그런 순간적인 충동이야말로 오염되지 않은 나만의 목소리지. 사랑도 그런 식으로 시작되잖아."

"지금 사랑 얘기가 아니잖아요."

"내겐 모두 사랑 얘기로 들리는데. 너도 봤듯이 저 두 사람은 아직까지 서로 연결돼 있어. 사랑은 인간의 감정 중에서 가장 탄성이 좋은 끈이니까. 그 기억을 떠올리고 그리워하는 순간 연결된 끈이 진동하는 거야. 기타줄을 퉁기는 것처럼. 그래도 처음부터 이렇게 먼 거리를 감지하기는 쉽지 않은데, 마롤리는 아주 예민한 안테나인 것 같군. 물론 마리씨에 대한 애정이 있었기에 가능했겠지."

"그러니까 내가 속초터미널에서 안산을 택한 건 두 사람 사이의 진동을 감지했기 때문이고……"

아담이 뒷말을 이어받았다.

"저 남자는 우리가 묻혀온 마리씨의 에너지에 끌려 발길이 이 저수지로 향했을 테지. 사람이 누군가를 그리워하는 마음은 상당히 강력한 에너지를 발산하거든."

말문이 막혔다. 황당하기 짝이 없는 주장이었지만 반론을 제기할 만한 모순이 한눈에 들어오지 않았다.

"조금 덜 신비로운 설명은 없나요?"

"이건 매우 과학적인 현상이야. 우리가 일상적으로 쓰는 무선 네트워크 같은 거지. 보이지는 않지만 우리 주위에는 수많은 전자신호들이 날아다니고 있어. 신용카드 정보가, 누군가에게 보내는 이메일이, 각종 노래와 이미지 파일이. 단말기로 그중 필요한 정보를 수신하는 게 기적은 아니잖아."

확실히 덜 신비롭기는 했지만 황당하기는 마찬가지였다.

"우리 몸에는 반도체가 없잖아요."

"그럼 만유인력은 어때. 질량을 가진 모든 물체는 서로를 끌어당긴다. 덕분에 사과는 나무에서 떨어지고, 저 달은 지구 주위를 돌고, 이

지구는 태양 주위를 돌고. 이런 거대한 움직임을 기꺼이 받아들이면서, 이상하게 사람들은 그 힘이 감정에도 작용한다는 자명한 사실을 너무 쉽게 간과하더라고."

태연하게 설명을 이어가는 아담을 나는 멍하니 바라보았다.

"나만 머저리가 된 것 같아. 정말 이 상황이 놀랍지 않아요?"

아담은 빙긋이 웃으며 반쯤 탄 장작을 뒤적였다. 모닥불 위로 어지럽게 불티가 날렸다.

"만일 우리가 마리씨를 몰랐다면 저 남자를 만난 게 그렇게 신기한 일이었을까?"

"물론 아니죠. 중간에 퍼즐 한 조각이 빠지니까 그냥 평범한 만남이었겠죠."

"그렇다면 네가 경탄해 마지않는 우연의 일치란 결국 더 많은 접촉의 결과일 뿐이잖아. 그래, 퍼즐처럼. 각각의 조각에 그려진 선과 색은 우연히 거기 있는 것처럼 무의미해 보이지만 다른 조각을 불러들이는 신호가 되지. 그 신호를 따라 조각들이 모여들수록 점점 의미를 갖춘 그림이 나타날 테고. 놀랍지 않냐고? 전혀. 알다시피 나는 아주 오랫동안 퍼즐을 맞춰왔거든."

아담은 휘파람으로 〈케 세라, 세라Que Sera, Sera〉를 불며 모닥불에 새 장작을 밀어넣었다. 불길은 만유인력을 거부하듯 머리를 곤두세우고 허공으로 치솟았다. 여기는 어디쯤일까? 마법의 양탄자를 타고 신나게 날아다니다보니 현실과의 국경이 보이지 않았다. 함께 날고 있는 이 사람은 누구지? 갑자기 불어온 바람이 모닥불을 잡아채며 아담의 얼굴에 서늘한 음영을 드리웠다.

41

그날 밤늦도록 잠을 이루지 못했어요. 기의 흐름, 무선 네트워크, 만유인력, 퍼즐, 사랑. 아담의 설명을 머리로는 이해하겠는데 가슴으로 수긍하기는 힘들었어요. 내가 아는 세계는 그렇게 낭만적으로 움직이지 않았으니까. 그보다는 맥락 없이 뚝뚝 끊기고 낯선 것끼리 충돌하고 기형적으로 접붙는 아사리판에 가까웠죠. 아무리 생각해도 이건 불가능한 일이었어요. 우연의 신이 작정하고 장난을 치지 않는 이상.

곤히 잠든 아담 옆에서 혼자 뒤척이다가 마리씨에게 전화를 걸어보기로 했어요. 어쨌든 그리움 에너지를 발산한 당사자에게 알려줘야 하지 않겠어요? 일본에서 당신과 함께 숲에 가서 유령을 봤던, 함께 타투를 새기고 사랑을 나눴던 남자를 우연히 만났다고. 정말 놀랍지 않냐고. 이 상황을 놀라움으로 받아들이는 동지가 있으면 그나마 안심이 될 것 같았어요. 그런데 명함에 찍힌 번호로 전화하니 없는 번호라고 나오는 거예요. 며칠 전에 걸었을 땐 분명 마리씨가 받아서 가게 위치를 알려줬었는데. 이마에 외뿔이 돋은 키메라가 텅 빈 머릿속을 나풀나풀 날아다녔어요. 상상에 덧입혀진 상상…… 그때 불현듯 떠오르는 장면이 있었어요. 연기로 뭉쳐진 사람들 사이에서 무표정하게 몸을 흔드는 마리씨, 스피커에서 나오는 끈적끈적한 노래, 술기운에 흘려들었던……

일본에 가기 전에 밴드 활동을 잠깐 했었거든. 안젤라란 예명으로. 밴드 이름도 내가 직접 지었어. 태어날 때부터 내 안에 갇힌 인질을 기리는 의미로, 스톡홀름 신드롬!

사라졌던 퍼즐 조각이 소파 틈새에서 고개를 내밀었어요. 스톡홀름 신드롬, 안젤라. 둘 다 성인용품점의 노숙자에게서 나온 단어였죠. 그 노숙자에 이어 마리씨를 만난 것도 우연이 아니었나? 두 사람 사이의 진동이 우리를 속초로 이끌었던 건가? 그렇다면 내가 불구덩이 속에서 얼핏 보았던……

휴대폰 검색창에 '인천, 십정동, 화재'를 입력했어요. 진작 찾아본다는 걸 까맣게 잊고 있었죠. 관련 기사가 금방 눈에 띄더군요. '인천 십정동 재개발구역 화재 현장에서 시신 한 구 발견, 경찰에 따르면 노숙자가 불을 피워놓고 자다가 사고를 당한 것으로……' 짤막한 기사가 두 개 더 있었는데 거의 똑같은 내용이었어요. 화재, 시신 한 구, 노숙자, 사고. 그럴 리 없다고 생각하면서도, 혹시나 하는 마음에, 떨리는 손가락으로 검색창에 '속초, 조양동, 화재'를 입력했어요.

오늘 새벽 3시경 속초시 조양동에 있는 한 술집에서 원인을 알 수 없는 화재가 발생…… 불은 가게 내부를 전소시키고…… 경찰은 화재 현장에서 술집 주인으로 보이는 여성의 시신을 발견하고 신원을……

날짜를 보니 우리가 속초를 떠난 날 새벽이더군요. 내가 술자리를 뜬 직후. 아담이 나를 안심시키며 했던 말이 떠올랐어요. "살고자 하는 의욕이 누구보다 강한 사람이더라고, 마리씨는."

42

　오디션은 생각보다 수월하게 끝났다. 손안나씨가 직장인일 수도 있
으니 퇴근 시간 이후에 방문하기로 하고 잠시 서점에 들렀다. 소설 플
롯을 짤 때는 중간중간 딴짓을 할 필요가 있다. 상상의 세계에 골몰하
다가 고개를 들어 실제 세상을 돌아보면 나를 통해 주위 풍경에 이야
기가 스며든다. 이야기를 머금은 풍경은 다시 자유자재로 몸을 바꾸
어 상상의 세계 속으로 스며든다. 나는 이야기의 안과 밖이 교통하는
실크로드가 된다. 지금도 수많은 서가에 분야별로 정리된 책들을 보
자 아이디어가 하나 떠올랐다.

　이석 형사는 생각을 가다듬을 필요가 있을 때(주로 사건 수사가 벽
에 부딪혔을 때) 책장을 정리하는 버릇이 있다. 책들을 전부 빼내 바
닥에 던져놓고 배열의 기준을 정한 후 한 권씩 차근차근 꽂아넣는 것
이다. 제목의 가나다 역순, 책의 페이지순, 책등에 찍힌 글자순, 기준
은 그때그때 내키는 대로 정한다. 책장이라는 세상에서 다양한 책들
이 일정한 규칙에 따라 제자리를 찾아가는 모습은 그에게 잠시나마
휴식을 준다. 그가 상대하는 이들은 하나하나가 어둡고 복잡한 미궁
과 같다. 그 속을 헤매다보면 모든 가치의 경계가 모호해지며 음화陰畫
처럼 반전된 해탈의 상태가 찾아온다. 정신 건강을 위해서 이런 순수

한 의식이 하나쯤 필요할 것이다.

취미 서가에서 『도박하는 사람들』이란 책을 훑어보았다. '도박을 즐기는 인간은 불확실한 것을 얻기 위해서 확실한 것을 걸고 내기를 한다.' 파스칼의 명언은 도박의 허상을 꼬집은 것인지 인생의 축소판으로서 도박의 매력을 예찬한 것인지 진의가 모호해 보인다. 혹시 이석 형사가 너무 확실한 것만 추구하는 단선적인 캐릭터로 보이지 않을까? 밤낮 책장 정리만 할 수는 없으니 스트레스 해소를 도와주는 불온한 취미도 하나 부여하는 게 좋겠다. 예를 들면 도박 같은.

이석 형사는 도박 중독자였다. 지금은 연줄이 닿는 지배인의 도움으로 외국인 전용 카지노에서 가끔 포커를 즐기는 수준이지만 한때는 밤마다 하우스를 찾아다닐 정도로 심각했다. 그나마 일찌감치 신세를 망치지 않았던 이유는 포커에 꽤 소질이 있었기 때문이다. 그는 오픈된 카드들을 통해 자신과 상대방 패의 메이드 확률을 재빨리 계산했고 플레이어들의 사소한 버릇을 놓치지 않았다. 그렇게 얻은 데이터에 근거해 전략적으로 베팅을 했지만, 파스칼의 충고대로 그 결과라는 것은 언제나 불확실한 행운이나 불행일 뿐이었다. 그런 불일치가 좋았다. 그에게 포커판은 수학적인 인과관계의 세계와 우연과 혼돈의 세계가 충돌하는 짜릿한 전장이자 서로의 해방구였다.

미술 서가로 가서 마그리트 화집을 집어들었다. 베어진 나무의 뿌리가 자신을 벤 도끼를 휘감고 있다. 다리가 달린 물고기가 해변에 누워 있고 하늘에서 중절모를 쓴 남자들이 비처럼 쏟아진다. 칵테일 잔에 구름이 담겨 있고 벗어놓은 신발의 구두코가 발가락으로 변하고 나무 앞을 지나는 말을 나무가 가린다.

마그리트는 아기자기한 영감을 주는 화가다. 같은 초현실주의 계통인 달리가 화려한 이미지로 우악스럽게 현실을 뒤트는 반면 마그리트는 단순한 이미지로 현실을 살짝 뒤집어놓는다. 중절모를 쓰고 뒤돌아서서는 "이럴 수도 있지 않겠어?" 하고 슬며시 한마디 던지는 것 같다. 머릿속의 톱니바퀴를 몇 개 빼놓고 보면 그럴 수도 있을 것 같다.

창가에 이젤이 서 있고 이젤에 놓인 캔버스가 창밖의 풍경과 교묘하게 겹쳐진다. 그림 제목은 '인간의 조건'. 나무와 동산과 풀밭과 흙길이 있는 풍경이 캔버스 위에 그려진 그림으로 보이기도 하고 실제 풍경의 연장으로 보이기도 한다. 캔버스를 들어내면 캔버스와 똑같은 평화로운 풍경이 반복될 것도 같고 지옥문이 열린 듯한 아비규환이 펼쳐질 것도 같다. 어쩌면 그 부분만 검은 사각형으로 텅 비어 있을지도 모르겠다. 마그리트의 그림에 답은 없다. 질문을 던질 수 있을 뿐.

화집을 다 넘기기도 전에 뒤에서 이석 형사가 어깨를 두드린다. "그만 갑시다. 캐스팅도 끝났으니 빨리 진행해야죠." 사건의 전말을 밝히고 싶어 마음이 급한 모양이다. 나처럼 딴짓도 하면서 느긋하게 접근하면 좋으련만. 어쩌겠나, 열추적 미사일 같은 집중력을 내가 선사했는데. 그는 마롤리를 어떻게 생각하고 있을까? 내가 그를 만들어가듯이 그 역시 자신만의 마롤리를 만들어가고 있을 것이다. 물론 그와 내가 사용하는 방법은 많이 다르다. 그는 알고 있을까? 어디까지가 풍경이고 어디까지가 캔버스의 그림인지. 캔버스를 들어내면 그 자리에 무엇이 있을지.

43

"아담에게 그 기사에 대해 물어봤어?"

이석의 질문에 마롤리는 고개를 가로저었다.

"정확한 화재 장소나 사망자 신원도 모르는 상태에서 말을 꺼내기가 그랬어요."

"속초경찰서에 전화해보면 바로 확인할 수 있었을 텐데."

"그 생각도 하긴 했는데, 그만뒀어요."

"어째서?"

마롤리는 늘어진 스웨터 목둘레를 추어올렸다. 이번에는 왼쪽 쇄골의 차례였다.

"죽은 사람이 마리씨라면 우리가 마지막으로 함께 있었던 사람들이 되잖아요. 공연히 의심을 사기 싫었어요."

"죄가 없다면 경찰을 꺼릴 필요가 없지. 마지막 목격자로서 유용한 정보를 제공할 수 있었을 텐데, 죽은 장마리를 위해 그만한 불편도 감수할 수 없었나?"

"전 폭행 전력이 있잖아요. 그리고 엄밀히 말해 마지막 목격자는 아담인데 괜히 나서서 그를 곤란하게 만들고 싶지 않았어요. 경찰은 일단 의심부터 할 게 뻔하잖아요."

"당연한 의심 아닌가? 아담이 불을 질렀다는 생각은 안 해봤어?"

"전혀."

이석은 마롤리의 자료가 담긴 파일에 손을 올리고 피아노를 치듯 손가락을 까딱였다.

"전혀. 그와 함께 있던 사람이 둘이나 불에 타 죽었는데 전혀 의심을 안 했다."

"아담이 그 노숙자와 함께 있었다는 건 당시엔 아직 추측일 뿐이었어요. 그리고 마리씨는, 죽은 사람이 마리씨라고 해도 아담이 떠난 후에 스스로 불을 질렀을 거라고 생각했어요. 그날 술에 취해서 제정신이 아니었거든요. 손목의 흉터도 봤고, 과도를 들고 소동을 피우기도 했고, 자다가 불사조가 되는 꿈이라도 꾸었나보다……"

마롤리의 말소리는 점점 쪼그라들다가 흐지부지 사라졌다. 이석은 일정한 속도로 손가락을 까딱이며 기다렸다.

"그렇게 믿고 싶었어요. 아담은 내 유일한 친구였으니까. 어떻게든 그렇게 믿고 싶었는데…… 악몽에 시달리다 깨어났더니……"

"악몽? 무슨 악몽이었지?"

뜻밖의 질문에 마롤리는 어리둥절한 표정이었다.

"그게…… 나선계단을 한참 내려가서, 지하실 같은 곳이었는데…… 기억이 안 나네요."

"됐어, 넘어가지."

"그날 아침엔 생생했는데. 좁은 복도가 개미굴처럼 이리저리 뚫려 있고……"

"됐다니까."

188

이석은 다소 신경질적으로 마롤리의 말을 가로막았다.

"나중에라도 생각나면 말씀드릴게요. 음…… 어디까지 했죠?"

"악몽에 시달리다 깨어났더니."

"아, 깨어났더니 아담은 나가고 없었어요. 어떡해야 하나…… 멍하니 고민에 잠겨 있었는데, 정신을 차려보니 제가 아담의 배낭을 허겁지겁 뒤지고 있는 거예요. 알아요, 배낭에서 아무것도 안 나온다고 무죄가 입증되는 게 아니라는 거. 하지만 뭐라도 하나 확인해야 했어요. 모든 게 착각이라고, 내 망상일 뿐이라고 몰아붙이기 위해서. 설마 옷가지 사이에서 보라색 프라다 지갑이 떡하니 나올 줄은 몰랐죠. 열어보니 지폐 몇 장과 마리씨의 주민등록증, 그리고 낯익은 얼굴이 찍힌 주민등록증 하나가 더 있더군요. 백현산. 인천에서 만난 노숙자 이름을 그때 알게 됐죠."

마롤리는 당시의 충격이 되살아나는 듯 탁자 위에서 주먹을 꽉 쥐었다가 폈다.

"가장 먼저 든 생각은 아담이 돌아오기 전에 낚시터를 벗어나야 한다는 것이었어요. 전 즉시 지갑에서 신분증을 꺼내 뛰쳐나왔죠."

"어디로 갔지?"

"여기요."

"여기?"

"경찰서 앞까지 오긴 왔는데 들어오지 못하고 갈팡질팡 서성이기만 했어요. 마음속에서 아담의 정체를 놓고 난상토론이 벌어졌죠. 아담은 살인마다! 사람을 죽이고 푼돈을 훔쳐 여행을 다니는 사이코패스 연쇄살인마! 가장 이성적인 외침에 이끌려 경찰서로 들어가려 하면 감성적인 의문이 옷자락을 붙잡았어요. 그런데 왜 나는 죽이지 않았을까? 지갑에 돈이 있는 걸 봤는데. 기회는 수없이 많았는데. 피리 부는 사나이 얘기도 떠올랐죠. 그 노숙자는 왜 아담을 피리 부는 사나이라고 했을까? 동화 속 피리 부는 사나이는 악인인가? 정당한 복수를 했을 뿐인가? 복수가 너무 과했으니 악인인가? 아담이 두 사람의 자살을 도와준 게 아닐까 하는 가설도 한쪽에서 고개를 들었어요. 안락사를 돕는 의사처럼 자신만의 신념을 가진 자살 어시스턴트. 혹시 단순히 지갑만 훔친 좀도둑은 아닐까? 두 사람은 아담을 만난 직후 우연히 사고와 자살로 죽은 것이고."

이석은 무표정하게 마롤리를 응시했다.

"결국 경찰서에는 안 들어왔구나."

"예, 해가 저물도록 서성이다가 돌아섰어요. 발길은 저절로 다시 낚시터를 향했죠."

"사이코패스 연쇄살인마일지도 모르는 자가 기다리는 곳으로."

"이상하죠? 그땐 그럴 수밖에 없었어요. 나를 둘러싼 기의 흐름에 몸을 맡길 수밖에. 낚시터에 도착하니 전날 봤던 하얀 승용차가 주차돼 있었어요. 두 사람이 모닥불을 감싸듯 웅크리고 앉아 있는 걸 보고 저는 차 뒤에 몸을 숨겼죠. 전날과는 분위기가 달랐어요. 술병도 없고 말소리도 거의 안 들리고. 진눈깨비가 내리기 시작했지만 두 사람은 움직일 생각을 하지 않았어요."

마롤리는 마른침을 삼킨 후 말을 이었다.

"차문이 열려 있길래 저는 조용히 조수석으로 들어갔어요. 선바이저에 운전면허증이 꽂혀 있었죠. 한유철. 대시보드에 세 개의 신분증을 나란히 올려놓았어요. 종일 아담의 정체를 두고 옥신각신했으면서 정작 가장 중요한 단서를 외면하고 있었다는 걸 깨달았죠. 이 세 사람을 우연히, 운명처럼 만나는 과정을 내가 직접 지켜보지 않았나. 이 불가사의한 여정이야말로 아담이 단순한 살인자가 아니라는 증거 아닌가."

"차에서는 네 지문이 안 나왔던데."

이석의 질문에 마롤리는 자신의 손바닥을 내려다보았다.

"장갑을 끼고 있었죠. 추운 날씨에 종일 밖에 있었는데."

이석은 고개를 끄덕여 계속하라는 신호를 보냈다.

"마침내 두 사람이 자리에서 일어섰어요. 아저씨를 먼저 창고로 들여보낸 아담이 고개를 돌려 승용차를 똑바로 바라봤어요. 옆에서 모닥불이 이리 오라며 손을 흔드는 것처럼 보였어요. 아담이 창고의 어둠 속으로 사라지고 문이 닫힌 후 저는 차에서 나왔어요. 창고로 다가가 벽에 몸을 붙이고, 천천히 허리를 펴서 창턱에 눈을 걸쳤더니…… 하아, 얘기해봤자 형사님은 믿지 않을 텐데. 하긴 그런 얘길 누가 믿겠어요. 거짓말이거나 미쳤다고 생각하겠지. 어느 쪽이 더 나쁠까요?"

44

먼지와 빗물 자국으로 얼룩진 쪽창 너머로 두 사람의 그림자가 어른거렸다. 꼿꼿이 선 길쭉한 실루엣과 그 앞에 무릎을 꿇은 검은 덩어리. 성인용품점의 불구덩이 속에서 본 광경이 눈앞에 떠올랐다. '뭐하는 거야, 당장 뛰어들어가 말려야지!' 머릿속에서 경고 방송이 울렸지만 나는 꼼짝하지 못했다. 몸은 본능적으로 느끼고 있었다. 이 낡은 창고는 지금 아무도 침범할 수 없는 신성한 제단이라는 걸.

창고 내부가 서서히 밝아졌다. 은은하게 퍼지는 빛살에 네 벽을 둘러가며 쌓인 플라스틱 탁자와 의자, 파라솔, 어망, 똬리를 튼 밧줄, 우레탄 구명환, 손수레 등이 드러났다. 눈으로 보면서도 믿기지 않는 그 광원은 아담이었다. 달궈지는 쇠처럼 붉게 물들었다가 주홍을 거쳐 노란빛으로, 아담의 몸속에서 빛이 팽창하고 있었다. 빛살에 드러난 남자의 얼굴은 표정을 가늠하기 어려웠다. 반쯤 감긴 눈에는 세상사에 대한 체념과 신세계에 대한 기대가 겹쳐 있었고, 반쯤 벌어진 입술에는 자신을 내던지는 두려움과 그 두려움을 스스로 선택했다는 뿌듯함이 함께하고 있었다. 아담을 올려다보는 남자와 그 광경을 훔쳐보는 내가 동시에 탄성을 발했다.

"아!"

몸속에서 팽창하는 빛을 살가죽이 더이상 감당하지 못한다고 느낀 순간, 아담의 심장에서 불이 일었다. 한 개비 성냥처럼, 기둥에 묶인 마녀처럼, 모세에게 계시를 내린 떨기나무처럼, 아담은 순식간에 불길에 휩싸였다. 차가운 유리창에 이마를 붙인 채 나는 눈도 깜빡이지 못하고 지켜보았다. 타오르는 불뭉치가 남자를 일으켜 끌어안는 모습을. 자신을 감싼 불꽃이 뜨겁지도 않은지 남자는 순순히 몸을 맡겼다. 아담의 등에서 불의 날개가 활짝 펼쳐졌다. 섬세하게 이글거리는 붉은 깃털들은 금방이라도 하늘로 날아올라 구름을 전부 태워버릴 것 같았다. 바람을 일으키며 다가온 날개가 남자를 품었다. 사방으로 튄 불망울이 창고 여기저기서 함성을 올렸다. 점점 커져가는 함성이 서로 합류하며 불보라가 창고 내부를 휘돌았다. 겹겹이 둘러싼 불의 장막, 그 중심에서 남자와 아담의 몸이 합쳐지고 있었다. 불뭉치 속 아담의 몸이 검게 변하기 시작했다. 두 사람은 점점 더 밀착되며 교집합의 범위를 넓혀갔다. 검정의 정점에 도달한 순간 아담의 몸은 다시 하얗게 변해갔다. 마침내 두 몸뚱이가 포개지는 것과 동시에 불기둥이 치솟았다. 소용돌이치는 불구덩이 속에서 모든 게 하나로 뭉쳐졌다.

뻥 뚫린 눈구멍, 납작하게 짜부라진 귀, 오그라든 입술 사이로 유난히 도드라져 보이는 하얀 치아. 시커멓게 지워진 얼굴이 아담의 등뒤로 스며 나왔다. 이어서 가슴과 두 팔이, 두 다리가. 타버린 육신은 아직 자신의 죽음을 인식하지 못한 듯 몸을 돌려 아담을 향해 손을 뻗었다. 하지만 그 손은 어디에도 닿지 못하고 바닥으로 추락했다. 그간 지상에서 꾼 모든 악몽을 걸러낸 드림캐처처럼, 검은 몸뚱이는 불의 제단 한가운데 초연하게 누워 있었다.

아담이 고개를 돌려 나를 보았다. 겉불꽃 너머 속불꽃, 속불꽃 너머 형형하게 빛나는 파란 눈동자. 나는 엉덩방아를 찧으며 뒤로 쓰러졌다. 떨어지는 진눈깨비가 볼과 콧잔등에 차가운 바늘처럼 내리꽂혔다. 그제야 온몸에 스며든 열기가 느껴졌다. 불기둥이 창고 지붕을 뚫고 나와 밤하늘을 향해 머리채를 흔들고 있었다.

창고 밖으로 나온 아담이 나를 향해 다가왔다. 불갈기를 휘날리며 한 발, 한 발. 이글거리는 날개가 크게 한 번 펄럭이더니 반으로 접혀 등뒤로 사라졌다. 선명한 불티가 천국의 날파리떼처럼 어지럽게 피어올랐다. 내 앞에 우뚝 선 아담. 불꽃 속에서 그의 얼굴은 부글거리며 끓어올랐고 머리칼은 사방으로 흩날렸다. 공포와 환희를 번갈아 품고 고동치는 내 작은 심장은 언제 터져도 이상할 게 없었다. 아담이 내게 손을 내밀었다. 뜨거운 불기가 눈앞에서 어른거렸다. 온몸이 갈가리 찢어발겨지는 듯한 황홀경…… 뜨끈한 온기가 사타구니를 적셨다.

'안 돼!'

나는 몸을 벌떡 일으켜 달아났다. 알 수 없는 힘이 내 팔다리를 힘차게 휘저었다. 불의 제단으로부터 멀어지기 위해, 어둠 속으로, 멀리, 더 멀리……

45

도를 구하기 위해 눈 덮인 히말라야에서 수행하던 그 소년을 사람들은 설산동자雪山童子라고 불렀다. 어느 날 설산동자가 묵상에 잠겨 있는데 어디선가 게송 한 구절을 읊는 맑은 음성이 들려왔다.

제행무상 시생멸법諸行無常 是生滅法
(세상 만물은 변하기 마련이니, 이것이 곧 나고 사라지는 이치로다.)

설산동자는 눈을 번쩍 떴다. 아, 이것이야말로 내가 그토록 찾아 헤매던 깨달음이 아닌가. 기쁨에 겨워 사방을 둘러보던 그의 눈에 들어온 것은 무시무시하게 생긴 나찰이었다. 설마 저 흉측한 형상에서 그런 고귀한 가르침이 나왔을까. 그러나 설산동자는 곧 자신의 어리석음을 자책하고 나찰에게 공손히 물었다.
"조금 전 그 게송을 읊은 분입니까?"
"그렇다. 며칠 굶었더니 허기와 갈증에 지쳐 헛소리가 나왔구나."
"부디 게송의 나머지 부분도 들려주시지 않겠습니까?"
"어허, 지금 배가 고파서 말할 기력조차 없다지 않느냐."
"나찰님은 무엇을 드시는지요?"

"난 사람의 부드러운 살을 먹고 더운 피를 마시지."

눈을 희번덕이는 나찰의 붉은 입술에서 끈적한 침이 흘러내렸다.

"잘됐군요. 나머지 게송을 들려주신다면 제 몸을 나찰님께 공양하겠습니다."

"뭐? 고작 게송 한 줄 때문에 목숨을 내놓겠다고?"

"도를 얻을 수 있다면 이깟 질그릇 같은 육신이 무에 아깝겠습니까."

"흥, 맹랑한 녀석이로군. 좋다. 게송을 마저 들려줄 테니 약속은 반드시 지켜야 할 게야."

나찰은 입맛을 다시며 게송의 뒤 구절을 읊었다.

생멸멸이 적멸위락生滅滅已 寂滅爲樂

(나고 사라지는 것마저 사라지고 나면, 비로소 고요한 열반이 즐거움으로 다가오리라.)

환희에 겨운 설산동자는 나찰에게 엎드려 절하고 잠시의 말미를 얻었다. 자신이 얻은 깨달음을 주변의 돌과 나무에 새겨 널리 사람들에게 알리기 위해서였다. 마지막 소임을 마친 설산동자는 약속대로 나무에 올라 입을 쩍 벌린 나찰을 향해 몸을 던졌다. 순간 흉측한 나찰은 제석천의 모습으로 변해 설산동자를 사뿐히 받아 내려놓았다. 제석천은 설산동자의 발 앞에 엎드려 경배했다.

"그대의 발심을 시험한 것을 용서하소서. 그대야말로 진정한 보살입니다. 부디 오늘의 깨달음을 간직하사 널리 중생을 구제하시길 바랍니다."

설산동자는 다음 생에 고타마 싯다르타라는 이름의 왕자로 환생
했다.

46

"아담의 몸에서 불이 일었고, 등에선 날개가 튀어나왔고, 한유철을 끌어안아서 흡수했다."

이석은 하나하나 밑줄을 긋듯 확인했다. 마롤리는 고개를 끄덕였다.

"그러니까 이 세 사람은 죽은 게 아니라 아담과 합체된 거다."

"알아요, 믿기 어려운 얘기라는 거."

"믿어."

"정말요?"

"네가 이런 믿기 어려운 얘기를 늘어놓는 이유가 틀림없이 있다고 믿어."

마롤리는 힘없이 웃으며 고개를 돌려 반사유리를 쳐다보았다.

"신에 대해서도 그렇고, 형사님은 항상 본질적인 것보다 부차적인 걸 믿네요."

이석은 취조실의 마롤리를 쳐다보는 반사유리 속의 마롤리를 쳐다보았다. 반사유리에 비친 눈동자는 이제껏 마주보던 눈동자와 조금 다른 느낌이었다. 처음으로 감정이 실린 듯한 눈빛. 그러나 감정의 종류까지는 판독하기 힘들었다.

"가끔 그런 상상을 해요. 사람은 누구나 쌍둥이로 태어나 두 개의

198

다른 세계에서 각자 살아가는 게 아닐까. 쌍둥이는 겉모습만 같을 뿐 모든 면에서 정반대의 사람이에요. 애초에 겉감을 완전하게 채울 수 있는 내용물이 한 사람분밖에 없거든요."

마롤리는 반사유리에 시선을 둔 채 혼잣말처럼 중얼거렸다.

"이쪽 세계의 내가 똑똑하면 저쪽 세계의 나는 우둔하고, 이쪽 세계의 내가 부유하면 저쪽 세계의 나는 가난하고, 이쪽 세계의 내가 냉혈한이면 저쪽 세계의 나는 따뜻한 마음씨를 지녔겠죠. 간혹 시공간이 뒤틀려 두 세계가 겹치면 쌍둥이끼리 마주치기도 하는데 그게 바로 도펠갱어 현상이에요. 도펠갱어와 만나는 건 죽음의 징조라고 하잖아요. 그럴 수밖에요. 플러스와 마이너스가 합쳐지면 제로가 되니까."

"상상력이 풍부하구나."

"궁금해요. 저쪽 세계의 나는 어떤 모습일까? 어떤 삶을 살고 있을까? 나를 비껴간 가능성들은 무엇일까? 서로를 엿보는 창이 있다면 좋을 텐데. 아냐, 그랬다가는 엄청난 혼란이 벌어질지도 모르겠네요."

마롤리가 고개를 돌려 이석을 보았다.

"형사님도 궁금하죠? 저쪽 세계의 쌍둥이가 어떤 모습일지."

"별로."

"일단 감성이 풍부한 사람이겠네요."

"감성이 너무 풍부해서 교도소를 밥먹듯 드나드는 멍청이겠지."

"에이, 그렇게 멍청하진 않을 거예요."

마롤리의 능청스러운 대꾸에 이석은 피식 웃음을 흘렸다.

"우린 이쪽 세계의 일이나 마무리지을까. 낚시터에서 달아나서 어디로 갔지?"

"그냥 여기저기. 며칠을 넋이 나간 채 돌아다녔어요."

마롤리는 타자를 치듯 탁자 위에 두 손을 가지런히 올려놓고 내려다보았다.

"아니, 정신은 아주 맑았어요. 태풍이 지난 후의 파란 하늘처럼. 그래야죠. 중요한 결정을 내려야 했으니까. 어쩌면 난 오래전부터 그를 기다려왔던 것 같아요. 현현하는 자체로 이 세계를 부정해줄, 미지의 신세계로 나를 인도해줄 초월적인 힘을. 이렇게 구체적인 모습으로 나타날 줄은 몰랐지만."

마롤리가 천천히 고개를 들어 이석과 눈을 맞췄다.

"엄마가 용인에 있는 유리공장에서 일했던 얘길 했던가요?"

47

학교에 다니기 전이니까 예닐곱 살 무렵이었을 거예요. 전 매일 엄마의 손을 잡고 함께 출근해 종일 유리공장에서 시간을 보냈죠. 공장이라고 해봤자 십여 명의 아저씨들이 도가니에 유리물을 끓여 주문받은 제품을 만드는 허름한 창고였어요. 작은 비커부터 어른 키를 넘는 인삼주 병까지, 유리 제품을 만드는 공정은 불로 시작해 불로 끝나기 때문에 창고의 풍경은 늘 유쾌한 지옥도를 연상시켰어요. 아저씨들은 한겨울에도 비지땀을 흘리며 막 저주에서 벗어난 탄탈로스처럼 물을 마셔댔죠. 그 불의 왕국이 제겐 어린이집이자 놀이공원이었어요.

불가마 속에서 입을 쩍 벌리고 있는 도가니, 도가니 속에서 끓어오르는 진홍빛 유리물, 유리물을 동그랗게 말아올리는 기다란 파이프, 거인의 막대사탕 같은 파이프를 들고 덩실덩실 춤을 추는 아저씨들, 흔들고 돌리고 추켜올리는 춤사위에 맞춰 꿈틀거리며 팽창하는 유리물, 사방에서 수증기를 내뿜는 시커먼 거푸집, 개구리처럼 양볼을 부풀려가며 힘차게 불어넣는 숨결, 마침내 무쇠 거푸집을 반으로 가르며 탄생하는 투명한 새 생명들.

그 지옥도 한가운데 버티고 서서 밤낮없이 타오르는 거대한 가마는 불의 왕국을 지배하는 제왕이었어요. 버너가 있는 지하에 뿌리를 내리고 지상의 작업장으로 뻗쳐올라 여섯 개의 도가니를 품은 채 섭씨 천육백 도로 타오르는 불기둥. 내화벽돌과 철판을 갑옷처럼 둘렀지만 뿜어져나오는 열기를 막기엔 역부족이었죠. 처음 본 순간부터 저는 불의 제왕에게 마음을 빼앗겼어요. 장래 희망은 백화점 사장에서 유리 제조공으로 즉각 교체되었죠. 벌겋게 익은 얼굴로 삼겹살을 굽던 아저씨들은 엄마 몰래 종이컵에 막걸리를 따라주며 껄껄거렸어요.

"고등학교 마치면 막걸리 한 되만 받아 오너라. 유리 부는 기술을 제대로 가르쳐주마."

유리공장에는 불의 왕국만 있는 게 아니었어요. 완제품들이 다닥다닥 높다랗게 쌓인 창고는 일렁이는 열기 대신 차가운 반사광으로 무장한 얼음의 왕국이었죠. 발을 들이는 순간 시야를 어지럽히는 다양한 지름의 투명한 굴곡들. 몸을 조금만 잘못 놀려도 온 세계가 비명을 지르며 부서져내릴 것 같아 엄마를 보러 갈 때면 살금살금 고양이 걸음을 쳐야 했어요. 엄마는 주로 얼음의 왕국 한구석에 쪼그리고 앉아 수천 개의 비커와 플라스크에 실크스크린으로 눈금을 새기는 작업을 했거든요. 엄마의 손이 지날 때마다 투명한 유리에 피어나는 하얀 눈금을 보고 있으면 이상하게 마음이 편안해졌어요.

하지만 공장에서 제가 가장 좋아했던 작업은 따로 있었어요. 거푸집에서 새 생명이 탄생할 때 기포 하나라도 들어간 게 발견되면 그 아이는 곧장 드럼통에 넣고 깨뜨려요. 유리의 비명이 온종일 여기저기서 울리지만 그들을 동정할 필요는 없어요. 파유리는 다음날 새로운 유리 원료와 함께 도가니로 들어가니까. 잘못 태어난 생명들이 파괴와 변형을 거쳐 다시 기회를 부여받는 부활의 의식이 아침마다 거행

되었죠. 깨진 유릿조각들이 벌겋게 끓는 유리물에 녹아드는 장면을
보고 있으면 어린 마음에도 왠지 숙연해졌어요. 홧홧하게 끼쳐오는
열기 속에서 그런 생각을 했던 것 같아요. 인간세계에도 저런 도가니
가 있다면……

48

'거울과 성교는 사람의 수를 증식시키기 때문에 가증스러운 것이다.'

보르헤스는 이따금 예상치 못한 곳에서 서늘한 위트를 보여준다. 자신들이 '증식'으로 엮여 가증스럽다는 딱지가 붙은 걸 알면 거울과 성교 역시 당황스러울 것이다. 물론 둘의 증식 방법에는 차이가 있다. 성교에 의한 증식을 생산이라고 한다면 거울은 복제나 분열이 어울릴 것이다. 반대 개념을 떠올리면 그 차이는 더욱 분명해진다. 파괴 대 합체. 내 안에서 마롤리가 태어난 과정은 어느 쪽에 가까울까? 마롤리 안에서 아담이 태어난 건 또 어떨까? 두 겹의 알껍데기를 깨고 나온 정체불명의 생명체가 슬슬 본색을 드러내고 있다.

아담이라는 이름이 어디서 왔는지 알 것 같다. 하푸탈레에서 멀지 않은 곳에 아담스피크Adam's Peak라는 산이 있다. 현지에서는 신성한 발자국이란 뜻의 스리파다로 불린다. 산 정상의 바위에 찍힌 커다란 발자국 때문인데 이에 대한 각 종교계의 해석이 흥미롭다. 기독교와 이슬람교에서는 아담이 지상에 처음 발을 디딘 자국이라고 하고, 불교에서는 석가모니가 스리랑카를 세번째 방문했을 때 남긴 흔적으로 여기고, 힌두교에서는 시바 신의 발자국이라고 주장한다. 네 종교의 공동 성지가 될 정도로 영기가 세다보니 스리랑카 사람들은 이 산에 세 번 오르면 천국에 간다고 믿는다. 정상에서 일출을 맞기 위해서는 밤새 약 오천 개의 가파른 계단을 올라야 하지만 천국행 티켓의 가격으로는 저렴한 편이다. 이런 생각부터 하는 걸 보니 나의 천국은 이미 까마득히 멀어진 모양이다.

유대교 전설에 따르면 아담은 최초의 인간인 동시에 이후에 태어날 모든 인간의 영혼을 담고 있는 존재라고 한다. 새로 태어나는 후손들에게 숙성된 영혼을 따라주는 거대한 오크통을 연상하면 될 것이다. 그런데 통이 벌써 바닥을 드러낸 걸까? 아담이 세상을 돌아다니며 그동안 나누어준 영혼을 회수하고 있다. 그는 무덤을 파고 다니는 것인가 거울을 깨뜨리고 다니는 것인가. 파괴인가 합체인가. 전자라면 이석 형사가 어떤 식으로든 끝장을 보겠지만 후자라면 그로서도 할 수 있는 일이 없다. 신의 대리인에게 수갑을 채울 수는 없는 노릇이니까.

49

예상대로 아담을 찾는 건 어렵지 않았다. 그와 떨어져 있는 동안에도 보이지 않는 고무줄이 계속 허리에 묶여 있는 느낌이었다. 사방이 고요해지는 깊은 밤에, 머리와 가슴을 텅 비우고, 고무줄의 장력이 이끄는 방향으로 터벅터벅. 그렇게 네 시간을 걸어 도착한 고물상의 사무실에서 아담이 나를 기다리고 있었다.

"직접 보는 게 나을 거라고 생각했어."

목소리는 어둠이 고인 사무실 구석에서 들려왔다.

"아담, 아니 현자의 돌이라고 불러야 하나요?"

어둠 속에서 빙그레 웃는 미소가 느껴졌다.

"누구나 현자의 돌을 품고 있어. 난 조금 더 큰 집합체일 뿐이고."

창밖에 작은 동산을 이룬 고철 더미 너머로 동이 터오기 시작했다. 새싹처럼 돋아나는 노라발간 기운이 두텁게 쌓인 흙빛 어둠을 밀어올렸다. 고철 동산의 울퉁불퉁한 테두리가 금빛으로 물들었다.

"그 세 사람은 스스로 소멸을 선택한 건가요?"

"스스로 생존을 선택한 거지."

"거대한 다른 존재의 일부가 되는 걸 생존이라고 할 수 있나요?"

"흠, 그건 이쪽의 얘기 아닌가? 이 나라에서만 하루 평균 사십 명이 자살을 한다지. 삼십육 분마다 한 명씩 어디선가 목을 매달고, 몸을 던지고, 손목을 긋고, 수면제를 털어넣고."

"그거야…… 그럴 만한 사정들이 있겠죠."

"미국에서는 매년 오백 명가량이 연쇄살인범에게 목숨을 잃는다는 군. 뭐, 그럴 만한 사정들이 있겠지. 스리랑카에서 내전으로 죽은 십만 명은 어떨까. 그래도 백만 명이 학살당한 르완다에 비하면 양호한 편이라고 해야 되나? 코소보에서는 인종 청소로 주인 잃은 떠돌이 개들이 범람하자 다시 개들을 청소하는 촌극을 벌였잖아. 매년 수백만 명이 굶주려 죽어가는 동안 한쪽에선 천문학적인 비용을 들여 남아도는 식량을 폐기하고, 부활을 꿈꾸며 시신을 냉동 보관하는 노인들과 기초의약품이 없어 죽어가는 아이들이 공존하고 있어. 이 거대한 기형적 시스템의 일부가 되는 걸 생존이라고 할 수 있나?"

아담의 연륜이라면 필요한 사례를 온종일 열거할 수도 있을 것이다. 반박의 여지가 없는 사실들인데 왜 나는 자꾸만 반박할 말을 찾고 있는 걸까.

"나와 하나가 되는 건 '나'가 되는 거지 그 '일부'가 되는 게 아니야. 이곳에 그런 경계 따윈 없어."

해가 떠오르며 동산의 금빛 테두리가 점점 넓어졌다. 비쭉비쭉 튀어나온 파이프들이, 엉킨 철조망이, 싱크대 상판이, 자전거 바큇살이 찰나의 황금으로 빛났다.

"이름은요?"

"이름?"

"백현산, 장마리, 한유철, 그 이름들은 하나가 될 수 없잖아요."

"그게 중요한가?"

"백현산씨가 나중에 불후의 명곡을 남겼을지 누가 알아요. 장마리 씨는 더 많은 사랑을 할 수 있었고, 한유철씨는 재기에 성공해 큰돈을 벌었을지도 몰라요."

"혹은 차를 몰고 인도로 돌진하거나 인터넷을 뒤져 사제 폭탄을 만들었을지도 모르지."

대지를 벗어난 태양이 공중에서 사방으로 빛살을 쏘았다. 잠시 황금빛 꿈을 꾸었던 고철 동산이 본래의 후락한 모습을 드러냈다.

"얘기했잖아, 어차피 시간은 무질서를 부추기는 파괴의 신이라고. 특히 인간 생태계는 기록적인 속도로 나빠지고 있어. 인간의 영혼이 더 빨리 타락해가기 때문에 심각성을 체감하지 못할 뿐. 유일한 해결책은 시간을 거슬러올라가는 거야."

무의미한 말씨름이었다. 낚시터 창고에서 그 경이로운 광경을 목도하는 순간 내 안에 갇힌 영혼은 느꼈다. 그토록 찾고 싶었던 해답을 찾았다는 걸. 그에 저항할 이유는 전혀 없었다. 소멸을 예감한 몸뚱이가 억지스러운 반론으로 시간을 끌고 있을 뿐이었다. 모든 걸 파괴하는 시간이 내 결심까지 파괴해주기를 바라면서.

"선택은 네가 하는 거야. 빛으로 가득한 낙원으로 회귀할 건지, 컴컴한 모순의 구렁텅이에서 속물들의 지배를 받으며 절대로 행복해질 수 없는 비극적 실존을 죽을 때까지 끌고 다닐 건지."

햇살이 쇠창살을 뚫고 사무실로 밀려들었다. 아담이 몸을 일으켜 햇살 속으로 다가왔다. 그의 모습은 다시 조금 변해 있었고 여전히 아름다웠다. 나는 은행에서 인출한 얼마 안 되는 전 재산을 아담에게 건

냈다. 여행 경비로 쓰려고 모은 돈인데, 결국 여행 경비로 쓰게 됐다.

"부탁이 있어요."

"뭐지?"

"배낭에 엄마의 유골이 있는데 스리랑카에 갈 때 하푸탈레 차밭에 뿌려주었으면 해요."

아담은 고개를 갸웃한 채 나를 바라보았다. 살짝 흐린 가을하늘 같던 눈동자는 창흑빛 겨울 바다로 짙어져 있었다.

"그런 사적인 부탁은 곤란한데."

하긴, 한두 명도 아닐 테고…… 내 실망한 표정이 마음에 걸렸는지 아담은 짐짓 밝은 음성으로 덧붙였다.

"어쩌면 이게 다음 행선지에 대한 신호인지 모르겠군. 스리파다에 올라본 지 오래되긴 했어. 오케이. 합병 조건은 그것뿐인가?"

"예, 그거면 돼요."

아담이 양손을 내 어깨에 얹었다. 숨이 턱 막혔다.

"두려워할 것 없어. 우리는 이 별에서 가장 평온한 곳으로 가는 거야."

"아플까요?"

"뭐, 약간."

"많이 아프구나."

"육체와 영혼이 분리되는 거니까 어느 정도 통증이 따르지."

"어느 정도나?"

"사람마다 차이가 있긴 한데, 한 대장장이의 표현에 따르면 뜨겁게 달군 커다란 집게 두 개가 몸을 세로로 비틀어 찢는……"

"그만, 됐어요."

아담이 눈을 맞추고 잔잔한 미소로 나를 안심시켰다.

"잠깐이야. 영원한 세계로 편입되기 위한 통과의례라고 생각해."

영원, 영원이라니…… 그걸 내가 감당할 수 있을까?

"자, 눈을 감고, 마음을 편안히 풀어봐."

마음을 풀어놓는 게 말처럼 쉽지 않았다. 말뚝을 뽑고 울타리를 철거했지만 한 번도 탈주해본 적 없는 양떼들은 제자리에 똘똘 뭉쳐 움직일 생각을 하지 않았다.

"소리…… 소리에 귀를 기울여봐. 가슴속에서…… 가슴속 가장 깊은 우물 밑에서 올라오는 소리에."

가만히 귀를 기울였지만 내 가슴속에서는 노이즈만 들려왔다. 찍찍거리며 고막을 긁는, 아무 의미도 전달하지 못하는 노이즈…… 누군가 다이얼을 돌려 주파수를 맞추는 것처럼, 소리에 조금씩 변화가 생겼다. 커졌다가, 작아졌다가, 날카로운 쇳소리가 섞였다가, 뭉개진 말소리가 끼어들었다가…… 들린다. 노이즈를 뚫고 솟아나는 소리, 차츰 맑게 울리는 그 소리는…… 파도, 규칙적인 파도 소리가 흘러나온다. 멀리서 나를 덮칠 듯 거칠게 달려오는, 모래톱에 발부리가 걸려 철퍼덕 엎어지는, 한숨을 쉬며 질질 끌려가는…… 파도가 칠 때마다 시간이 거꾸로 흘러간다. 하루…… 이틀…… 사흘…… 나흘…… 닷새…… 엿새…… 진눈깨비를 맞으며 모닥불을 감싸고 앉은 두 사람…… 테이블 사이에서 흐느적흐느적 춤추는 마리씨…… 아담의 손에 들린 황금 잔…… 벽에 그려진 사람들의 환호성…… 시간이 점점 더 빠르게 역류한다. 일 년, 이 년, 삼 년, 사 년, 오 년, 육 년……

햇빛이 사선으로 들이비치는 소년원 도서관…… 까만 스타킹의 엄지발가락에 떨어진 물방울…… 대문을 붙잡고 나를 내려다보는 여자애…… 벽을 기어다니는 네온 불빛…… 파도는 계속해서 밀려간다. 나를 꿰뚫고 멀리, 더 멀리……

따끈한 기운이 코끝에 닿는다. 실눈을 뜨는 순간 빛으로 가득찬 아담이 폭발하듯 불길에 휩싸인다. 불뭉치 속에서 풀무처럼 헐떡이는 심장…… 내 심장도 격렬하게 요동친다. 아담이 팔을 둘러 나를 끌어안는다. 뜨겁지 않다. 오히려 얼음이 닿은 것처럼 차갑고 얼얼한…… 불의 날개가 펼쳐지며 사방으로 불망울이 흩날린다. 양쪽에서 다가온 날개가 나를 품는다. 시야는 온통 불, 불로 채워진다. 나를 둘러싼 불의 장막…… 흩날리는 불갈기가 사람들 얼굴처럼 보인다…… 껄껄껄, 하하하, 호호호, 클클클…… 유쾌하게 웃고 있는 얼굴, 얼굴, 얼굴……

'악!'

비명을 질렀지만 소리가 되어 나오지 않는다. 내 몸이 아담의 몸속으로 스며들어간다. 수많은 촉수들이 내 안으로 침투해 나무둥치와 가지를 휘감고 우악스럽게 흔들어댄다. 세포 사이사이로 뿌리를 뻗친 거대한 나무를…… 나뭇잎이 흩날린다. 찌그러진 세포들이 비명을 지른다…… 돌개바람이 휘불며 불꽃이 펄럭인다. 장막을 가득 메운 사람들의 표정이 돌변한다…… 고통에 일그러진 얼굴, 얼굴, 얼굴……

'아!'

작열하는 얼굴들 사이에서…… 나는 보았다…… 고개를 흔들며 몸을 뒤로 뺐다. 나를 끌어안은 아담의 팔에 힘이 들어갔다. 몸이 그대로 물크러질 것 같았다. 나무를 잡아 뽑는 촉수들의 움직임이 더욱 거칠어졌다. 위로, 위로 솟구치는 불길 속에서 절규하는 그 얼굴…… 벌어진 검은 입…… 밀착된 가슴팍 사이에 팔뚝을 밀어넣고 나는 온 힘을 다해 아담을 뿌리쳤다.

50

끝없이 이어질 것 같던 나선계단이 끝나고 지하실이 나왔다. 양쪽에 문이 늘어선 좁은 복도가 개미굴처럼 이리저리 뚫려 있었다. 문틈에서 새어나오는 희미한 빛에 의지해 복도를 걸었다.

"쩍, 쩍, 쩍."

왼쪽 신발 바닥에 껌이 붙었는지 걸음을 뗄 때마다 소리가 났다. 내가 온 걸 다들 눈치채겠어. 마음을 졸이며 살금살금 고양이 걸음을 치는데 발에 뭔가 밟혔다. 쪼그려앉아 손으로 더듬어보니 네모난 레고 블록이었다. 블록을 손바닥에 올리고 주먹을 꽉 쥐었다. 손아귀를 파고드는 단단한 모서리의 감촉이 마음에 들었다. 블록을 바지 주머니에 넣고 다시 걸음을 옮겼다. 잠시 후 또다른 블록이 발에 밟혔다. 역시 주워서 바지 주머니에 넣었다. 미로처럼 얽힌 복도를 돌아다니며 블록을 줍다보니 어느새 한쪽 주머니가 두둑해졌다.

"퍽, 퍽, 퍽."

무언가를 투박하게 내리치는 소리가 울렸다. 소리가 흘러나오는 문을 찾아 귀를 갖다댔다. 규칙적인 리듬으로 퍽, 퍽, 퍽. 잠시 사이를 두었다가 규칙적인 리듬으로 퍽, 퍽, 퍽. 그 리듬에 맞춰 노크를 했다.

"똑, 똑, 똑."

동그란 문손잡이를 움켜잡고 천천히 돌렸다. 문을 여는 순간 딸각하며 방에 불이 꺼졌다. 방안의 모습이 전혀 보이지 않았다.

"그 블록들로 뭘 만들 거야?"

맑고 카랑카랑한 어린아이의 목소리. 내 목소리가 아닌데 어쩐지 내 목소리처럼 들렸다.

"글쎄, 모르겠는데."

"낙타는 어때? 등에 커다란 혹이 두 개 달린 낙타. 사막을 지날 때 타고 갈 수 있잖아. 짐도 실을 수 있고."

"낙타, 괜찮겠네."

대화를 나누는 중에도 퍽퍽거리는 소리가 이어졌다. 돌멩이로 물컹한 덩어리를 내리치는 소리 같았다.

"물어보고 싶은 게 있어."

"여기서 나가는 길 말이야?"

"응."

"너도 알고 있잖아."

"내가? 모르겠는데."

"모르면 여긴 어떻게 들어왔어?"

"글쎄……"

"퍽, 퍽, 퍽."

질퍽이며 물이 튀고 덩어리 안의 단단한 뼈대까지 짓이겨지는 느낌이 전해질 때마다 척추가 움찔거렸다. 바지 주머니에 손을 넣어 블록을 한 움큼 꽉 쥐었다.

"그만 가볼게."

"어딜 가려고? 나가는 길도 모른다면서."

"글쎄, 모르겠는데."

"다 모른대."

에헤헤, 에헤헤, 웃음소리가 나방떼처럼 펄럭거리며 날아왔다. 문을 닫자 딸칵하며 문틈으로 빛이 새어나왔다. 내가 나가는 길을 알고 있다고? 그런 것 같기도 했고 아닌 것 같기도 했다. 다시 어두운 복도를 헤매는데 머리 위에서 철판을 잡아 찢는 듯한 굉음이 울렸다. 밖에 천둥이 치나? 천둥소리가 끝나기도 전에 지진이 난 것처럼 땅이 흔들렸다.

"펑!"

요란한 폭발음과 함께 천장이 무너져내렸다. 콘크리트 잔해가 폭포수처럼 쏟아졌다. 나는 머리를 감싸고 옆으로 피했다. 층층이 쌓인 층들을 가로질러 빨대를 꽂은 것처럼 구멍이 뚫렸다. 족히 삼십 층은 돼 보이는 높이였다. 동그란 구멍을 통해 하얀 뭉게구름이 떠가는 푸른 하늘이 올려다보였다. 불쑥 나타난 네모난 블록이 하늘에서 떨어져내렸다.

"쾅!"

눈앞에서 흰색 승용차가 납작하게 구겨졌다. 운전석에는 선글라스를 쓴 젊은 남자가 피범벅이 되어 뭉개져 있었다. 다시 천둥소리와 지진이 이어지더니 옆쪽에 또다른 구멍이 뚫렸다. 이번에는 편의점 건물이 통째로 떨어졌다. 유리와 플라스틱 조각, 탄산을 내뿜는 음료수 캔이 사방으로 튀었다. 뿌연 흙먼지가 시야를 가로막았다.

"펑! 펑! 펑!"

연이은 폭발음과 함께 천장 여기저기 구멍이 뚫렸다. 뭉클뭉클 일어난 흙먼지가 찰흙처럼 뭉쳐지기 시작했다. 근육이 울근불근한 어깨와 가슴팍, 허벅지, 산발한 머리, 미간에 박힌 보름달 같은 눈알. 흙먼지가 일수록 외눈박이 거인의 몸집은 점점 더 커졌다. 거인은 구멍이 숭숭 뚫린 천장들을 어깨로 허물고 허리를 쭉 펴서 지상으로 머리를 내밀었다. 널따랗게 트인 구멍에 푸른 하늘이 호수처럼 담겼다. 거인은 팔뚝으로 구멍의 양쪽 가장자리를 짚고 몸을 끌어올렸다. 아스팔트 덩어리들이 떨어져내렸다. 나는 몸을 돌려 달아났다. 주머니에서 레고 블록이 달그락거렸다.

"아직 많이 남았는데. 아직 많이 남았는데."

51

"왜 그랬지?"

이석은 볼펜을 빙글빙글 돌리며 물었다.

"그토록 찾고 싶던 해답이었다며."

마롤리는 눈을 내리뜨고 팔뚝의 흉터를 만지작거렸다. 이석은 흉터를 다시 눈여겨보았지만 떠오르는 이미지가 없었다. 아무리 봐도 딱화상 흉터였다.

"우리가 섬기는 하나님이 계시다면 우리를 맹렬히 타는 풀무불 가운데에서 능히 건져내시겠고."

"뭐지, 그건?"

"말라기서 4장 1절."

"하나님이 널 건져냈다는 거야?"

"아뇨, 엄마가."

볼펜을 돌리던 이석의 손가락이 우뚝 멈췄다.

"수많은 얼굴이 일렁이는 불길 속에서 엄마를 봤어요."

"그러니까 네 말은 어머니의 죽음도……"

"아담이 지난번 한국에 온 게 사 년 전이라고 했어요."

이석은 잠시 생각에 잠겼다가 다시 볼펜을 돌렸다.

"그런데 왜 도망쳤어? 그리운 어머니와 상봉할 기회였잖아."

마롤리는 고개를 대각선으로 저었다.

"모르겠어요. 엄마는…… 거기 있으면 안 되는 거잖아요. 나에게 마롤리란 이름을 붙여 세상에 데려다준 사람인데…… 거기, 절규하는 엄마 얼굴이, 끔찍한 비명이 들리고, 벌어진 입속으로 검은 구멍이…… 아, 모르겠어요. 그 순간엔 너무 혼란스럽고 화가 났어요. 너무 두려웠어요."

이석은 마롤리가 흥분을 가라앉힐 때까지 기다렸다. 그리 오래 걸리지는 않았다.

"아담을 뿌리치고 밖으로 뛰쳐나온 후에는 기억이 없어요. 정신을 차려보니 병원이었죠."

마롤리는 자신의 열 손가락을 물끄러미 내려다보다가 손을 탁자 아래로 내렸다. 숨이 가쁜 듯 입이 살짝 벌어져 있었다.

"전부 다 얘기한 건가?"

마롤리는 고개를 끄덕였다. 이석은 수첩과 볼펜을 주머니에 챙겨넣고 탁자 위에서 손깍지를 꼈다.

"마지막으로 하나만 묻자. 왜 전부 다 얘기했지?"

"예?"

"아담은 네 친구였잖아. 현자의 돌이건 최초의 인간이건 이 삭막한 방에선 한낱 범죄자로 취급될 뿐이란 걸 잘 알 텐데, 왜 하나뿐인 친구의 범죄 사실을 낱낱이 까발렸냐고."

마롤리는 스웨터 왼쪽 목둘레를 잡고 추어올렸다. 앙상한 오른쪽 쇄골이 반쯤 드러났다.

"아담이 아니라, 제 얘기를 한 거예요. 형사님이 시도해보라고 했잖아요. 진실은 통하는 법이라고."

수사과장과 이석과 서형사가 모니터실에서 머리를 맞대고 앉았다.

"드럼 치던 멤버와 연락이 닿았는데, 스톡홀름 신드롬은 백현산이 이전에 결성했던 밴드 이름을 그대로 가져온 거랍니다."

서형사가 볼펜을 손가락 사이에 끼우고 메모해놓은 수첩을 툭툭 두드리며 말했다.

"이름을 바꾸자는 의견이 있었는데 리더인 백현산이 끝까지 고집을 부렸대요. 이전 밴드의 보컬에 대해 물었더니 여장남자 콘셉트였다는 얘기만 얼핏 들었답니다."

"장마리하고 한유철 관계는?"

"장마리가 일본에 있던 기간에 한유철이 사업차 여러 차례 일본을 방문했어요. 지인들 말로는 뉴하프 클럽이나 트랜스젠더 취향은 금시초문이랍니다. 사업하는 사람이 그런 취향을 광고하고 다니진 않았겠죠. 부인한테 물어보니 손목의 뱀 타투는 처음 만날 때부터 있었대요. 보기 싫다고 지우라고 하니까 넙죽넙죽 대답만 하고 지우지 않았답니다."

이석은 주머니에서 껌을 꺼내 포장지를 벗기고 입에 넣었다.

"장마리 쪽은?"

"그쪽은 바닥이 바닥인지라 섭외가 안 돼요. 속초의료원에서 손목 봉합 수술한 의사가 타투를 보긴 봤답니다. 칼로 죽죽 그어놓아 모양은 모르겠지만."

듣고 있던 수사과장이 입맛을 다셨다.

"쟤 말대로 인연이 있던 사람들을 사슬처럼 엮으며 다녔다는 거야? 만유인력으로?"

"여장남자 보컬이 장마리인지 아닌지 모르잖아요. 타투도 둘 다 손목에 있었다는 것뿐이지 똑같은 모양을 일본에서 함께 새겼다는 증거는 없어요. 각각의 피살자들로부터 알아낸 사실에 멋대로 살을 붙인 건지도 모르죠."

이석의 반론에 수사과장은 한쪽 눈썹을 찌푸렸다.

"왜? 왜 그런 짓을 한다는 거야?"

이석은 껌을 질경이기만 할 뿐 대답이 없었다. 수사과장은 끙, 콧소리를 냈다.

"아무 지푸라기나 잡아봐. 쟤 내보내면 우리 빈손이야."

서형사가 이석의 눈치를 살피다가 나섰다.

"우선 고물상을 중심으로 폐가 수색을 해보죠. 아담이 근처로 거처를 옮겼을지 모르잖아요."

"머저리 같은 소린 혼자 거울 보면서 하면 안 될까?"

이석이 한숨을 쉬며 쏘아붙였다.

"설마 쟤 혼자 성인 셋을 납치해 불태웠겠어요? 정체가 뭐가 됐든 공범이 있을 겁니다."

"넌 어느 쪽이야? 공범이 있다는 거야, 없다는 거야?"

수사과장이 물었지만 이석은 골똘히 혼자만의 생각에 잠겨 있었다. 그사이 서형사는 자신의 의견에 보충 설명을 덧붙였다.

"요즘 외국인 배낭여행자들이 마약류 밀반입하는 사례가 많잖아요. 중간에 인디언 파이프도 나오고, 둘이 다니면서 환각제를 복용했다면 다 설명이 되죠. 몸에서 불이 일고 날개가 튀어나오고 죽은 엄마가 불속에 나타나고, 뭔들 못 보겠어요. 측두엽뇌전증 환자는 평소에도 환상에 시달린다는데."

"세 피살자가 우연히 연결된 건?"

"형님 말대로 셋이 연결돼 있다는 결정적인 증거는 없어요. 자기도 모르게 머릿속에서 소설을 쓴 건지도 모르죠. 아까 자료에 있었잖아요. 혼자 정교한 망상의 체계를 만든다고."

수사과장은 이석을 돌아보았으나 별다른 반론이 나오지 않았다. 또다시 끙, 콧소리가 튀어나왔다.

"작년에 폐공가 점검한 자료가 생활안전과에 있을 거다. 기동대 애들 차출해서 뒤져봐. 탐문도 같이 하면서. 머리통에서 나오는 게 없으면 발로 뛰어야지."

수사과장이 지시를 내리는 동안에도 이석은 껌을 꾹꾹 씹으며 혼자만의 생각에 골몰했다. 저 녀석은 지금 어디에 서 있는 걸까? 현실이라기엔 너무 허무맹랑하고 망상이라기엔 너무 매끄러웠다. 그 중간쯤에 있는 창작의 세계라면 모를까. 누군가에게 들려주기 위해 상상의 나래를 펼치고 의도적으로 빈틈을 메운 이야기. 문제는 그가 제출해야 하는 게 두루뭉술한 감상문이 아니라 수사보고서라는 점이었다. 사실과 허구를 낱낱이 분석하고 집필 의도까지 밝혀내야 하는. 틈새, 틈새를 찾아야 했다. 갈라진 틈새 하나만 찾으면 수박을 쪼개듯 쩍 벌려 붉은 속살을⋯⋯

"틈새야 있죠. 아까 그 성경 구절도 그렇고."

무심코 혼잣말을 웅얼거리던 이석은 서형사의 대꾸에 고개를 쳐들었다.

"성경 구절이 왜?"

"'우리가 섬기는 하나님이 계시다면 우리를 맹렬히 타는 풀무불 가운데에서 능히 건져내시겠고.' 이건 말라기서가 아니라 다니엘서에 나오는 구절이에요. 느부갓네살 왕이 이스라엘인 세 명을 불에 던져넣는 장면이죠."

이석과 수사과장은 입을 반쯤 벌린 채 서형사를 쳐다보았다.

"저 모태신앙이잖아요. 어릴 땐 매일 그날의 성경 구절을 암송해야 저녁을……"

"세 명을 불에 던져넣는다고?"

이석이 서형사의 말을 끊고 물었다.

"예. 왕이 금으로 거대한 신상을 만들고 사람들에게 절을 하라고 명령했는데, 다니엘의 세 친구가 우상숭배를 거부하자 불구덩이에 던져넣어요. 그리고 보니 여기도 금이 나오네. 아, 그리고……"

서형사는 입술을 달싹이며 이어지는 성경 구절을 되뇌었다.

"불구덩이에 세 사람을 던졌는데 네 사람이 걸어다닌다고 나와요. 왕은 네번째 사람이 신의 아들 같다며 깜짝 놀라 세 사람을 다시 나오게 하죠. 물론 그들은 털끝 하나 상하지 않았고."

"그게 무슨 의미야?"

"믿음이 있으면 불구덩이 속에서도 타지 않는다. 성경이 다 그런 거죠."

이석은 반사유리 앞으로 갔다. 마롤리는 돈가스 접시에 흩어진 옥

수수 알갱이를 포크로 하나씩 찍어 입에 넣고 있었다. 금 신상, 불속의 세 사람, 네번째 사람, 신의 아들…… 일부러 출처를 틀리게 말해 주의를 집중시킨 걸까? 힌트를 숨겨놓았다는 표시로? 이따위 게임을 하는 목적이 있기는 있는 걸까? 잡힐 듯 잡히지 않는 무언가가 눈앞에 어른거렸다. 이석은 티슈를 한 장 뽑아 껌을 뱉었다. 틈새가 보이지 않는다면 마구잡이로 흔들어보는 수밖에. 약한 부분에 균열이 가기를 바라면서.

"신의 아들이라면 수난을 좀 당해야지."

이석은 취조실 문을 벌컥 열어젖혔다. 마롤리가 포크를 입에 문 채 고개를 들었다. 천천히 탁자를 돌아간 이석은 마롤리의 뒤에 서서 움츠린 어깨 위에 양손을 걸쳤다.

"아담은 지금 어디 있지?"

"저야…… 모르죠. 병원에서 곧장 이리로 왔는데."

마롤리는 눈을 좌우로 굴리며 등뒤의 동정을 살폈다. 이석은 허리를 숙여 마롤리의 귀에 대고 속삭였다.

"난 알 것 같은데."

52

　무료한 표정으로 휴대폰을 들여다보고 광고판을 올려다보고 시선을 피하느라 어정쩡하게 고개를 돌린 채 맞이하는 묵상의 시간. 승객들의 머릿속에서 꿀렁이는 자질구레한 공상을 홀로그램으로 시각화할 수 있는 장치가 개발된다면 지하철은 훨씬 더 역동적인 공간이 될 것이다. 한강에 티라노사우루스가 나타나 다 때려부수면 재밌겠다, 계산할 때 지갑을 놓고 왔다고 하면서 말을 걸어볼까, 팀장이 교통사고로 죽어버렸으면, 로또 당첨되면 아무한테도 말 안 하고 하와이로 이민 가야지. 내가 저 나이로 돌아가면 방탕하게 실컷 놀 텐데……

　'사람은 있는 그대로의 모습일 때 가장 솔직하지 못하다. 가면을 하나 건네주면 그는 진실을 말할 것이다.' 오스카 와일드는 탐미주의자답게 언제나 화려하지만 그다지 유용하지 않은 통찰력을 보여준다. 모두가 가면을 쓰고 진실을 말하는 세상에서 버틸 수 있는 사람이 몇이나 되겠나. 멋진 콧방귀와 함께 그게 바로 자신이 원하는 세상이라고 너스레를 떤다면 할말은 없지만.

　눈을 감고 덜컹거리는 열차의 진동에 몸을 맡겼다. 세 명의 희생자가 합류하면서 소설의 얼개가 어느 정도 모양을 갖추었다. 문제는 결말인데…… 실패한 복제 동물처럼 기형인 채로 버려진 이전의 소설들이 떠올랐다. 이것도 문학으로 현실을 반영하는 방법이라는 자조적 농담이 슬슬 위안으로 다가왔다. 이유가 뭘까? 왜 결말이 다가오면 내 머리는 텅 비고 손가락은 꾸덕꾸덕 굳어버리는 걸까?

"다른 가능성들을 배제하는 게 싫으니까."

눈을 떴다. 객차가 텅 비었다. 티라노사우루스의 출현을 바라던 뿔테 안경 아가씨도 로또 당첨을 꿈꾸던 반대머리 아저씨도 보이지 않았다. 옆자리에 가면을 쓴 소년만이 구부정한 자세로 앉아 있었다. 빨간 깃털이 달린 노란 모자에 비쭉한 나무토막 코. 디즈니사에서 만든 피노키오 캐릭터를 마분지에 조잡하게 인쇄한 가면이었다.

"뭐라고?"

"결말이란 게 거기까지 오는 과정에서 파생되는 다양한 가능성을 하나만 빼고 모두 배제시키는 거잖아요. 게다가 그 하나는 거기까지 오는 과정의 필연적인 귀결이어야 한다는 암묵적인 제한까지 있고. 그게 싫은 거죠. 오스카 와일드의 화려하지만 그다지 유용하지 않은 통찰력을 빌린다면, '일관성은 상상력이 부족한 자들의 마지막 피난처이다'."

가면에 연결된 노란 고무줄이 뒤통수의 덥수룩한 곱슬머리를 죄고 있었다. 목이 늘어난 진회색 울 스웨터와 오른쪽 팔소매 밑으로 고개를 내민 화상 흉터가 아니라도 누군지 알 수 있었다.

"여긴 웬일이야?"

"취조실에만 처박혀 있으려니 지루해서."

"조금만 더 참아. 진술 끝나면 나가게 될 거야."

소년이 고개를 갸웃한 채 나를 올려다보았다. 가면 때문에 표정이 보이지 않았다.

"어디로?"

"비밀. 미리 알면 재미없잖아."

가면 안쪽에서 들린 숨소리가 아무래도 코웃음 같았다.

"그 형사님 말이에요."

"응."

"나하고 잘 통하는 거 같아."

"그쪽은 그렇게 생각 안 하던데."

"왜요?"

"왜는, 사람을 셋이나 태워 죽인 살인마일지 모르니까."

"난 살인마가 아냐!"

단호한 외침과 달리 피노키오 가면은 해맑게 웃고 있었다. 종이에 그려진 코는 변함이 없었다.

"미안하지만 그건 네가 결정하는 문제가 아니란다."

"자꾸 내 본모습과 다르게 나오니까 그렇죠."

"너한테 본모습 같은 건 없어. 주어진 역할에 맞춰 사는 게 네 역할이야."

"나 소고기도 좋아하는데."

"그래, 많이 먹어라. 내 소설 밖에서."

맞은편 검은 창에 소년과 내 모습이 나란히 앉은 타인처럼 비쳤다.

"어쨌거나 결말은 필요해요."

"알아."

"난 기형인 채로 버려지고 싶지 않아."

"나도 좋아서 그러는 건 아니다."

"힌트를 하나 줄까요?"

요런 맹랑한 녀석을 봤나. 소설 속 등장인물과 교감이 쌓이다보면 종종 이런 경우가 생긴다. 이렇게 불쑥 찾아와 시건방을 떠는 경우가. 초장에 확실하게 선을 그어야지 하나둘 받아주기 시작하면 난장판이 되는 건 시간문제. 너도나도 몰려들어 하소연하고 협박하고 땡깡을 부리고 훈계를 늘어놓고. 하지만 뭐, 의견 정도야 들어볼 수 있겠지.

"뭔데?"

소년은 내 귀에 가면의 입 구멍을 붙이고 속삭였다.

"제행무상 시생멸법, 생멸멸이 적멸위락."

"응? 그게 뭐지?"

"『열반경』의 '무상게' 몰라요?"

나는 얼떠름히 고개를 저었다. 해맑게 웃고 있는 피노키오 가면 뒤에서 혀를 차는 소리가 들렸다. 찡, 머릿속에서 소리굽쇠를 친 것처럼 진동이 울렸다. 어떻게 이럴 수 있지? 아무리 자생적으로 생겨났다고 해도 얘는 내 소설 속의 가상 인물인데……

"이건 말이 안 돼. 어떻게 내가 모르는 걸 네가 알고 있지?"

소년은 차분한 음성으로 또박또박 대꾸했다.

"이번 역은 상동, 상동역입니다."

눈을 떴다. 객차는 다시 사람들로 북적였다. 옆자리에는 노란 털모자를 쓴 할머니가 꾸벅꾸벅 졸고 있었다.

"내리실 문은 오른쪽입니다."

열차가 속도를 줄이기 시작했다. 상동역. 손안나씨 집으로 가기 위해 내려야 하는 역이었다.

53

"안다고요? 아담이 지금 어디 있는데요?"

이석은 오른손을 쫙 벌려 마롤리의 머리를 핸드볼공처럼 움켜잡았다.

"요 조그만 두개골 안에 있겠지."

"예? 그게 무슨……"

"아담은 네 뇌 주름 사이에서 태어난 사이코패스 살인마니까."

이석이 손가락 끝에 힘을 주자 마롤리의 표정이 일그러졌다.

"아, 아파. 아니에요. 아담은 실제로 존재해요. 어제 새벽까지 같이 있었다니까요."

"그래, 함께 마법의 양탄자를 타고 날아다녔겠지. 상상의 세계를."

"참, 정말이라니까 그러네. 내가 왜 그런 거짓말을 하겠어요?"

"왜? 그건 내가 잘 알지. 너희 같은 놈들은, 그냥 재미로 그러는 거야. 이 지루한 세상을 헤집어놓는 게 마냥 재밌는 거지."

이석은 마롤리의 머리를 놓고 탁자 맞은편으로 돌아갔다.

"넌 어린 시절 유리공장의 가마를 본 이후 불에 매혹됐어. 춤을 추며 모든 걸 녹이고 잿더미로 바꿔놓는 불에. 전두엽에 뭐 하나 꽂히면 헤어나지를 못하잖아, 니들은. 수시로 불장난을 했을 테고, 오래지 않아 불장난은 방화로 발전했을 거야. 네 손끝에서 피어나 밤하늘을 향해 포효하는 붉은 괴물…… 황홀했겠지."

마롤리는 손바닥으로 머리를 문지르며 이석의 눈길을 피했다.

"점차 빈집이나 자동차를 태우는 것보다 더 강한 자극이 필요했을 거야. 단순히 불구경을 하는 게 아니라 불과 진정으로 하나가 될 수 있는, 너를 초월적인 존재로 만들어줄 신성한 미션. 예를 들면 언제 자살해도 이상할 게 없는 쓰레기들을 부활의 의식이란 이름으로 소각한다든가."

"아니, 무슨 그런 끔찍한 소릴……"

"넌 불을 통해 신이 되고 싶었어. 머릿속에서 부풀려온 망상에 여기저기서 주워들은 잡다한 지식을 버무려 아담을 창조한 거야. 사회에서 도태된 고철을 황금으로 바꿔주는 불멸의 연금술사."

이석은 두 손으로 탁자를 짚고 서서 또박또박 몰아붙였다.

"그럼 팔의 이 상처는 뭐예요? 제가 경찰에 잡히려고 일부러 고물상에 불을 내고 팔을 지졌다는 거예요?"

"그러게, 정말 왜들 그러는지 모르겠어. 나르시시즘에 빠져 경찰과 언론을 상대로 깝죽거리는 연쇄살인마. 영화나 드라마에서 많이 봤지? 잭 더 리퍼부터 조디악, 에드 캠퍼, BTK 킬러. 잡히면 스타가 되면 그만이니까. 서커스 무대에 선 광대처럼. 모든 헤드라인이 네 사건으로 도배되고, TV에서 고명하신 박사님들이 널 분석하고, 팬카페가 생기고, 관련 책이 출판되고, 영화 주인공이 되고. 하긴 미치광이 주제에 언제 그런 인기를 누려보겠어."

"난 살인마가 아냐!"

탁자를 내리치며 빽 소리를 지른 마롤리는 이내 민망해하는 표정으로 고개를 흔들었다.

"정말, 정말이지 어이가 없네요. 내가 연쇄살인마라니. 하아, 형사님이야말로 머리가 어떻게 된 거 아니에요?"

"이 연금술이 언제 시작됐는지 맞혀볼까?"

이석은 마롤리의 흔들리는 눈빛을 집요하게 파고들었다. 비상벨을 누를 시간이었다.

"사 년 전 한국을 방문한 아담, 그때가 처음이었던 모양이지? 네가 어머니를 죽였을 때."

마롤리는 입을 헤벌린 채 굳어버렸다.

"그게 무슨 소리예요. 엄마는 화재로, 전기장판 합선으로……"

"합선, 너같이 영리한 놈에겐 일도 아니잖아."

"형사님, 농담하는 거죠? 내가 왜……"

"넌 미리 열선 피복 두 군데를 까놓고 학교에 갔어. 엄마가 술에 취하면 전기장판을 켜놓고 잠든다는 걸 알았으니까."

"마, 말도 안 돼. 내가 왜……"

마롤리는 웃는 듯 울먹이는 얼굴로 도리질을 쳤다.

"열선이 과열되며 불꽃이 튀고 판잣집이 장작 역할을 해주는 동안 열심히 수업을 들었을 거야. 엄마가 전혀 깨어나지 않은 걸 보면 막걸리에 수면제라도 탔나?"

"내가 왜! 왜 엄마를 죽여! 얼마나 사랑했는데!"

마롤리의 새된 절규가 길게 늘어지며 휘청거렸다. 이석은 석상처럼 버티고 서서 마롤리의 동작 하나하나를 새겨보았다.

"구질구질해 보였으니까. 걸핏하면 일터에서 잘리고, 자식은 돌볼

생각도 않고, 매일 막걸리 냄새 풍기며 신세타령이나 하는 엄마가 지
겨웠으니까."

"내가, 내가 얼마나…… 사랑했는데……"

마롤리의 호흡이 거칠어졌다.

"사랑했겠지. 그래서 더 보기 싫었을 거야. 그 뒤틀린 애증 속에서
넌 비로소 자각했어. 그동안 숨겨왔던 재능을, 불에 대한 사랑을 어디
에 쓰는 건지. 그 첫걸음으로 넌 엄마의 영혼을 흡수하기로……"

기괴하게 어그러진 비명과 함께 마롤리가 탁자를 딛고 뛰어올랐다.
손에는 포크가 들려 있었다. 얼굴을 향해 날아드는 포크를 이석은 왼
팔을 들어 막았다. 포크가 셔츠를 뚫고 팔뚝에 박히는 것과 동시에 이
석의 오른손 손날이 마롤리의 목을 가격했다. 컥, 소리와 함께 마롤
리는 탁자에 한 번 튕겼다가 취조실 바닥으로 처박혔다. 뻣뻣하게 펼
쳐진 팔다리가 꼼짝도 하지 않았다. 얼굴 앞에 피가 번지기 시작했다.
이석은 반사유리를 향해 소리쳤다.

"구급차 불러!"

젠장. 마롤리의 뒤통수를 쏘아보며 이석은 팔뚝에 박힌 포크를 뽑
았다. 네 개의 구멍에서 피가 솟구쳤다.

54

신생아실에서 근무하는 건 끊임없이 화재가 발생하는 건물에 사는 것과 같아요. 세상모르고 잠든 갓난아기들은 그야말로 천사들이죠. 하지만 한 아기가 화재경보를 울리면 곧바로 수십 대의 소방차가 출동한답니다. 간호사 둘이서 일일이 달래는 건 불가능하고 울음이 잦아들기를 기다리는 수밖에 없어요. 쪼글쪼글한 얼굴을 뻘겋게 물들이고 온몸을 쥐어짜며 발악하는 아기들이 줄지어 늘어선 광경을 상상해보세요. 그 작은 악마들의 합창을 듣고 있노라면 혼이 조금씩 빠져나가는 게 느껴져요. 표현이 좀 그런가요? 직업적 스트레스 때문이라고 이해해주세요.

그 극성맞은 울음소리는 근무 교대 후에도 이명처럼 따라다녀요. 차차 적응이 되겠지, 적응이 되겠지, 하면서 지낸 게 벌써 일 년이 넘었네요. 수간호사님께 이명을 없애는 비결이 있는지 물었더니 명쾌하게 알려주시더군요. 없다고. 면회 시간에 이런 북새통이 벌어지면 산모들은 간호사의 매정한 태도에 대해 병원측에 항의하기 일쑤예요. 본인들도 퇴원하면 조금은 알게 되겠죠. 그 매정한 간호사들이 왜 편두통과 원형탈모에 시달리는지.

아기들은 왜 동네 개들처럼 일제히 따라 울어 신생아실을 개판으로 만들까(죄송해요. 직업적 스트레스 때문에……). 당연히 시끄러워서 짜증을 내는 거라고 생각했어요. 육아 잡지를 뒤적이다가 '신생아성 반응 울음'이라는 용어를 보기 전까지는. 기사에 따르면, 한 아기가 울 때 다른 아기들이 함께 우는 건 공감 능력 때문이랍니다. 근처에서 누군가 고통을 겪는 게 느껴져 나도 슬프다는 거죠. 신기하게도 신생아에게 자신의 우는 소리를 녹음해 들려주면 아무 반응을 보이지 않는다는군요. 신생아성 반응 울음은 인간이 타인의 감정에 공감하는 능력을 선천적으로 타고났다는 증거라고 하네요.

사실일까요? 신생아실 근처에도 안 와본 박사님들이 만든 탁상공론 같기도 하고. 솔직히 노이로제에 걸린 간호사가 선뜻 인정하기는 힘들었죠. 그래도 그 기사를 읽고 나니 아기들의 울음이 사뭇 다르게 들리긴 하더군요. 찡그린 얼굴에서 짜증보다는 슬픔이 느껴지고, 버둥거리는 팔다리에서 투정보다는 안타까움이 보였어요. 한편으론 자괴감도 들더라고요. 나도 저런 공감 능력을 가지고 태어났을 텐데 어쩌다 이렇게 바싹 메말라버렸나.

얘기하다보니 작년에 신생아실을 거쳐갔던 아기가 떠오르네요. 갈색 피부에 삼 킬로그램이 채 안 되는 조산아였어요. 동남아 쪽 혼혈 같은데 부모를 본 적이 없어서 확실히는 모르겠어요. 그애가 기억에 남는 이유는, 주위 아기들이 전부 목놓아 울어대는 북새통 속에서도 항상 평온을 유지했기 때문이에요. 울음소리가 거세질수록 오히려 똘망똘망한 눈으로 푸근한 미소까지 짓는 거예요. 한 명이라도 소음을 줄여주면 고마워해야 할 텐데, 보고 있으니 섬뜩한 기분이 들더라고요. 청각 기능은 정상이라고 했는데 혹시 다른 이상이 있는 게 아닌가

걱정돼서, 실은 얄미워서, 허벅지 안쪽을 살짝 꼬집어봤죠. 울음통은 멀쩡하더군요. 손가락을 떼기도 전에 고 조그만 녀석은 악을 쓰며 온 몸으로 울어댔어요. 그 기세가 어찌나 등등한지 다른 아기들이 따라 울기는커녕 몸을 오그리며 외면하는 거예요. 정말이라니까요. 아무튼 희한한 애였어요. 지금쯤이면 일어서서 걷기 시작했을 텐데, 어떻게 자랐는지 궁금하네요.

55

이석은 책장의 책들을 전부 빼내 바닥에 던졌다. 어지럽게 널린 책들을 바라보다가 이번에는 제목의 글자 수 순서대로 배열하기로 했다. 한 권을 집어들어 제목을 확인하고 책장의 알맞은 위치에 배치, 한 권을 집어들어 제목을 확인하고 책장의 알맞은 위치에 배치, 한 권을 집어들어…… 사건 자료를 전부 복사해 와 밤새 들여다보았지만 마롤리의 판타지를 해체할 단서는 발견하지 못했다. 나무들이 기괴하게 우거진 숲을 헤매는 기분이었다. 계속 같은 풍경만 반복되고 나침반은 먹통이고, 분명 근처에 잘 정비된 산책로가 있는데 방향을 가늠할 수가 없었다.

『도박하는 사람들』, 일곱 글자, 세번째 칸. 취조실에서 감정을 가장해 블러핑하는 놈들은 금세 표가 났다. 신빙성이 전혀 없는 진술에도 불구하고 그의 직감은 마롤리가 자신의 속내를 진술하게 털어놓았다고 보고했다. 하지만 '진솔하게'라는 단어에 결부되기 마련인 무게감은 또 느껴지지 않았다. 무색무취의 휘발성 속내를 털어놓은 것처럼. 무슨 패를 숨기고 있는 걸까? '아담이 아니라, 제 얘기를 한 거예요. 형사님이 시도해보라고 했잖아요. 진실은 통하는 법이라고.'

『불의 정신분석』, 여섯 글자. 주차된 차들에 불을 지른 연쇄방화범을 검거한 후 샀던 책이다. 책장을 훑어보는데 밑줄 친 부분이 눈에 띄었다.

……불은 내밀하면서도 또한 보편적이다. 그것은 우리의 마음속에 살고 있다. 그것은 하늘 속에 살고 있다. 그것은 실체의 내부 깊은 곳에서 솟아올라 사랑처럼 자신을 제공한다. 그것은 물질 속으로 다시 내려가 증오와 복수처럼 잠재 상태로 그 속에 몸을 숨기기도 한다. 모든 현상 중에서 불이야말로 선과 악이라는 두 가지 상반된 가치 부여를 분명하게 수용할 수 있는 유일한 현상이다. 불은 낙원에서 빛난다. 불은 지옥에서도 타오른다.

'겹겹이 둘러싼 불의 장막, 그 중심에서 남자와 아담의 몸이 합쳐지고 있었어요.' 책을 두번째 칸에 꽂으며 이석은 고개를 갸웃거렸다. 아무리 생각해도 책에 밑줄을 그어가며 읽은 기억이 없었다.

『살인자들과의 인터뷰』, 아홉 글자, 네번째 칸. 연쇄살인범과 프로파일링이라는 용어가 처음 등장하던 시절의 FBI 수사관이 쓴 책이다. 과학수사 기법은 나날이 발전하는데 살인범을 잡는 일은 점점 더 난해한 퀴즈가 되어간다. 예전에는 크로스워드 퍼즐을 푸는 것처럼 피살자의 주변을 조사하고 제시된 단서를 하나하나 따라가면 대부분 범인이 밝혀졌다. 하지만 사이코패스와 분노 조절 장애자들이 활개치기 시작하면서 사건 수사는 숨은그림찾기가 되어버렸다. 평범한 일상을 그린 삽화 한구석에서 코끼리가, 하프가, 비행접시가 아무런 맥락도 없이 튀어나왔다. '하긴 그런 얘길 누가 믿겠어요. 거짓말이거나 미쳤다고 생각하겠지. 어느 쪽이 더 나쁠까요?'

『혈액형 인간학』, 여섯 글자. 도대체 그런 악마들은 어떤 핏줄을 타고 태어나는 건지…… 책을 두번째 칸에 꽂던 이석의 손이 멈칫했다. 굽이굽이 돌아가는 이야기에 귀를 기울이고 있노라면 산비탈에 가려져 사라지는 게 있다. 출발점. 마롤리의 모험은 아버지를 찾아 나서면서 시작됐다. 주몽을 찾아가는 유리처럼, 아이게우스를 찾아가는 테세우스처럼. 그 이후 백현산과 장마리와 한유철을 연쇄적으로 만났다는 건 첫번째 고리인 김우신도 사슬에 연결돼 있다는 암시가 아닐까? '주민등록초본을 추가로 떼어봤죠. 뺑소니 사고로 이번 생을 마감했다는 아버지는……'

이석은 경찰서 당직 형사에게 전화를 걸어 김우신에 대한 조회를 부탁했다.

"주민등록이 말소됐는데요."

"말소되기 전 마지막 주소지가 어디야?"

"구리요."

"인천이 아니고?"

"예, 구리시 갈매동."

"97년에는 어디에 거주했지?"

"여기, 안산에 살았네요."

"그렇단 말이지…… 김우신이 전산으로 싹 훑어서 수배해봐."

"지금요?"

"그럼 언제 하고 싶은데."

"옙, 분부대로 합죠."

이석은 입술을 잘근잘근 씹으며 침대와 소파와 식탁 사이의 T자형

공간을 서성거렸다. 더 자유롭게 서성거리고 싶은데 집이 좁아 어쩔 수 없었다. 멍청이, 이걸 놓치다니. 녀석은 아버지를 찾으러 갔다가 우연히 백현산을 만난 게 아니고 일부러 그를 찾아간 것이다. 아마도 김우신과 관련된 모종의 일로. 현실과의 갈림길이자 이야기의 출발점. 그 연결 부위에 테이프를 칭칭 감아 뭘 감추려 한 거냐. 채 삼 분도 지나지 않아 휴대폰이 울렸다.

"수배할 것도 없네요. 김우신이 지금 서울 중랑서에 있습니다."

56

미국의 추리소설 작가 S. S. 밴 다인은 원래 고상한 예술비평가 윌러드 헌팅턴 라이트였다. 신경쇠약으로 입원해 있는 동안 기분전환 삼아 추리소설을 읽기 시작한 그는 이 년 동안 약 이천 권을 독파했다고 한다. 당시까지 미국과 영국에서 발표된 거의 모든 추리소설을 망라하는 분량이었다. 더이상 읽을 책이 없자 그는 축적된 내공을 바탕으로 비밀리에 추리소설을 쓰기 시작했고 발표한 작품들이 연이어 베스트셀러가 되었다. 한 편의 무협지 같은 인생 역정이다. 주화입마에 빠져 은둔해 있던 반검다인半劍茶人은 우연히 발견한 비급을 통해 소림파, 무당파, 아미파, 곤륜파의 각종 무공을 섭렵한 후 군웅이 할거하던 강호를 평정하고 무림맹주에 등극했으니……

자신감을 얻은 밴 다인은 전직 비평가답게 '탐정소설을 쓰기 위한 스무 가지 규칙'을 발표했다. 장르의 특질을 일목요연하게 정리한 업적은 인정할 만하나 다소 주관적 색채가 강하고 1920년대 기준으로 작성된 것이라 현대에 적용하기에는 무리가 있다. 예를 들면 제3항, 이야기에 로맨스가 들어가면 안 된다(인간사에서 가장 흥미로운 요소를 아예 건드리지도 말라니). 제7항, 탐정소설에는 반드시 시체가 있어야 하며 시체는 최대한 확실하게 죽어 있어야 한다(꽤나 과격한 조항이다). 제11항, 작가는 고용인들, 이를테면 집사, 하인, 시종, 사냥터지기, 요리사 등을 범인으로 해서는 안 된다(이렇게 직업에 귀천을 두기도 하고).

밴 다인의 법칙 제8항에 따르면 범죄의 수수께끼는 엄격한 자연법칙에 따른 방법으로 풀려야 한다. 석판점, 심령술, 독심술, 강신술, 수정점 따위를 사용하는 건 금기라고 살뜰하게 예까지 들어놓았다. 이 내용은 다른 조항에서도 비슷한 문구로 계속 강조된다. 제5항, 범인은 논리적 추론을 통해 판정되어야 한다. 제14항, 살인의 수단과 수사 방법은 합리적이고 과학적이어야 한다. 제15항, 사건의 진상은 통찰력 있는 독자라면 의심할 여지가 없는 명백한 것이어야 한다.

케케묵은 규칙들 중 이 관련 조항들만은 현대 추리소설에도 적용되는 대원칙으로 받아들여진다. 탐정이 누구인가. '나는 생각한다. 고로 나는 존재한다'는 카피에 힘입어 근대 최고의 히트 상품이 된 합리적 이성의 대변자들이다. 그들에겐 이성적 방법을 통해 사건의 진상을, 나아가 이 세계의 진실을 밝힐 수 있음을 증명할 의무가 있다. 똘똘한 탐정이 냉철하게 수사를 진행하고 있는데 정작 범인은 심령술사가 타로카드 몇 개 뒤집어 찍어주는 식의 추리소설을 누가 읽겠나.

이석 형사 역시 엄격한 자연법칙에 따라 사건을 해결하기 위해 열심히 뛰고 있다. 마롤리의 판타지를 수박 쪼개듯 쩍 벌려 붉은 속살을 드러내는 건 시간문제일 것이다. 그 모습을 보고 있으니 문득 밴 다인의 제8항에 어깃장을 놓고 싶어졌다. 합리, 논리, 과학, 통찰력, 다 좋지만 그런 식으로 사건을 해결하는 건 지도에 그려진 산책로를 따라가는 것처럼 싱거운 느낌이다. 밴 다인의 신랄한 비난을 감수하고 결정적 열쇠가 될 조커를 한 장 숨겨놓으면 어떨까? 합리적 이성으로는 이해할 수 없는 카드를.

단순히 어깃장 놓기 좋아하는 악취미가 있어서 이러는 건 아니다. 누구에게나 어디까지가 픽션이고 어디서부터 논픽션인지 칼로 자르듯 명확하게 구분되지 않는 지점이 있기 마련이다. 때론 산책로를 벗어나 나무들이 기괴하게 우거진 숲을 헤매는 게 유용한 지름길이 되기도 한다. '두 쌍의 날개와 한 쌍의 더듬이와 대롱형 입을 가진 곤충'이라는 정의가 '떨어지는 꽃잎 나뭇가지로 돌아가네'*보다 나비를 더 깊이 이해하는 게 아닌 것처럼. 동분서주하는 이석 형사에게는 미안하지만 말했듯이 그와 나는 많이 다르다. 그리고 칼자루는 내가 쥐고 있다.

하마터면 그냥 지나칠 뻔했다. 뾰족지붕에 넓은 베란다, 전면의 화강암 돌붙임. 80년대 아파트 붐이 일기 전에 유행했던 일명 불란서식 이층 양옥이다. 그 유행의 아득한 거리를 보여주듯 청록색 철대문은 피부병 환자처럼 여기저기 녹이 슬어 페인트가 벗겨져 있었다. 대문 기둥에 문패 대신 매직으로 휘갈긴 번지수가 희미하게 사라져가는 중이었다. 상내동 99-1.

---

* 아라키다 모리타케(荒木田守武)의 하이쿠. '떨어지는 꽃잎 나뭇가지로 돌아가네. 아! 나비로구나.'

57

"그 양반 여기 단골이에요. 또 주폭인 것 같던데."

중랑경찰서 당직 형사는 부석부석한 얼굴로 목에 수건을 걸고 나타났다.

"안산까지 가서 사고를 친 겁니까? 데려가시려고?"

"아뇨, 질문 몇 개만 하면 됩니다."

"꼭두새벽부터 오신 걸 보니 큰 건인가보네."

당직 형사는 하품을 하며 넌지시 물었다.

"방화 사건이에요. 단순 참고인인데 빨리 처리하고 치우려고."

"참고가 되려나."

이석은 자판기에서 고카페인 에너지음료 두 개를 뽑아 취조실에서 기다렸다. 잠시 후 당직 형사가 눈이 게슴츠레하게 감긴 초로의 사내를 짐짝처럼 끌고 들어와 의자에 걸쳐놓았다.

"끝나면 불러요."

당직 형사가 문을 닫는 것과 동시에 간신히 균형을 유지하고 있던 사내의 상체가 앞으로 고꾸라졌다. 희끗한 짧은 머리칼이 정수리를 중심으로 소용돌이치며 뒤엉켰고 때에 절어 번질거리는 솜 패딩에서는 퀴퀴한 고린내가 풍겨왔다. 이십 년의 세월은 백마 탄 왕자님을 냄새나는 주정뱅이로 바꾸어놓았다.

"김우신씨, 김우신씨."

주먹으로 탁자를 노크하며 불렀지만 사내는 깨어날 생각을 하지 않았다. 이석은 자리에서 일어나 천장 구석의 CCTV를 등지고 사내에게 다가갔다.

"어이, 김우신씨."

이석은 사내의 어깨를 흔들다가 머리를 옆으로 슬쩍 돌려놓고 뺨을 내리쳤다. 한 대, 또 한 대, 일정한 간격을 두고 점차 강도를 높였다. 눈살만 찌푸리던 사내는 다섯 대째 따귀에 상체를 벌떡 일으키더니 파리를 쫓듯 두 팔을 휘저었다. 얼떨떨한 얼굴로 뺨을 문지르는 사내에게 이석은 에너지음료를 따서 건넸다.

"마셔요, 쭉."

사내는 목이 마른 듯 음료를 입가로 흘리며 벌컥벌컥 들이켰다. 흐리멍덩한 눈에 조금씩 초점이 돌아왔다.

"스리랑카에서 온 라디샤라고 알죠?"

"아, 씨, 뭐라는 거야."

"당신 부인, 라디샤."

"부인은, 니미, 결혼도 안 했는데. 난 영원한 자유인이야. 프리 맨."

사내는 고개를 가누는 것도 힘든지 사방으로 꺼떡꺼떡 방아를 찧었다. 이석은 탁자에 비스듬히 걸터앉았다.

"김우신씨, 잘 들어요. 당신 부인 라디샤가 자택에서 살해됐어. 둔기에 머리통이 박살났다고. 이런 경우 가장 유력한 용의자가 누굴까? 경찰서 뻔질나게 드나들었으니 잘 알 것 아냐."

이석은 발로 사내가 앉은 의자를 툭 찼다. 용의자라는 말에 사내는 정신을 차리려는 듯 고개를 세차게 털었다. 이석은 두번째 에너지음료를 따서 사내의 입에 들이붓다시피 먹였다. 몸속에서 터진 카페인 폭탄에 사내는 부르르 몸을 떨었다. 눈빛에 확연히 생기가 돌았다.

"난 아무도 안 죽였어. 있지도 않은 부인을 어떻게 죽여."

사내는 눈알을 뒤룩대며 중얼거렸다. 이석은 의자를 툭툭 차면서 몰아붙였다.

"벌써 치매가 온 거야? 당신 97년에 안산에서 혼인신고를 했잖아. 스리랑카 이주노동자 라디샤와. 마롤리라는 아들도 태어났고."

"뭔 소리야, 난 총각이라니까. 그런 괴상한 이름을 가진 마누라랑 애새끼는……"

말을 멈춘 사내는 입을 헤벌리고 허공을 쳐다보다가 갑자기 딸꾹질하듯 웃음을 터뜨렸다.

"아, 알겠어, 오케이. 97년 안산. 맞아, 결혼을 하긴 했지."

"대답 똑바로 해. 당신 지금 살인사건 용의자라고."

"그거 위장결혼이었어. 불법체류자 구제하느라고."

"위장결혼?"

이석의 각진 눈이 일그러졌다. 이야기의 출발점이 더 멀리 거슬러 올라갔다.

"그때 내가 꽁지빚이 있었거든. 쓰벌, 근데 많이도 못 받았어."

"그럼 아들이 있는 것도 모르고?"

"아들은, 니미, 그년 빤스도 본 적 없는데. 아, 그러고 보니……"

사내는 다시 입을 헤벌리고 허공을 응시하다가 말을 이었다.

"작년에 웬 튀기가 찾아와서 자기가 내 아들이라는 거야. 재수없게."

"작년? 작년 언제?"

"그게 가을이었나, 겨울이었나…… 아무튼 자꾸 아버지라고 우기니까 어떡해. 술 한잔 얻어먹고 용돈 몇 푼 챙긴 다음 엉덩짝을 걷어차줬지. 너 같은 튀기 새끼 아들로 둔 적 없으니 썩 꺼지라고. 끅끅끅. 지금 생각하니, 쓰벌, 애비 노릇 하면서 돈이나 계속 뜯을 걸 그랬네."

이석은 사내의 면상을 탁자에 처박고 싶은 걸 간신히 참았다.

"위장결혼 대가는 누구한테 받았어? 브로커가 있었나?"

"브로커 같은 건 끼면 안 돼. 그 새끼들이 중간에서 다……"

"돈 누가 줬냐고!"

"박사장님이라고, 우리가 잔심부름해주면 푼돈 좀 집어주고 그랬지. 노조 만든다고 깝치는 새끼 다구리 쳐주고, 마누라하고 붙어먹은 골프 선생……"

"그 박사장이라는 사람이 직접 의뢰한 거야?"

"위장결혼 얘길 꺼내면서 사람 하나 구해달라길래 내가 한다고 했지. 어차피 난 자유인이라 결혼할 생각이 없다고."

"이름은? 뭐하는 사장이야?"

"이름은 모르지. 그냥 반월공단에 화평피혁 박사장님이라고……"

이석의 눈썹이 꿈틀거렸다.

"피혁? 가죽 염색하는 공장이었나?"

"뭐, 염색도 하고."

58

화평피혁 박사장을 찾는 건 어렵지 않았다. 다만 그는 오 년 전에 공장을 넘겼고 현재는 양평의 치매 전문 요양원에 들어가 있었다. 덩그런 단독주택을 혼자 지키고 있는 노부인의 말로는 찾아가봤자 소용없을 거라고 했다. 사십 년을 함께 산 조강지처도 못 알아본다고. 이석은 노부인에게 자신이 찾아온 용건을 간단히 설명했다.

"스리랑카에서 온 라디샤라고, 거기서 일한 직원 맞죠?"

"공장 일에는 관여를 안 해서 모르겠네요. 관여했다 한들 이십 년 전에 일했던 직원을 일일이 기억할 수 있나요."

"사장님께서 목돈 들여 위장결혼을 주선한 직원이면 기억나지 않을까요?"

"그것도 처음 듣는 얘깁니다. 혹시 다른 박사장님 아닌가요? 여긴 워낙 공장도 많고……"

"화평피혁은 딱 하나더군요."

"글쎄, 모르겠네요. 그이가 왜 그랬을까?"

노부인은 자신도 남편에 대한 기억을 전부 지웠다는 듯 무심하게 웅얼거렸다. 무언가 알고 있는 게 틀림없었지만 그녀를 압박할 수단이 없었다. 오래전 골프 선생과 붙어먹은 얘길 꺼내봤자 코웃음만 칠

테고. 이석은 사이드테이블에 놓인 부부의 젊은 시절 사진을 들여다보았다. 망점이 큰 흐릿한 사진 속에서 남자는 환하게 웃으며 갓난아기를 안은 아내의 어깨에 팔을 두르고 있었다.

"닮았네요."

"예?"

"지난 일 년 사이에 마롤리란 이름의 혼혈 소년이 찾아온 적 없나요? 키 백육십오 센티미터 정도에 곱슬머리, 마른 체형."

"아뇨, 없었는데요."

노부인은 꺼림칙한 표정으로 고개를 저었다. 이번에는 사실인 것 같았다. 서류상의 개차반 아버지를 만나고 미심쩍은 낌새를 챘을 텐데, 위장결혼과 박사장에 대해서는 알아내지 못한 걸까?

"알겠습니다. 협조해주셔서 감사합니다."

이석은 '협조'에 강세를 주어 말하는 것으로 소소한 분풀이를 하고 일어섰다.

자신의 공장에서 일하는 불법체류자를 임신시키고 영주비자로 입막음한 사장. 현재로선 가장 유력한 시나리오였다. 양평의 요양원에 가서 박사장의 DNA를 몰래 채취해 대조해보면 바로 답이 나올 터였다. 그 시나리오가 실화로 밝혀진다고 해서 당장 사건의 실마리가 풀리는 건 아니지만 일단은 발견된 틈새를 파고드는 수밖에 없었다. 무의미해 보이는 퍼즐 조각이 다른 조각을 불러들이기를 바라면서.

양평으로 막 출발했을 때 서형사에게서 전화가 왔다.

"방화와 경관 상해로 엮어서 감정유치 영장 받았습니다. 치료감호소에 한 달 정도 가둬놓을 수 있게 됐어요."

서형사가 들썩거리는 음성으로 보고했다. 휴대폰 너머에서 어수선한 분위기가 느껴졌다.

"형님이 살신성인해서 깽판 친 덕분에 시간을 벌었네요. 존경합니다."

"신났구나, 아주."

"잠깐만요."

서형사가 누군가에게 고함쳐 지시하는 소리가 들렸다.

"어디세요?"

"양평 가는 길."

"거긴 왜요?"

"잡어매운탕 잘하는 집이 있다고 해서."

"나 참, 공폐가 수색 같이 안 가실 거예요?"

"유령은 네가 맡아. 난 살아 있는 사람을 쫓을 테니까."

"형님이 쫓는 게 유령일지도 몰라요."

"네트건 챙겨라. 날개가 튀어나온다잖아."

서울외곽순환고속도로를 달리던 이석은 판교분기점에서 경부고속도로 대전 방면 표지판을 보는 순간 즉흥적으로 운전대를 틀었다. 방심하고 있던 내비게이션이 경로를 이탈했다며 종알거렸다. 용인에 들러 유리공장을 찾아보고 가기로 했다. "인간세계에도 저런 도가니가 있다면……" 녀석의 진술 중 유일하게 아담을 비유로 드러낸 대목이었다. 즉, 아담이라는 망상이 처음 시작된 곳.

59

완전한 신이 만든 불완전한 세상. 항상 이게 문제였어. 오랜 옛날부터 사람들은 이 아득한 골짜기를 메우기 위해 무수한 언어와 피를 쏟아부었지. 아무리 그래도 아담과 이브의 원죄를 추궁하는 건 치사하지 않아? 고작 사과 하나 먹었다고 말이야. 인간의 자유의지를 탓하는 것도 전지전능한 신으로서는 무책임한 궤변이지. 불행은 믿음을 시험하는 도구이며 타락한 인간이 회개할 기회를 주기 위한 수단이라는 주장은 어떨까. 약을 주기 위해 병을 퍼뜨린다. 인간세계라면 상해에 사기, 공갈까지 적용되는 중죄라 비싼 변호사를 구해야 할 거야. 애당초 세상은 데미우르고스라는 불완전한 신에 의해 창조되었다는 그노시스파의 주장이 차라리 명쾌해. 덕분에 이단으로 낙인찍혀 수많은 사람들이 고문당하고 불태워졌지만.

가장 흥미로웠던 건 계몽주의 시대에 대두된 이신론理神論이야. 신은 이 세계를 창조한 후, 휙, 사라져버렸다. 인간이 알지 못하는 다른 차원으로. 신은 손재주 좋은 제조공일 뿐 AS까지 책임지지는 않는다는 주장이지. 그 손재주를 자랑하고 싶어서 우주 여기저기를 돌아다니며 뚝딱뚝딱 천지창조를 하고 있는 거야. 이미 멸망한 곳도 있을 테고, 멸망해가는 곳도 있을 테고, 계속 리모델링을 해가며 번듯하게 사는 곳도 있겠지. 어쨌든 신이 사라졌으니 계시도 없고 기적도 없고 최후의 심판도 구원도 없어. 죽이 되든 밥이 되든 창조 이후의 세계는 오롯이 피조물들의 작품인 거야. 어때, 그럴싸하지 않아?

물론 이신론으로 모든 딜레마가 정리되는 건 아니야. 예를 들어 악마는 어떻게 된 걸까? 사탄, 루시퍼, 데몬, 데블, 베엘제부브, 메피스토펠레스, 다양한 이름으로 불리며 불완전한 세상을 수호하는 파수꾼들. 신이 세상을 창조한 후 곧장 사라졌다면 이들은 어디서 나타난 거지? 인간의 내부에 잠복해 있었을까? 신의 형상을 본떠 만들었다는 인간의 내부에? 아니면 신이 떠난 후 다른 세상의 건달들이 침투한 걸까? 내가 오랜 세월 사람들의 사연을 수집하며 깨달은 바로는, 악마는 사람들 안에 잠복해 있는 것도 외부에 별개로 존재하는 것도 아니야. 악마는 사람과 사람 사이에 있어. 부싯돌이 부딪쳐 불꽃이 일듯, 칫, 그렇게 생겨나는 거지.

60

이석은 김밥을 입에 넣고 천천히 씹으며 맛을 음미했다. 주방을 정리중인 교복 차림의 여학생이 호기심 어린 눈길로 그를 힐끔거렸다. 분식집 주인의 딸이라고 했다. 김밥은 재작년에 중앙역 캐리어 살인 사건 용의자의 집 앞에서 잠복하며 먹은 게 마지막이었다. 그는 비빔밥이나 쌈밥처럼 재료가 뒤섞인 채 입안으로 들어가는 음식을 좋아하지 않았다. 회덮밥을 시켜도 회와 야채, 밥을 따로 먹는 스타일이었다. "유별나요, 유별나." 서형사는 맞은편에서 고개를 가로젓곤 했다.

잠시 후 배달을 나갔던 분식집 주인이 돌아왔다. 뚱뚱하고 혈색이 붉은 오십대 아주머니였다.

"김밥 맛있네요. 우엉이 약간 질깃하긴 한데."

이석은 아주머니를 테이블에 앉히고 자신이 찾아온 경위를 간략히 설명했다. 라디샤와 그녀의 아들에 대해 조사하러 유리공장에 갔더니 이곳을 알려주더라, 공장에서 함께 일할 때 라디샤를 여동생처럼 살뜰하게 챙겼다는 얘기를 들었다.

"그랬죠. 나이도 어린 게 남의 땅에서 혼자 애 키우며 사는 게 안쓰럽더라고. 그런데 무슨 일이죠? 혹시 라디샤에게……"

"죽었습니다. 사 년 전에 화재로."

아주머니는 충격을 받은 표정이었다. 하지만 고생을 충분히 겪은 사람들 특유의 감정 회복력으로 이내 낯빛을 수습했다.

"그런데 왜 지금……"

"다른 사건 때문입니다. 아들이 하나 있었죠? 그 모자에 대해 기억나는 대로 말해주시면 도움이 되겠네요."

그녀는 의아한 표정이었지만 무슨 사건이냐고 되묻진 않았다.

"마로, 잘 알죠. 맡길 데가 없어서 늘 공장에 데리고 다녔거든."

"마롤리 아닌가요?"

"공장에선 다들 마로라고 불렀어요. 애가 눈이 부리부리하고 말도 똑부러지게 잘해서 아저씨들이 손주맨치로 귀여워했어. 나중에 유리 부는 기술 배우러 오라면서 막걸리도 한 잔씩 따라주고 그랬지. 라디샤는 그런 농담 듣기 싫어했어요. 지 새끼라고 아주 끔찍이 생각했거든. 하긴 애가 똘똘한 게 뒷바라지만 잘하면 유리 불면서 지낼 팔자는 아니었지."

아주머니는 허벅지를 긁으며 느릿느릿 말을 이었다.

"근데 마로가 병치레가 잦아서 라디샤가 고생을 많이 했어요. 허구한 날 둘러업고 응급실로 쫓아다니고, 병실에서 밤샘하느라 핼쑥한 얼굴로 출근하고. 지극정성이었지, 지극정성이었어. 그러다 쓰러지면 애를 누가 돌보냐고, 네 몸부터 챙기라고 해도 소용없었어. 마로가 웃는 모습을 보는 게 유일한 낙이라나. 뭐, 세상 어느 부모가 안 그럴까마는."

주방에서 노골적인 콧방귀가 터지자 아주머니는 딸내미를 매섭게 쩨려보았다. 이석은 젓가락으로 접시에 떨어진 햄 조각을 찍어 입에 넣었다.

"아이 아버지 얘기는 안 하던가요?"

"진즉에 사별했다던데. 교통사고였나, 애 태어나기도 전에 홀몸이 됐다지. 혼자 아등바등하는 게 딱해서 착실한 사람으로 중매나 서볼까 했는데, 그건 또 들은 체도 안 하더라고. 누가 열녀문 세워줄 것도 아니고, 쯧. 형사님, 튀김 몇 개 데워드릴까?"

"괜찮습니다. 거기선 얼마나 일했죠?"

"한 이 년 있었나. 월급이 쪼잔해서 그렇지 일하기는 괜찮았어요. 다 가족맨치로 지내고 작업도 일찌감치 시작해서 해거름 전에 끝나니까. 라디샤도 입버릇처럼 그랬어. 그동안 여기저기 떠돌며 맘고생이 심했는데 다들 사랑스럽게 대해줘서 너무 고맙다고. 애가 한국말이 짧아서 좋은 건 다 '사랑스럽게'를 붙이더라고."

"그런데 왜 그만뒀죠?"

아주머니는 검지 하나를 테이블에 걸쳐놓고 골똘히 생각에 잠겼다가 대답했다.

"그러고 보니 그때 좀 이상하긴 했네. 어느 날 경찰이 공장에 왔거든. 형사님 같은 사복 말고 제복 입은 여순경이. 멀리서 봤는데 라디샤가 흥분해서 발을 구르고 가슴을 막 쥐어뜯더라고. 그러더니 여순경이 마로를 따로 불러서 또 얘길 하고."

"애가 무슨 사고를 쳤나요? 장난치다가 어디 불을 냈다거나……"

이석은 흥미를 보이며 물었다.

"모르지, 말을 안 했으니까. 순경이 가고 나서 무슨 일이냐고 물어도 한숨만 푹푹 쉬더라고. 불법체류자는 아니라고 들었는데 이상하다 그랬지. 뭐에 쫓기는 것도 같고. 그렇게 며칠 안절부절못하다가 그만 둔다고 한마디 던지고는 후다닥 사라졌어요. 어이구, 그게 마지막 모습이었는데 어쩌다…… 내 말 듣고 재가나 했으면 그렇게는 안 갔으련만, 쯧."

61

　관할 경찰서에는 십삼 년 전 여성청소년계 순경이 유리공장에 출동한 기록이 남아 있었다. 아동학대 의심 신고였다. 신고자는 인근 대학병원에 근무하던 레지던트 강문영. 확인 결과 별다른 이상이 없었다는 내용이 간략하게 기재되어 있었다. 이석은 신고자에게 전화를 걸어 전후 사정을 설명하고 몇 가지 질문할 게 있다고 했다. 강문영은 자다가 깬 음성이었다.

　"이 시간에 거리낌없이 전화할 만큼 중요한 일이겠죠?"

　시계를 보니 열시 반이었다. 양평은 내일 가야 할 것 같았다.

　"예, 새벽 세시에도 거리낌없이 전화할 만큼 중요합니다."

　허, 하는 감탄사가 들렸다. 잠은 어느 정도 달아난 것 같아 이석은 바로 본론으로 들어갔다.

　"기억하시나요? 모친은 라디샤라고 유리공장에서……"

　"알아요, 마롤리. 그런 이름을 어떻게 잊겠어요. 가해잔가요 피해잔가요?"

　그녀는 단도직입적으로 물었다. 어차피 사건 내용은 캐물어봤자 소용없으리란 걸 아는 말투였다.

　"피해자는 아닙니다."

그녀는 잠시 침묵을 지키다가 전화로 말하기는 조심스럽다며 자신의 아파트 앞으로 찾아오라고 했다. 경찰서에서 그리 멀지 않은 곳이었다.

이석이 도착해 전화하자 강문영은 수면바지에 무릎까지 내려오는 검은 패딩을 걸치고 나왔다. 가녀린 체구에 파리한 얼굴이었지만 그 상태로 사흘 밤은 더 새울 수 있을 듯한 강단이 느껴졌다. 그녀는 고개를 돌려 불 켜진 창문 중 하나를 올려다보더니 아파트 동 사이의 어두운 오솔길로 이석을 이끌었다.

"MBP라고 들어보셨어요? 대리인에 의한 뮌하우젠 증후군."

그녀는 패딩 주머니에서 담배를 꺼내물고 불을 붙였다.

"뮌하우젠 증후군은 들어봤습니다. 다른 사람의 관심을 끌기 위해 꾀병을 부리는 거 아닌가요?"

"꾀병을 넘어 자해를 하거나 거짓으로 꾸민 증상이 실제로 나타나기도 하죠. MBP는 그 병증이 다른 대상을 향하는 거예요. 자기가 보호하는 사람이나 동물을 아프게 만들어놓고 극진히 돌보면서 만족을 느끼거나 헌신적으로 보이는 걸 즐기는 거죠."

"그럼 마롤리의 모친이 일부러……"

"응급실에서 그 모자를 몇 번 만났는데 상당히 의심스러웠어요. 툭하면 식중독에 걸리고, 세제를 삼키고, 깨진 유리를 밟고, 대부분 부주의로 일어난 사고인데 모친은 한마디 타박도 없이 헌신적으로 아이를 돌보는 거예요. 보통은 자식이 그렇게 자주 다치면 속이 상해서라도 꾸짖기 마련이잖아요."

말이 빠르고 거침없이 이어져 이석은 신경을 곤두세우고 들어야
했다.

"죄책감으로 그럴 수 있지 않나요? 아이를 제대로 돌보지 못했다며
자신을 책망하는 가난한 부모들, 경찰서에서도 종종 보거든요."

"저도 처음엔 그렇게 생각했어요. 사람이 여려 보이는데다 남편은
없다고 하고, 애를 챙길 여유가 없겠구나 싶었죠. 그래도 혹시 몰라서
모친이 자리를 비웠을 때 유도심문으로 마롤리를 찔러봤어요. 극구
부인하더라고요. 왜 그따위 질문을 하냐는 눈빛으로 날 빤히 쳐다보
면서."

강문영은 담배를 떨어뜨려 밟아 끄고 곧장 또 한 대를 꺼내물었다.

"어느 날 가스레인지에 데었다며 팔목에 화상을 입은 애를 업고 왔
는데, 더이상 두고 볼 수가 없었어요. 가스레인지 불에 닿으면 반사적
으로 팔을 빼기 때문에 그 정도로 심한 화상은 입기 힘들거든요. 더
결정적인 건 팔뚝에 난 멍자국이었어요."

그녀는 왼손으로 자신의 오른 팔꿈치 바로 아랫부분을 움켜잡았다.

"이렇게 잡은 손가락 모양으로 멍이 들어 있었어요. 이 정도면 충
분한 증거가 되지 않나요, 형사님?"

그녀는 자신만만하게 물었다. 이석은 고개를 끄덕였지만 결정적인
증거는 아니라고 생각했다. 화상 입은 아이를 보고 흥분한 상태에서
팔을 틀어잡다가 생긴 멍자국일 수도 있었다. 어쨌든 상당히 의심스
러운 정황이기는 했다.

"MBP는 위험한 정신질환이에요. 외국에서는 아이가 사망에 이른
사례가 다수 보고됐어요. 그것도 형제자매들에게 똑같은 케이스가 반

복된 후에야 밝혀지는 경우가 대부분이죠. 저 역시 물증이 없다보니 고민을 거듭하다가 경찰에 신고한 거예요. 아동심리학자를 대동하고 모자를 격리해서 제대로 조사할 줄 알았는데, 순경 한 명 보내서 그 자리에서 물어보고 왔다더군요. 물론 마롤리는 전혀 그런 일 없다고 대답했고. 아마 왜 그따위 질문을 하냐는 눈빛으로 순경을 빤히 쳐다 봤겠죠."

그녀는 고개를 돌려 연기를 길게 내뿜었다.

"그런 무신경한 경우가 많아 할말이 없군요. 그런데 선생님 말대로 마롤리가 학대를 받고 있었다면, 왜 기회가 있었는데도 다른 사람에 게 알리지 않았을까요?"

"그건 피해 아동들의 일반적인 반응이에요. 가뜩이나 자존감이 낮 아진 아이들에게 부모는 두렵지만 의지할 수밖에 없는 신이나 마찬 가지니까요. 부모 자식 간에 일종의 스톡홀름 신드롬이 형성되는 거 죠."

"스톡홀름 신드롬."

이석은 고개를 끄덕였다. 그사이 강문영은 세번째 담배를 꺼냈다가 다시 집어넣었다.

"학대를 받으면서 부모의 연극에 동참할 수밖에 없다면 그 응어리 가 언젠가 터져나오겠군요? 피해 아동들은 나중에 범죄자가 될 확률 이 높다거나……"

"그렇지는 않아요. 이건 분노를 동반하는 보통의 가정 폭력과 양상 이 다르기 때문에 아이들은 대개 극도로 소심하고 의존적인 성격으로 성장하죠. 범죄자보다는 히키코모리에 가까울 거예요."

"그렇군요. 한 가지만 더. 그 정신질환이 생기는 원인은 뭐죠? 선생님 추측이 사실이라면, 마롤리 모친은 왜 하나뿐인 자식을 학대하며 돌보는 짓을 반복했을까요?"

"원인은 개인마다 제각각이라 전문적인 상담을 해보지 않는 이상 특정하기 힘들어요."

"가장 일반적인 원인을 꼽는다면……"

강문영은 결국 세번째 담배에 불을 붙였다.

"사랑을 갈구하는 심리죠. 자신이 어릴 때 혹은 큰 상처를 경험했을 때 받지 못했던 사랑을, 보호받고 싶었던 본능을 아픈 아이를 돌보며 대리만족하는 거예요."

안산으로 돌아오는 길에 부슬비가 내리기 시작했다. 앞유리에 작은 물방울들이 점점이 달라붙으며 심야의 도로가 부옇게 흐려졌다. 이석은 물방울이 충분히 모일 때까지 기다렸다가 와이퍼를 한 번씩 작동시켰다. 고무 날이 물방울을 몰아내고 시야가 선명하게 뚫리는 순간의 쾌감을 즐기기 위해서였다. 지금은 즐길 만한 게 그것밖에 없었다. 라디오를 켜자 귀에 익은 팝송이 기다렸다는 듯 전주부터 흘러나왔다.

When I was just a little girl, I asked my mother, what will I be?

(내가 어린 소녀였을 때, 엄마에게 물어봤어요. 나는 커서 뭐가 될까요?)

휘파람으로 '케 세라, 세라' 파트를 따라 부르던 이석은 고개를 갸웃했다. 마롤리의 진술 중에 등장했던 노래였다. 아담이 만유인력이니 퍼즐이니 주워섬긴 후 휘파람으로 불었다던. 조금 전엔 스톡홀름 신드롬이 튀어나오더니…… '그렇게 흥분할 거 없어. 우연의 일치란 건 대개 기의 흐름에 따른 자연스러운 귀결일 뿐이니까.' 어느새 나까지 그 요상한 흐름에 휘말린 건가. 이석은 쓴웃음을 지었다.

휴대폰이 울렸다. 통화 버튼을 누르자마자 서형사가 흥분을 억누르지 못하고 외쳤다.

"형님, 잡았습니다."

"누굴?"

"유령이요."

62

"이렇게 손수 가져다주시다니, 친절하기도 하셔라."

우연과 필연과 의지의 삼각형이 완성되는 꼭짓점에서 나를 맞은 이는 평범한 중년 여성이었다. 복숭앗빛 볼과 머리에 고루 퍼진 새치 중 어디에 시선을 두느냐에 따라 나이는 사십대와 오십대를 오르내렸다.

"뭘요, 마침 근처에 볼일이 있어서 들고 나왔습니다."

"볼일은 마치셨나요?"

"예, 그럭저럭."

"그러면 차 한잔 대접해도 되겠네요. 종일 들고 다닌 차가 어떤 맛인지 궁금하시죠?"

내가 대답을 하기도 전에 손안나씨는 홍차 상자를 들고 주방으로 갔다. 나긋나긋한 말투와 고상한 몸놀림, 빨간 기하학적 무늬가 프린트된 검은 홈드레스 위로 길게 늘어진 진주 목걸이. 어쩐지 연극에 귀부인이나 여사님 호칭으로 등장하는 캐릭터를 보는 느낌이었다. 주방에서 그릇 달그락거리는 소리가 들려왔다.

"바닥이 차갑죠? 오래된 주택이라 겨울에 난방이 문제예요."

"괜찮습니다. 오늘은 날씨가 별로 안 춥네요."

거실 벽과 천장 전체에 암갈색 나무 패널을 붙여놓아 통나무집에 들어온 듯 아늑한 느낌이었다. 바다거북 박제와 낙타를 탄 아라비아 상인을 수놓은 양탄자가 인접한 벽 하나씩을 차지하고 있었다. 바다와 사막이 만나는 모서리에 부채꼴 장식장이 서 있고 큼직한 검은 수석이 장식장 중앙에 놓여 있었다. 도무지 눈길을 끌 만한 이유를 찾을 수 없어 눈길이 가는 물건이었다. 수석은 돌이 어떤 형상을 얼마나 닮았는가에 따라 이름이 붙고 가치가 결정된다고 들었는데, 좌대까지 만들어 전시해놓은 울퉁불퉁한 돌덩이는 아무리 봐도 떠오르는 게 없었다. 억지로 갖다붙이자면 갈기를 곤두세운 사자 같기는 했다. 날개를 펼친 독수리에 가깝나? 두 사람이 엉겨 있는 에로틱한 모습도 얼핏 보였고, 선을 몇 개 더 추가하면 불시착한 UFO에서 걸어나오는 외계인이 나타나기도 했다.

"마침 오늘 쿠키를 구웠는데 맛이 어떨지 모르겠네요."

손안나씨가 탁자에 쟁반을 내려놓았다. 해외에서 홍차를 주문하는 정성이라면 찻잔 세트 정도는 갖춰놓았을 법도 한데 붉은빛이 도는 차는 하얀 코렐 머그컵에 담겨 나왔다. 쿠키도 크기와 모양이 들쭉날쭉한 걸 보면 형식에 얽매이지 않는 성격인 듯했다.

"잠깐만요."

머그컵을 향해 가던 내 손이 허공에 어색하게 매달렸다.

"식전 기도를 해도 될까요?"

"아, 그러시죠."

손안나씨는 눈을 감고 두 손을 가슴 앞에서 맞잡았다. 나도 예의상 눈을 감았다. 입속말로 속살거리는 기도 소리가 이어졌다. 실눈을 뜨고 거실을 다시 둘러보았지만 어디에도 십자가는 보이지 않았다.

"아멘."

"아멘."

홍차에서는 뭐라 표현하기 힘든 기묘한 향이 났다. 썩 끌리는 향이 아님에도 계속 홀짝이게 만드는 중독성이 있었다. 종일 찬바람을 맞고 돌아다닌 탓인지 뜨거운 차가 들어가자 몸이 노곤하게 풀어지는 기분이었다. 쿠키를 한입 베어 물었는데 다행히 빈말을 짜낼 필요는 없었다.

"제가 먹어본 쿠키 중에서 가장 맛있네요."

손안나씨는 흐뭇한 미소를 머금었다.

"앞으로 먹어볼 쿠키를 포함해도 자신 있답니다. 탄자니아에 있을 때 영국 선교사에게 집안 대대로 내려온다는 비법을 전수받았거든요."

"탄자니아에 여행을 가셨던 건가요?"

"명목은 선교 활동이었죠. 하나님 핑계로 여기저기 좀 쏘다녔어요."

삼각형 꼭짓점에서 나를 맞은 이는 평범한 중년 여성이 아니라 베테랑 모험가였다. 캄보디아에서 코브라에 물린 아찔한 경험부터 부탄에서 삼시 세끼 고추 요리만 먹다가 위장병에 걸린 일, 세네갈에서 만난 북한 청년과의 데이트, 소말리아 해적과의 숨막히는 추격전, 네팔에서 트레킹을 하다가 발견한 예티의 발자국. 나는 홍차를 홀짝이며 천일야화처럼 흘러나오는 에피소드에 시간 가는 줄 모르고 귀를 기울였다.

"스리랑카에 한참 계셨군요. 하푸탈레에도 가보셨겠네요?"

"그럼요. 하푸탈레, 누와라엘리야, 캔디. 타밀 노동자들에게 나누어줄 생필품을 등에 지고 차밭이란 차밭은 다 돌아다녔죠."

"어땠나요, 거긴?"

"음, 거긴…… 구름과 차밭, 그게 다죠. 덕분에 공기 하나는 정말 깨끗해요. 숨만 쉬어도 폐를 꺼내 맑은 시냇물에 썩썩 헹구는 느낌이랄까."

"그때부터 홍차를 즐기셨나보군요."

"뭐, 그다지. 차보다는 커피를 즐기는 편이라 케냐나 에티오피아가 더 기억에 남아요."

손안나씨의 심드렁한 대꾸는 나를 어리둥절하게 만들었다. 그러고 보니 그녀는 홍차에 거의 손을 대지 않았다.

"그런데 왜 일부러 홍차를 해외 주문까지 하셨죠?"

충분히 예상 가능한 질문이건만 그녀는 진주 목걸이를 만지작거리며 생각에 잠겼다. 급작스럽게 피곤이 밀려왔다. 마취총을 맞은 것처럼 몸이 뻑뻑해지는 느낌. 손안나씨가 잔잔한 미소를 지으며 어깨를 으쓱했다.

"우리를 만나게 해주려고 그랬겠죠."

"예? 그게 무슨……"

"우연과 필연과 의지, 세 개의 선분으로 이루어진 삼각형 말이에요."

눈의 초점이 맞지 않아 그녀의 미소가 두세 개로 겹쳐져 보였다.

"그걸 어떻게……"

"오디션은 잘 끝났나요?"

뇌가 프라이팬 위의 버터 조각처럼 녹아서 척추를 타고 흘러내렸다.

"다…… 당신 도대체……"

자리에서 일어서는데 무릎에 힘이 들어가지 않았다. 몸을 돌리다가 휘우청하며 그대로 쓰러졌다. 그녀 말대로 오래된 주택이라 바닥이 차가웠다. 어룽거리는 시야에 들어온 검은 수석. 돌덩이가 흐물흐물 움직이며 사람 모양으로 바뀌었다. 좌대에서 내려온 검은 난쟁이는 한마디 말도 없이 분주하게 움직였다. 탁자를 치우고 내 손이 닿은 곳을 수건으로 문지르고 현관에 놓인 내 구두를 더플백에 집어넣고 홍차 상자도 집어넣고…… 발소리가 사분사분 다가왔다. 영롱하게 반짝이는 진주 목걸이가 눈앞에서 흔들렸다.

"아쉽게 됐네요. 결말을 보고 싶었을 텐데."

부드러운 손길이 흐트러진 내 머리칼을 쓸어넘겼다. 바다 밑으로 서서히 가라앉는 돛단배가 보였다.

"어쩌겠어요. 주어진 역할에 맞춰 사는 게 당신 역할인걸."

63

체포된 남자는 양팔로 무릎을 끌어안고 유치장 구석에 쪼그려앉아 있었다. 검은 코트와 하늘색 스웨터는 남의 옷을 빌려 입은 것처럼 한 사이즈 정도 커 보였다. 해말끔한 피부와 헝클어진 더벅머리, 바싹 깎은 손톱과 느슨하게 묶은 운동화 끈이 무심하게 대비를 이루고 있었다. 거슴츠레 감긴 눈꺼풀 아래 반쯤 잘린 눈동자가 공허하게 빛났다. 남자는 간헐적으로 몸을 앞뒤로 까딱까딱 흔들며 입술을 달싹거렸다. 그때마다 이석은 창살 사이로 귀를 들이밀었지만 말소리는 들리지 않았다.

"소름끼치게 잘생기진 않았죠?"

서형사가 충혈된 눈으로 종이컵을 들고 다가왔다.

"이름도 아담이 아니라 이담이에요. 이담, 삼십삼 세, 프리랜서로 번역 일을 했다는 것 외에는 아직 나온 게 없어요."

"어떻게 된 거야?"

"버려진 컨테이너 박스에서 발견했어요. 어디서 임시 사무실로 쓰던 것 같은데, 그 안에 모닥불을 피워놓고 저러고 누워 있더라고요. 옆엔 배낭과 취사도구가 벌여져 있고."

"상태가 왜 저래?"

"버섯에 취해 환상의 세계를 헤매는 중이랍니다. 한나절은 지나야 정상적인 대화가 가능할 거래요."

"버섯?"

이석의 미간에 주름이 잡혔다.

"현장에 있던 홍차 캔에서 말린 환각 버섯이 나왔어요. 마약팀 강 형사 말로는 중남미에서 나는 광대버섯의 일종인 것 같다는데, 요즘 마약류를 차에 섞어 유통하는 사례가 종종 있답니다. 환각 버섯이란 게 기본적으로 독버섯이잖아요. 신경을 마비시켜서 저렇게 꿈꾸는 좀 비를 만들어놓는 거죠. 과도하게 섭취할 경우……"

"몸이 불에 타 죽는 순간까지 몸부림의 흔적이 없을 수 있다."

"버섯 종류가 워낙 많아서 분석 결과를 기다려봐야 돼요. 피살자들 몸에서 해당 성분이 나오기만 하면 게임 오버죠."

이석은 서형사의 손에서 종이컵을 빼앗아 남은 커피를 들이켰다.

"모닥불과 아직 확인되지 않은 버섯 말고 저 친구가 아담이라는 증 거가 있어?"

서형사는 밴드가 달린 손바닥만한 검은 수첩을 내밀었다.

"코트 안주머니에서 나왔어요."

이석은 밴드를 풀고 수첩을 펼쳤다. 크기가 제각각인 글자들이 사 방으로 어지럽게 내달리고 있었다. 글씨체가 엉망인데다가 문장들이 여기저기서 충돌하는 통에 알아볼 수 있는 글자가 거의 없었다. 서형 사가 눈을 비비며 말했다.

"그거 해독하느라 눈알 터지는 줄 알았어요. 뒤쪽에 표시된 곳을 보세요."

포스트잇이 붙어 있는 페이지를 넘기자 익숙한 세 글자가 눈을 찌르고 들어왔다. 마롤리. 옆에 괄호를 치고 '메아리'라고 뜻까지 적어놓았다. 이석은 수첩에 눈을 붙이고 뜨문뜨문 글자들을 읽어나갔다. 최근에 작성한 메모들인지 그나마 충돌하는 문장이 많지 않았다.

첫번째 희생자…… 노숙자…… 청록색 기타…… 눈알을 사포로…… 성인용품점…… 피리 부는 사나이…… 두번째…… 트랜스젠더…… 허스키한 목소리…… 키메라…… 자살 시도…… 나무의 바다…… 세번째 희생자…… 달걀…… 사업 실패…… 건강 염려증……

"이게……"
이석은 뒷말을 잇지 못했다.
"둘이 환각 상태에서 희생자를 꾀어 사연을 수집하고 불태운 거라니까요. 저 자식은 그걸 일기처럼 기록해놓고, 마롤리는 그 사연들을 엮어서 혼자 망상을 펼친 거고. 하, 연쇄살인마의 일기는 미드에나 나오는 건데."
서형사는 고개를 가로저었다. 이석은 종이컵 테두리를 잘근잘근 씹으며 수첩을 들여다보았다. 당혹스러운 와중에도 휘갈겨진 메모를 일기로 보기엔 어딘가 석연치 않다는 생각이 들었다.
"자기 입으로 그렇게 진술했어?"
"진술이 되겠어요? 마롤리에 대해 물으니까 횡설수설 헛소리만 늘어놓다가 계속 저 상태예요."

"뭐라고 했는데."

"이게 다 소설이래요."

"소설? 그건 또 무슨 소리야?"

이석은 짜증 섞인 목소리로 물었다. 서형사는 코웃음을 치며 염소 수염을 쓸어내렸다.

"자기가 범죄소설을 쓰고 있는데 마롤리가 주인공 이름이랍니다. 수첩의 메모들은 아이디어가 떠오를 때마다 적어놓은 거고. 세 사람 모두 소설 속에서 불에 타 죽는 역할이래요."

이석은 고개를 돌려 유치장 안의 이담을 바라보았다. 그는 여전히 몸을 동그랗게 웅크린 채 입술을 달싹거리고 있었다.

"일단 마약으로 영장 신청하기로 했어요. 정신 차리는 대로 뭐라고 지껄이는지 들어봐야죠. 그때까지 형님도 좀 쉬세요. 어딜 그렇게 쏘 다닌 거예요?"

사건이 다 해결된 듯 들뜬 서형사와 달리 이석은 더욱 깊은 미궁에 빠진 기분이었다. 의문의 화재 현장, 그 현장을 설명하는 마롤리의 황 당무계한 진술, 그 진술의 골자가 고스란히 담긴 수첩, 범죄소설을 쓰 는 중이라는 황당무계한 해명. 현실과 허구가 공모해 겹겹으로 진실 을 에워싸고 있었다. 마롤리가 소설 주인공이라니. 아담이야말로 마 롤리가 쓰는 소설 속 주인공이어야 하는데…… 신기루라고 생각했던 아담이 이런 식으로 등장한 것에 대해 이석은 왠지 심한 모욕감마저 느껴졌다.

64

"마롤리!"

어깨를 움찔했다가 돌아보는 소년은 역시 그애였어요. 한창 성장할
시기인데 제가 담임을 맡았던 일학년 때와 체격이 비슷하더군요. 더
작아진 것처럼 보이기도 했고.

"어, 선생님."

서너 달 전이었나, 집에 놀러온 수학 선생님을 통해 마롤리가 홀어
머니를 사고로 잃은 후 학교에 나오지 않는다는 소식을 들었어요. 걱
정은 됐지만 학교를 그만둔 제가 딱히 할 수 있는 일이 없었죠. 옛 제
자를 살뜰히 챙길 처지도 아니었고. 그렇게 한동안 잊고 지냈는데 한
울이 유모차를 끌고 절에 다녀오던 길에 마주친 거예요.

"너, 어떻게 된 거니? 어디서 지내고 있어? 누구하고?"

굳이 대답은 필요 없었어요. 그애는 야산 중턱에 기우뚱하게 버티
고 선 단칸 기와집에서 막 나오던 참이었거든요. 수도도 전기도 없고
갈라진 벽은 시커먼 곰팡이가 점령했고 움푹 꺼진 구들장에 파도치는
장판, 여기저기 빗물받이 깡통이 널려 있는 곳을 집이라고 부를 수 있
다면 말이에요. 너덜너덜한 『열반경』이 방바닥에 굴러다니는 것으로
보아 언덕배기 사찰의 스님이 머물던 거처인 듯했어요. 꿉꿉한 누비

이불 한 채와 구석에 쌓인 색색의 라면 봉지가 그애의 생활을 말해주더군요. 방에서 가장 말끔한 물건은 박스에 한가득 담긴 지우개와 비닐 포장지였어요. 저걸 하나 포장하고 얼마나 받으려나.

"여기서 혼자 사는 거니?"

"예."

"다른 친척은 없어?"

"예."

"구청 복지과 같은 데서 얘기가 없었어? 보육원이나……"

"그런 데 가기 싫어서 여기 있는 건데."

더는 질문할 게 없더군요. 입술을 깨물고 그 귀신의 집 같은 곳을 둘러보는데 스타킹 왼쪽 엄지발가락에 물방울이 떨어졌어요. 이어서 오른쪽 발등에도 뚝. 마롤리가 신기하다는 표정으로 제 얼굴을 올려다봤어요.

"어, 선생님 우는 거예요?"

전 마롤리를 아파트로 끌고 와 밥을 차려주었어요. 아침에 끓인 된장찌개를 데우고 밑반찬 몇 가지에 김을 넣은 계란말이를 부쳐 내놓은 정도였죠. 마롤리는 일부러 찬찬히 수저를 놀렸지만 밥공기는 금세 비었어요.

"선생님, 요리 잘하시네요."

그런 칭찬은 처음 들어봤어요. 밥공기에 더운밥을 다시 채워주고 저는 옆에 앉아 조곤조곤 잔소리를 늘어놓았어요. 요즘 다문화가정에 대한 지원이 많으니 복지시설의 도움을 받도록 하자, 무슨 일이 있어도 학교는 계속 다녀야 한다, 힘든 때일수록 멀리 보고 올바른 선택을 하는 게 중요하다. 딱 평균적인 선생님이 할 만한 조언들. 마롤리는 작은 입을 오물거리며 건성으로 고개만 끄덕였죠. 도무지 속을 알 수 없는 애였어요.

"작년에 선생님 뱃속에 있던 아기구나."

부득부득 제 손으로 설거지를 끝낸 마롤리는 보행기를 타고 있는 한울이에게 관심을 보였어요. 아기가 자신의 새끼손가락을 부여잡고 흔드는 게 재밌는지 벙싯거리며 한참을 같이 놀더라고요.

"선생님, 얘 다운증후군이죠?"

마치 성별을 묻는 것처럼 아무렇지도 않게 물어서 오히려 제가 당황했어요. 납작한 얼굴과 벌어진 눈 사이를 보고 눈치채는 사람은 많았지만 그렇게 대놓고 묻는 경우는 처음이었죠. 하지만 여전히 벙싯거리는 표정에 악의는 없어 보였어요.

"으응, 그래."

"맞구나. 귀엽다."

그날 마롤리에게 난데없이 왜 그런 제안을 했는지 모르겠어요. 학교로 돌아갈 마음이 없다면 검정고시를 준비할 수 있게 개인 교습을 해주겠다고. 솔직히 전 이십 년 후 제자들이 동창회에서 떠올릴 만한 부류의 스승은 아니랍니다. "참 멋진 선생님이었지. 학생들에게 일일이 애정 어린 손편지도 써주시고." 그런 거 말이에요. 하지만 그날은…… 지금 생각해봐도 모르겠네요. 왜 마롤리를 그대로 방치하면 평생 후회할 거라고 확신했는지.

"와서 밥도 한 끼씩 먹고."

예상대로 그 대목에서 마롤리의 눈이 반짝하더군요. 그렇게 해서 그애는 일주일에 두 번 우리집에서 오후 시간을 보내게 됐어요.

간만에 서점에 나가 참고서를 고르는데 저도 모르게 콧노래를 흥얼 거리고 있더라고요. 뒤늦게 참교육에 대한 미련이라도 생긴 건지 제 딴에는 의욕적으로 교습 준비를 했어요. 하지만 그애를 가르치려 한 게 부질없는 생각이었음을 깨닫기까지는 그리 오래 걸리지 않았죠. 마롤리는 저보다 훨씬 총명하고 박식했거든요. 혼자 참고서를 탐독 하더니 이 주 만에 전 과목 진도를 다 따라잡더라고요. 이해의 차원이 달랐어요. 책의 내용을 받아들이는 게 아니라 찰흙이 합쳐지듯 그대 로 책과 하나가 되는 느낌이랄까. 제 기억으로는 반에서 중간 정도의 성적이었는데, 왜 그런 재능을 썩혔는지 모르겠네요.

날라리 과외 선생과 대학 진학을 포기한 열등생처럼 우리의 수업은 잡담으로 채워졌어요. 처음엔 제 전공인 세계사 이야기로 시간을 때우 다가 차츰 개인적인 속내까지 털어놓게 되었죠. 얘기를 나눌수록 애가 속이 깊고 교양이 풍부하다는 걸 알겠더라고요. 창피함을 무릅쓰고 틈 틈이 끄적거린 습작 소설의 감상평을 부탁하기도 했다니까요. 오랜 친 구와 수다를 떠는 것처럼 편했어요. 마롤리 역시 조심스럽게 자신을 내보이는 걸 느낄 수 있었죠. 창문에 낀 성에가 녹아 사라지듯 서서히 그애가 들여다보였어요. 시간이 조금만 더 있었다면 좋았을 텐데.

그렇게 두 달쯤 지난 어느 날이었어요. 마트에서 장을 보다가 가격 에 비해 고급스러워 보이는 차콜색 울 스웨터를 발견했어요. 마롤리 에게 조금 클 것 같기는 했지만 오래 입을 수 있을 테니 괜찮겠다 싶 었죠. 스웨터를 사고 나니 바지도 필요했고, 할인 행사중인 패딩도 눈에 들어왔고, 결국 마롤리의 옷을 한 보따리 사서 돌아왔어요. 날씨는 쌀쌀해지는데 항상 애매한 두께의 면티만 입고 다니는 게 마음에 걸렸거든요.

"자, 한 벌씩 입어볼까?"

"나중에 입어볼게요."

"그렇게는 안 되지."

우리는 거실 한복판에 전신거울을 세워놓고 때 이른 겨울맞이 패션쇼를 개최했어요. 마롤리는 비어져나오는 웃음을 참느라 뺨을 실룩거렸고, 그 모습이 재미있어 저는 디자이너 흉내를 내며 더욱 너스레를 피웠죠. 한울이도 보행기를 끌고 다니며 옹알이로 품평을 거들었어요. 대수롭지 않은 일에 푹 빠져서 시간 가는 줄 모를 때가 있잖아요. 그날이 꼭 그랬어요. 현관 도어록이 삐삑거리는 소리도 듣지 못할 정도로. 외근을 나갔다가 일찍 귀가한 남편에게 저는 횡설수설 마롤리를 소개했어요. 남편은 노골적으로 적대적인 표정을 짓더군요. 마롤리는 주섬주섬 옷가지를 챙겨 품에 안고 현관에서 꾸벅 허리를 숙인후 돌아갔어요. 현관문이 닫히자마자 남편은 버럭 화를 냈죠. 그런 반응을 예상했기에 얘기를 안 했던 거예요. 물론 저 때문에 그런 거니까 이해는 해요. 한 해 전 만삭의 몸으로 겪은 일을 생각하면……

"씨팔년, 기형아나 낳아라."

교실을 나서는데 등에 날아와 꽂힌 그 앙칼진 목소리를 떠올리면 지금도 심장이 벌렁거려요. 돌아보지 않아도 알 수 있었어요. 박상철이라고, 제가 일학년 때 담임을 맡았던 학생이었거든요. 수업중에 사소한 일로 핀잔을 주었다고 그런 무서운 악담을 날린 거예요. 똑똑히 들었지만 못 들은 척 교실 문을 닫고 나오는데 손이 벌벌 떨리고 다리가 후들거렸어요. 이따금 뉴스에서 언어폭력 때문에 병가를 내고 심리치료를 받는다는 사연을 접하면 솔직히 공감하기 힘들었어요. 뭘 그렇게까지…… 하지만 당하고 나니 그 심정을 십분 이해하겠더군요. 며칠 후 저는 배뭉침을 핑계로 일찌감치 출산휴가를 신청했어요.

그래요, 제가 여린 탓이겠죠. 그래서 출산 직전까지 악몽에 시달리며 교실 문을 닫고 도망친 저 자신을 탓했겠죠. 그래서 기형아 검사에서 저위험군으로 나온 한울이가 다운증후군으로 태어난 것을 그 어린 망나니의 저주 탓으로 돌렸겠죠. 그래서 학생들을 마주하기가 두려워 학교로 돌아가지 못했겠죠.

남편 역시 큰 충격을 받았어요. 현실적인 사람답게 앞으로 아이에게 필요한 관리와 그에 따른 비용을 기민하게 따져보았지만 그럴수록 한숨만 늘어갈 뿐이었죠. 물론 우리는 마음을 추스르고 한울이를 보란듯이 예쁘게 키우며 살자고 수차례 다짐했어요. 하지만 그게 다짐만으로 되는 일인가요. 남편도 나도 걸핏하면 '우리가 무슨 죄를 지었길래'를 앞세워 불공평한 업보를 원망했고, 이전에 꿈꾸었던 세 가족의 미래와 현재를 자꾸만 비교했고, 그때마다 집안 공기는 뿌옇게 밀도를 높여갔죠.

"학교에서 그 꼴을 당하고 저딴 새끼를 집까지 끌어들이고 싶냐. 하여튼 요즘 것들은 사람 새낀지 짐승 새낀지."

밖에서 안 좋은 일이 있었는지 그날따라 남편은 말이 거칠었어요.

마롤리는 그런 애가 아니라고 적당히 얼버무리고 넘기려 했지만 결국 또 말싸움으로 번졌죠. 저 역시 참을성이 고갈된 상태였거든요. 한울이가 빽빽 울어대는 것도 모르고 서로 악다구니를 치다가 늘 그렇듯 남편이 담배를 피우러 나가는 것으로 싸움은 정리됐어요. 그런데 현관문을 여는 순간 누군가 비상계단 쪽으로 후다닥 뛰어가는 기척이 났어요. 그리 무겁지 않은 발소리가.

예상은 했지만 그날 이후 마롤리는 나타나지 않았어요. 대신 전혀 예상치 못한 소식을 듣게 됐죠. 마롤리가 상철이를 쇠파이프로 폭행하고 체포되었다는. 믿을 수가 없었어요. 그 여리여리한 애가, 한울이 손을 잡고 해맑게 웃던 애가 어떻게…… 마롤리가 쓰러진 상철이에게 쇠파이프를 휘두르는 장면을 떠올리자 등골이 오싹해졌어요. 한편으로는 미안한 마음도 들었죠. 정말 나 때문에? 왜 나 때문에 그런……

며칠 밤을 뜬눈으로 새우다가 분류심사원으로 찾아갔는데 가족이 아니면 면회가 안 된다고 하더라고요. 제가 할 수 있는 건 재판부에 탄원서 한 장 제출하는 정도였어요. '마롤리는 착하고 명민한 아이입니다. 다만 유일한 가족이었던 모친이 최근 불의의 사고로 사망한 후 정서적으로……' 딱 평균적인 선생님이 쓸 만한 탄원서. 통쾌한 마음은 없었냐고요? 아주 조금, 있었어요. 꽤 많이. 그래요, 제가 여린 탓이겠죠.

65

손안나 권사의 집은 뾰족지붕에 넓은 베란다가 있는 낡은 단독주택
이었다. 여기저기 녹이 슬어 페인트가 벗겨진 철대문이 오래된 지도
처럼 보였다. 이석은 초인종을 누르고 속으로 숫자를 셌다. 예상보다
빠른 칠 초 만에 기별이 왔다.

"누구세요?"

"형삽니다. 아까 전화드렸던."

대문이 요란한 소리를 내며 열렸다. 판석이 깔린 진입로 양옆의 흙
바닥은 밭갈이라도 한 것처럼 파헤쳐져 있었다. 관리할 사람이 없어
잔디를 전부 갈아엎은 모양이었다. 빛바랜 풍경 속에서 이층 베란다
의 콘크리트 난간이 유난히 도드라져 보였다. 난간 기둥마다 새겨진
소용돌이 문양의 틈새에 새까맣게 먼지가 긴 탓이었다. 현관문의 간
유리 뒤로 호리호리한 그림자가 나타났다.

서형사가 숙직실에서 눈을 붙이는 사이 이석은 문제의 검은 수첩을
물고 늘어졌다. 전날도 사건 자료를 검토하느라 밤을 새운 채 종일 서
울로 안산으로 용인으로 돌아다녔지만 잠은 오지 않았다. 상형문자를
해독하듯 꼼꼼히 글자들을 들여다본 결과 몇 개의 단어를 더 건질 수

있었다. 하나씩 자료를 검색하고 상상력을 가미해 이리저리 끼워맞춰 보았지만 쓸 만한 단서는 발견되지 않았다. 그나마 이 퍼즐과 관련있어 보이는 유일한 조각이 '상내동 99-1, 손안나'라는 메모였다.

오랜 기간 해외 선교 사업에 투신하다가 돌아온 손안나 권사는 이십 년 전 사재를 털어 안산에 외국인 노동자 쉼터를 만들었다. 그 쉼터는 현재도 교회의 지원을 받아 운영중이었다. 쉼터 자원봉사자의 설명에 따르면 손권사는 불법체류 노동자들의 인권 보호에 열정적으로 앞장서 그들 사이에선 '백발의 성녀'로 통한다고 했다. "건강 문제로 쉼터에 안 나오신 지는 꽤 됐어요. 자택에서 칩거 생활을 하신다고 저도 얘기만 들었죠. 연세도 연세지만⋯⋯" 자원봉사자는 포니테일 머리를 흔들며 덧붙였다. "당뇨 합병증으로 시력을 거의 잃으셨다고 하더라고요. 그분한테 왜 그런 시련을 주시는지."

"들어오세요."

잘 다듬어진 백발의 단발머리에 키가 훌쩍한 노부인이 현관문을 열고 그를 맞았다. 검은 기하학적 무늬가 프린트된 빨간 홈드레스 위로 진주 목걸이가 길게 늘어져 있었다. 은연중에 작은 체구의 수수한 할머니를 연상했던 이석은 가볍게 뒤통수를 맞은 기분이었다. 주름살이 편안하게 자리잡은 복숭앗빛 얼굴만 보면 건강 상태도 괜찮아 보였다. 하지만 소파로 가는 뒷모습에는 작은 보폭으로 바닥을 더듬는 시각장애인 특유의 움직임이 있었다.

"걱정 마세요. 아직 완전한 장님은 아니랍니다."

자신의 걸음걸이를 관찰하는 눈길을 느꼈는지 손권사는 미소를 지으며 말했다. 백발의 성녀 이미지에 톡톡히 한몫했을 것 같은 자애로운 미소가 얼굴 전체에서 물안개처럼 피어났다.

"서서히 다가오는 암흑에 적응하는 중이죠."

"힘드시겠습니다."

이석은 맞은편 소파에 앉으며 말했다.

"처음엔 두렵고 원망도 많이 했는데, 이젠 축복이라는 생각마저 들어요."

"축복일 것까지야 있나요?"

"덕분에 마음의 눈을 단련하는 시간을 얻었으니까요."

'마음의 눈'이 전도의 말씀으로 이어질까봐 이석은 서둘러 말을 돌렸다.

"그래도 생각보다 건강해 보이시네요. 쉼터에서는 걱정을 많이 하던데."

"사람은 나가서 활동을 하는 게 좋다고들 하는데, 꼭 그런 것도 아닌가봐요. 집에서 아무 일도 않고 빈둥거리니 마음이 안정되면서 몸까지 저절로 재충전되는 기분이에요."

"그간 봉사활동을 너무 무리하게 하셨나봅니다."

"몸이 기꺼이 버티는 동안 마음이 혼자 비명을 지르고 있었던 게죠. 어쩌겠습니까, 아픔을 나눠 담을 그릇이 부족한 것을."

벽과 천장에 붙은 암갈색 나무 패널이 가뜩이나 채광이 좋지 않은 거실을 더욱 어둑시근하게 만들었다. 빠져나갈 곳을 찾지 못한 어둠이 매일 조금씩 눌어붙은 느낌이었다.

"주방 커피메이커에 디카페인 커피 내린 게 있어요. 냉장고엔 음료

수가 몇 종류 있고. 완전한 장님은 아니지만 제가 자꾸 움직이면 형사님이 불편하겠죠?"

사람을 편하게 만들어주는 느긋하고 살가운 말투였지만 이석은 왠지 편하지가 않았다. 그를 똑바로 쳐다보는 초점 없는 눈동자 때문인지, 벽에 걸린 바다거북 박제 때문인지, 낙타를 탄 아라비아 상인을 수놓은 양탄자 때문인지, 아무리 봐도 연상되는 모양이 없는 시커먼 수석 때문인지…… 어쨌거나 오래 머물고 싶은 공간은 아니었다.

"괜찮으시다면 바로 몇 가지만 여쭤보겠습니다."

"그러시죠."

"이담이란 사람을 아시나요? 삼십삼 세, 백칠십삼 센티미터 정도에 하얀 피부, 프리랜서로 번역 일을 했습니다."

"이담. 외자 이름인가요?"

"예."

손권사는 입속말로 이름을 되뇌며 생각에 잠겼다.

"그런 이름은 기억에 없는데, 제가 알아야 하는 사람인가요?"

"체포된 용의자인데 그자의 수첩에 손권사님 주소와 이름이 있더군요."

"그래요? 예전에야 불법체류자 문제로 찾아오는 사람이 많았지만…… 그이는 무슨 혐의로 체포됐나요?"

"세 건의 살인입니다. 손권사님 정보가 다른 피살자들 것과 섞여 있었습니다."

굳이 불필요한 설명까지 첨부한 건 그녀의 순간적인 반응을 살펴보기 위해서였다. 손권사는 한 손으로 가슴을 짚으며 순수하게 놀라는 기색이었다.

　"설마 제가 또다른 범행 대상이었다는……"

　"아직은 밝혀진 게 없습니다. 전혀 모르는 사람인가요? 어쩌면 아담이라는 가명을 썼을 수도 있습니다."

　"아담. 그러면 더욱 기억에 남았겠죠."

　이석은 고개를 끄덕였다. 텅 빈 눈빛 때문에 확신하기는 어려웠지만 거짓말을 하는 것 같지는 않았다.

　"최근에 누가 연락해온 적은 없습니까? 소설을 쓰는 데 도움을 구한다거나."

　"소설이요?"

　"예, 뭐, 그런 식의 말을 하면서……"

　"아뇨, 그런 연락은 받은 게 없어요."

　"그럼 혹시 마롤리란 이름은 들어보셨나요? 혼혈 소년입니다. 백육십오 센티미터 정도에 곱슬머리, 마른 체형. 이름은 타밀어인데……"

　"메아리라는 뜻이죠."

　손권사가 빙긋이 웃으며 말을 받았다. 이석은 자세를 고쳐 앉았다.

　"아시나요, 그애를?"

　"작년 크리스마스 며칠 전이었나, 쉼터에서 제 애길 들었다면서 찾아왔어요. 관련 시설들을 다 돌아본 모양이더군요."

　"와서 무슨 얘길 하던가요?"

　간신히 되찾은 마롤리의 흔적이 날아갈세라 이석은 나직한 음성으로 물었다.

　"어머니 라디샤에 대해 물었어요. 그녀의 유골이 든 병을 꺼내더

282

니 이 땅을 떠나기 전에 어머니에 대한 모든 걸 간직하고 싶다고 했어
요."

"그녀를 아십니까?"

손권사는 무대의 커튼을 내리듯 천천히 눈을 감았다. 입술 주위를
둘러가며 잔주름이 잡혔다.

"그럼요, 아주 잘 알죠."

66

"형, 여자애들…… 못 온다는데."

펭귄은 휴대폰 폴더를 닫고 더듬더듬 말했다. 칠면조의 눈이 뾰족하게 찌그러졌다.

"양키들하고 밤새 놀기로 했대?"

"모르겠어요. 시끄러워서 잘 안 들리는데, 그냥 그렇게만……"

칠면조가 펭귄의 가슴팍을 걷어찼다. 펭귄은 비명도 뱉지 못하고 매트리스 아래로 나동그라졌다. 키위가 내려가 펭귄을 부축하려 했지만 술기운에 다리가 풀려 함께 주저앉고 말았다. 칠면조가 건빵 주머니에서 송곳을 꺼내들고 다가왔다.

"장난 까냐?"

펭귄의 다리 사이에 쪼그려앉은 칠면조가 앞니로 코르크 마개를 뽑아 펭귄의 얼굴에 훅 뱉었다.

"가뜩이나, 학교 짤려, 우울한데, 너까지, 날, 엿 먹이는, 거야?"

칠면조는 말을 끊는 리듬에 맞춰 송곳으로 펭귄의 허벅지를 콕콕 찔렀다. 펭귄은 찔릴 때마다 바닥에서 춤을 추듯 움찔거렸다.

"말로 해라, 말로 해."

비틀비틀 다가온 타조가 칠면조를 밀어내고 펭귄의 앞에 쪼그려앉왔다. 눈에는 벌겋게 핏발이 서 있었다.

"안 오겠다는 애들을 어쩌겠어, 안 그래? 우리보다 양키가 좋다는데, 안 그래?"

타조가 펭귄의 뺨을 툭툭 치며 말했다. 펭귄은 억지웃음을 지었다.

"근데 이 형이 일찌감치 사회생활하면서 느낀 건데, 사람 사이에선 신뢰란 게 참 중요해. 믿음, 소망, 사랑. 그중에 제일은 사랑이 아니라 믿음이야, 믿음. 너처럼 이렇게 술자리에 여자애들 조달하기로 해놓고 펑크 내고 그러면 사회에서 금방 매장돼."

펭귄은 눈을 껌뻑이며 타조의 말을 경청했다.

"그러니까 지금이라도 나가서 다른 애들을 데려와."

"에? 형, 이 시간에 어디 가서……"

"나야 모르지. 납치를 하든 갈비뼈를 뽑아서 만들든 알아서 데려와. 그래야 우리 사이에 신뢰가 쌓이고 너를 챙겨주지, 이 새끼야."

타조는 손을 뻗어 옆에 주저앉아 있는 키위의 사타구니를 움켜잡았다. 키위가 억눌린 신음을 흘렸다.

"그리고 얘 딱지도 떼줘야 할 것 아냐. 이 불쌍한 새끼 계속 계집애처럼 놀게 놔둘 거야?"

타조는 일어서서 펭귄의 발을 툭 찼다.

"자, 출발."

펭귄과 키위는 마지못해 일어나 창고를 나섰다.

"야, 너 아는 여자애들 없냐?"

"내가 아는 애가 어딨어."

"아, 좆됐네. 지금 어디 가서 여자를 꼬셔."

둘은 창고 앞에 서서 이러지도 저러지도 못하고 하늘만 올려다보았다. 밤하늘에서 반달이 함박웃음을 짓고 있었다. 어디선가 희미한 노랫소리가 들려왔다.

67

기타로 오토바이를 타자 기타로 오토바이를 타자 기타로 오토바이를 타자 타자 오토바이로 기타를 타자 오토바이로 기타를 타자 오토바이로 기타를 타자 타자

라디샤는 산울림의 신곡을 흥얼거리며 호젓한 밤길을 걸었다. 산울림의 곡들은 노랫말이 쉽고 친근해 한국어 교재로 안성맞춤이었다. 그런데 새로 나온 이 노래만은 도무지 이해할 수가 없었다. 맥락 없이 단어들을 나열하며 계속 타자고만 하니. 노트에 삐뚤빼뚤 적은 가사를 아무리 들여다봐도 의미 없는 주문처럼 보였다. 어쨌든 반복되는 리듬을 따라 흥얼거리다보면 근심이 사라지고 낙천적인 기분이 되니 신통한 주문이긴 했다. 비닐봉지에 담긴 박카스 병이 찰그랑찰그랑 몸을 비비며 추임새를 넣었다.

밤하늘에는 반달이 홀로 떠 있었다. 김이 모락모락 나는 호빵을 반으로 가른 것처럼 뽀얗고 탐스러운 달이 어쩐지 외로워 보였다. 언제나 별 무리에 둘러싸여 있던 하푸탈레의 달이 떠오른 탓이리라. 밥값에 기숙사비, 관리비, 이주 경비와 이자 등을 떼고 나면 고향에 보낼 수 있는 돈은 몇 푼 되지 않았다. 게스트하우스의 꿈은 물건너갔지만

그래도 동생들 뒷바라지하기에는 충분한 돈이었다. 쿠샨은 학교에 잘 다니고 있을까? 평생 찻잎이나 따지 않으려면 공부 열심히 해야 할 텐데.

수박으로 달팽이를 타자 메추리로 전깃불을 타자 개미로 밥상을 타자 타자 풍선으로 송곳을 타자 타지 말고 안아보자 송충이로 장롱을 안아보자

뒤에서 불쑥 튀어나온 차가운 손이 라디샤의 입을 틀어막았다. 연이어 나타난 몇 개의 손이 버둥거리는 그녀의 팔다리를 잡고 어둠 속으로 질질 끌고 갔다. 비닐봉지가 땅에 떨어지며 둔탁한 소리가 울렸다.
"얘 불법체류자 맞지?"
"맞아요. 신고도 못해요."
"네 이년, 남의 나라에서 돈을 벌면 세금을 내야지. 몸으로."
낄낄낄, 헤헤헤, 킥킥킥. 검은 그림자들의 숨결에서 역한 술냄새와 담배 냄새가 진동했다. 발버둥칠수록 축축한 손아귀들이 더욱 거세게 몸을 죄어왔다. 밤하늘에 덩그러니 걸린 반달을 올려다보며 라디샤는 힌두교의 수많은 신들에게 기도했다. 이 마귀들의 손아귀에서 저를 구해주세요. 제발 구해주세요. 제발…… 만일 그게 안 된다면 제 영혼을 빼내 잠시 하푸탈레에 숨겨주세요. 이 순간을 기억하지 못하도록. 그녀는 팔다리를 바르작거리며 신들린 사람처럼 주문을 외웠다.

기타로 오토바이를 타자 오토바이로 기타를 타자 기타로 오토바

이를 타자 오토바이로

   하늘과 땅의 헤아릴 수 없이 많은 신들 중 아무도 그녀의 기도를 듣
지 못했다.

68

"쉼터에서 한글을 배우던 파키스탄 아가씨가 라디샤를 업고 왔어요. 같은 공장에서 일하는 동료라고 하더군요."

손권사는 다리를 꼬아 깍짓손을 무릎에 올리고 담담하게 말을 이었다.

"피와 땀과 먼지와 정액과 술과 오줌으로 범벅이 된 상태였죠. 창고에 감금돼 밤새 성폭행과 구타를 당했다고, 그 마귀들이 지쳐 곯아떨어진 틈에 간신히 도망쳤다고 했어요. 둘 다 불법체류자 신분이었기에 어쩔 줄을 모르고 쉼터로 데려온 거예요. 전 쉼터에서 자원봉사를 하는 의사를 호출해 라디샤의 치료를 부탁하고 파출소로 갔어요. 잠시 망설이기는 했지만 그런 짓을 한 놈들을 그냥 놔둘 수는 없잖아요. 안 그래요?"

딱히 대답을 원하는 것 같지 않아 이석은 가만히 있었다.

"경찰이 술과 본드에 취해 창고에 널브러져 있던 범인들을 체포했어요. 여드름이 숭숭한 청소년들이더군요. 그런 짓을 저지르고 도망칠 생각조차 하지 않았다니…… 문제는 그다음이었어요. 라디샤가 경찰 출두를 한사코 거부한 거예요. 증거물이 될 옷가지도 넘기지 않았고. 이미 벌어진 일에 대한 단죄와 강제 추방이라는 미래를 두고 저

울질하는 그녀를 뭐라고 설득해야 할지 모르겠더군요. 어떻게든 방법을 찾아보겠다는 말만 던져놓고 저 혼자 동분서주하는 사이, 일이 너무나 손쉽게 정리되어버렸죠."

손권사는 허벅지에 잡힌 치마 주름을 손바닥으로 다림질하듯 문질러 폈다.

"범인들 중 한 명이 라디샤가 일하는 공장 사장의 아들이었어요. 제가 쉼터를 비운 사이 사장이 공장의 다른 스리랑카인을 앞세워 라디샤와 몰래 접촉한 거예요. 지금 추방당하면 남은 빚과 범칙금으로 이제껏 모은 돈을 전부 빼앗기고 빈손으로 돌아가게 된다. 재입국은 당연히 불가능하다. 하지만 조용히 넘어간다면 위장결혼을 주선해주겠다. 출국하지 않고 곧장 영주비자를 받을 수 있도록 출입국관리사무소에 손을 써놓겠다. 남은 빚도 전부 탕감해주겠다. 와우, 저로선 엄두도 내지 못할 유혹적인 제안이잖아요. 손은 경찰에도 이미 써놓았더군요. 범죄 정황이 명백함에도 피해자가 없다는 이유로 사건은 흐지부지 종결됐어요."

해가 저물며 거실은 한층 더 어두워졌다. 손권사는 손을 올려 이미 잘 정돈되어 있는 머리를 매만졌다.

"라디샤는 어느 날 말없이 사라졌어요. 아마 사장이 빼돌렸겠죠. 계속 행방을 수소문하던 중 의정부에서 아이를 낳았다는 소식을 몇 다리 건너 전해들었어요. 그 참혹한 밤에 잉태된 아이를."

"그 아이가……"

이석의 생략된 질문에 손권사는 고개를 끄덕였다.

"한 번도 본 적 없는 그녀의 아이가 왜 자꾸만 눈에 밟히는 건지.

악에 받친 울음소리가 낮이고 밤이고 이명처럼 따라다녔어요. 마침 라디샤가 일하는 곳을 알아냈기에 당장 찾아가려 했는데……"

말을 멈춘 손권사는 턱을 살짝 치켜들고 몽롱한 표정으로 허공을 응시했다.

"바로 그날 새벽 꿈속에서 계시를 받은 거예요. 어둠 속에서, 위잉, 위잉, 전깃줄이 바람에 우는 것 같은 소리로. 지금은 때가 아니니 인내하라는, 언젠가 그 천사가 저를 찾아오리라는. 오랜 세월 그분을 따랐지만 그렇게 직접적인 계시를 받은 건 처음이었어요."

"전깃줄이 바람에 우는 소리 아니었을까요?"

이석의 냉소적인 결례를 손권사는 너그러운 미소로 감쌌다.

"솔직히 저도 반신반의했는데 이렇게 만남이 이루어지고 나니 알겠더군요. 그분이 제게 맡기신 십자가의 무게를."

"그래서 마롤리한테 지금 이 얘기를 전부 들려준 겁니까?"

"물론이죠. 제가 보관하고 있던 자료도 다 넘겨줬는걸요."

"자료요?"

"당시엔 저도 꽤나 다혈질이었답니다. 하나님의 인맥을 동원해 파출소에 근무하는 선한 사마리아인을 찾아냈죠. 그에게 사건 자료를 파기하기 전에 사본을 만들어달라고 부탁했어요. 사실 부탁이라기보다는 최후의 심판과 지옥 불을 동원한 겁박에 가까웠지만. 기회를 봐서 언론이나 시민단체를 통해 사건을 폭로할 작정이었거든요."

손권사는 갑자기 다부진 음성으로 성경 구절을 암송했다.

"네 하나님 여호와께서 이 사십 년 동안에 네게 광야 길을 걷게 하신 것을 기억하라. 결국 폭로하지 못하고 이십 년을 속으로 삭여온 것도 다 그분의 뜻이었던 게죠. 그렇게 지금껏 간직하고 있던 범인들의 정보와 녹화 테이프, 라디샤가 저에게 했던 말들……"

"잠깐, 녹화 테이프라뇨?"

"그 마귀들은 캠코더로 자신들의 범행을 전부 녹화했어요."

이석은 어이가 없어 헛웃음을 흘렸다.

"자기 어머니가 윤간당하는 장면을 녹화한 테이프를 마롤리에게 줬다는 겁니까? 범인들의 신상 자료와 함께?"

손권사는 고개를 끄덕였다. 여전히 자애로운 미소를 머금은 채로.

69

나는 내가 잉태되는 순간을 보았다. 중고로 구입한 소니 캠코더의 3.5인치 화면을 통해 나의 탄생 설화를 밤새도록 보고 또 보았다. 술과 본드에 취해 날뛰는 아버지들과 울부짖으며 파괴되는 엄마. 이제야 알 것 같았다. 엄마가 왜 내 이름을 메아리라고 지었는지. 나는 끊임없이 되울려오는 당신의 비명이었던 것이다.

어렸을 때 주인집 강아지를 몰래 죽인 일이 있다. '해피'라는 이름의 토실토실한 진돗개 잡종인데 태어날 때부터 유독 나를 잘 따르던 녀석이었다. 이유는 없었다. 학교에서 돌아오는 길에 손에 착 감기는 매끈한 돌멩이 하나를 주웠고, 이 돌로 강아지를 한 번에 죽일 수 있을까 문득 궁금했을 뿐이다. 한 번은 무리였고 세 번 만에 성공했다. 머리통이 뭉개진 해피를 내려다보며 깨달았다. 나는 괴물을 품고 태어났다는 걸. 검푸른 피부에 길게 빼문 붉은 혀, 산발한 머리털, 열 개의 손에 들린 칼과 창, 오로지 파괴를 위한 파괴만을 일삼는 괴물. 놈이 두려웠다. 놈이 내 두려움마저 파괴하는 순간이 두려웠다. 그날 해피를 뒷산에 묻으며 나는 결심했다. 괴물이 더 자라기 전에 밧줄로 꽁꽁 묶어 가슴속 깊은 우물에 던져놓기로. 평생 두려움을 간직한 채 위

선자로 살기로. 내 옥지기 노릇이나 하려고 태어난 거냐고, 그게 네
존재 이유냐고 비아냥거리는 소리가 우물 밑에서 끈덕지게 메아리쳐
올라왔지만…… 정말이지 그렇게 살고 싶었다.

  캠코더를 끄고 옥상으로 나와 희붐하게 밝아오는 새벽하늘을 올려
다보았다. 차가운 겨울 공기를 폐 속 깊숙이 밀어넣는데 가슴속에서
투둑, 밧줄이 끊어지는 소리가 울렸다.

70

이석은 손권사의 초점 없는 눈동자를 물끄러미 쳐다보았다.

"제정신입니까?"

"요즘처럼 정신이 맑은 적도 없는걸요. 마롤리…… 형사님이 앉은 바로 그 자리에 앉아 있었죠. 육신의 눈은 희미한 형체밖에 볼 수 없었지만 저는 마음의 눈으로 또렷이 보았답니다. 그 아이의 등에서 펼쳐진 순백의 날개와 머리를 감싼 황금빛 후광을. 하나님이 보내신 천사에게 감히 무엇을 감추겠습니까."

맙소사, 성녀가 아니라 노망난 할망구 아닌가.

"그 천사가 지금 무슨 짓을 하고 다니는지 아십니까?"

"주 여호와의 말씀이니라. 내가 나의 삶을 두고 맹세하노니 내가 너에게 피를 만나게 한즉 피가 너를 따르리라, 네가 피를 미워하지 아니하였은즉 피가 너를 따르리라."

손권사의 변함없는 미소에 이석은 숨이 턱 막혔다.

"쉼터에서 지내는 동안 라디샤는 밤마다 악몽에 시달렸어요. 간신히 선잠에 들었다가 비명을 지르며 깨어나 제 품에서 울음을 터뜨리곤 했죠. '아주 잊고 싶어요, 아주 잊고 싶어요'라고 부르짖으면서. 전손을 잡고 등을 두드려주며 '그래, 그래야지' 같은 말만 되뇌었어요.

달리 무슨 말을 하겠어요. 그런데 말이에요……"

손권사는 맥없이 웃으며 고개를 저었다.

"가뜩이나 서툰 한국말을 울먹이면서 하는 통에 제가 잘못 알아들었던 거예요. 어느 날 라디샤는, 그날따라 지독한 악몽을 꾸었는지, 한밤중에 벌떡 일어나 흉측하게 일그러진 얼굴로 똑똑히 외치더군요. '다 죽이고 싶어요! 다 죽이고 싶어요!'"

거실은 완연히 어둠에 잠겼다. 바다거북도, 낙타를 탄 아라비아 상인도, 정체를 알 수 없는 검은 수석도 벽에 스머들듯 사라졌다. 손권사의 자애로운 미소만이 어둠에 풀어져 주위를 떠다녔다.

"그런 용광로 불 같은 분노가 고작 돈 몇 푼에 팔리다니, 정말 실망스럽지 않나요? 불쌍한 라디샤, 출구를 찾지 못한 불길이 결국 저 자신을 태운 거겠죠. 가장 원초적인 감정인 분노마저 가치가 없어진 세상이에요. 분노의 높이를 모르는데 어찌 용서의 깊이를 알 수 있을까요. 하나님의 가르침에서 우리가 진정으로 가슴에 새겨야 하는 건 용서가 아니라 분노인지도 모릅니다. 소돔과 고모라에 내린 유황불 말이에요."

이석은 소파에서 벌떡 일어났다. 이 집이 왜 불편한지 알 것 같았다. 권사의 집인데 십자가가 하나도 눈에 띄지 않았다.

"대단한 선교를 하셨군요. 그 죄인들 이름이 백현산, 장마리, 한유철 맞습니까?"

"장마리?"

"그 당시는 장민철이었죠."

"맞아요, 장민철."

이석은 멈칫했다. 범인 중에 화평피혁 박사장의 아들이 있다고 하지 않았나. 네번째 사람……

"그리고 박호성. 그렇게 넷이었죠."

손권사는 지그시 고개를 끄덕이며 덧붙였다. 박호성, 박호성, 분명히 최근에 어디선가…… 현기증이 일었다. 누군가 그의 머리통에 커다란 주사기를 꽂고 피를 뽑아내는 것 같았다. 이석은 현관으로 향하며 휴대폰을 꺼내 서형사에게 전화를 걸었다.

"치료감호소에 연락해서 마롤리 격리시키라고 해. 내가 지금 그쪽으로 간다고."

"예? 무슨 일인데요? 지금 이담 구속영장이 기각돼서 감시를……"

"그 새끼 일부러 들어간 거야, 박호성이 노리고."

"박호성? 어디서 들어본……"

"네 손목 물어뜯은 미친개!"

현관에서 운동화를 꿰신던 이석은 신발장 위에 붙은 액자에 눈길이 멎었다. 붓글씨로 유려하게 흘려 쓴 성경 구절. 우측 하단에 명시된 출처는 '말라기서 4장 1절'이었다.

만군의 여호와가 이르노라. 보라, 용광로 불 같은 날이 이르리니. 교만한 자와 악을 행하는 자는 다 지푸라기 같을 것이라. 그 이르는 날에 그들을 살라 그 뿌리와 가지를 남기지 아니할 것이로되.

71

소년은 두 손을 바지 주머니에 꽂고 누렇게 바랜 벽지에 스프레이로 휘갈겨놓은 글자를 바라보았다. '스톡홀름 신드롬.' 방구석에는 때에 절어 번질거리는 누비 담요와 옷가지 몇 벌이 뒤엉켜 있었다.

"저 이거 들어봤잖아요. 중고 CD 파는 곳을 샅샅이 뒤져서 구했는데, 막상 플레이 버튼을 누르려니까 고민되는 거예요. 노래가 너무 좋으면 어떡하나, 앞으로 탄생할지도 모를 불후의 명곡을 내 손으로 없애고 싶지는 않은데."

소년은 어깨너머로 뒤를 돌아보았다. 뒤에는 노숙자처럼 보이는 사내가 흐리멍덩한 눈빛으로 무릎을 꿇고 앉아 있었다. 두 손으로 허벅지를 짚고 있는데도 중심을 잡기 힘든지 상체가 꺼떡꺼떡 흔들렸다.

"다행히 그럴 일은 없더라고요. 솔직히 말하면 실망스러웠어요. 음악을 위해 약에 취해 살았다길래 훨씬 더 그로테스크한 세계를 기대했는데."

"내가…… 잘못했다. 잘못……"

사내는 어눌한 발음으로 쥐어짜듯 말했다. 사내의 옆에 놓인 페인트 통에는 플라스틱 손잡이와 경첩이 그대로 붙은 장작이 쑤셔박혀 있었다.

"그나마 〈안젤라와 나〉가 괜찮았어요. 후렴구를 우아하게 다듬었으면 더 좋았을 텐데."

소년은 허밍으로 노래를 흥얼거리며 바닥에 놓아둔 사각 말통의 뚜껑을 열었다.

"내가 정말…… 죽을죄를 지었어. 그땐, 그땐……"

소년은 말통에 담긴 투명한 액체를 페인트 통에 들이부어 장작을 푹 적신 후 사내의 몸에도 끼얹었다.

"어…… 이게 뭐지? 나한테…… 뭘……"

"이거 에탄올이에요. 벽난로에 쓰는 바이오에탄올. 좀 비싸긴 해도 유해물질이 안 나와서 좋아요. 친환경 연료거든요."

"무슨, 무슨 짓을…… 이러지 마라. 제발……"

"옛날 연금술사들은 알코올을 불타는 물이라고 불렀대요. 불타는 물, 멋지지 않아요?"

사내는 기도하는 자세로 양손을 모은 채 울먹였다.

"제발…… 잘못했다. 내가 잘못했어."

"금방 끝나요."

"아니, 안 돼…… 잘못했다. 제발, 용서를……"

소년은 남은 에탄올을 구석의 담요와 방바닥에 골고루 뿌린 후 빈 말통을 들고 방문 앞에 섰다. 사내는 소년을 향해 몸을 돌리다가 기우뚱하며 옆으로 쓰러졌다.

"근데 아저씨."

"으응."

"아까부터 자꾸 뭘 잘못했다고 그러는 거예요?"

"미안하다…… 잘못했어. 그땐 내가 미쳐서……"

사내는 방바닥에 쓰러진 채 웅얼거렸다.

"그러니까 뭘 잘못했냐고요?"

"그…… 옛날에, 그……"

"뭐요?"

"그…… 네 엄마를……"

"잡아다 윤간한 거?"

"그래, 그……"

"그게 왜 잘못이라는 거죠?"

"제발…… 용서해줘……"

"그게 왜 잘못이냐고요?"

"왜, 왜는…… 나쁜 짓이니까. 정말 나쁜 짓을……"

소년은 주머니에서 인어가 돈을새김된 지포라이터를 꺼냈다.

"그 덕분에 내가 태어났는데, 그럼 내가 태어난 것도 잘못이란 말이에요?"

72

저녁식사를 마친 검사병동 수용자들은 휴게실에 앉아 TV를 보거나 병실 침대에서 뒤척거리며 시간을 보냈다. 형광등이 환하게 켜져 있음에도 병동 전체에 안개가 낀 것처럼 시야가 흐릿했다. 수용자들이 내뿜는 불투명한 숨결 때문일 것이다. 모두 재판을 앞두고 정신감정을 받고 있는 사람들이었다. 죄를 심판하기 전에 벌을 받을 자격이 있는지부터 따져봐야 하는 불량품들.

네번째 아버지가 경찰에 체포되는 바람에 일 년간 준비한 작품을 망칠 뻔했다. 경찰서가 아닌 이곳 치료감호소로 호송된 게 그나마 다행이었다. 검사병동에 머무는 기간은 길어야 한 달. 시간에 쫓기며 결말을 수정하던 중 치료감호소 내부의 협력자를 손쉽게 포섭하는 행운이 뒤따랐다. 연이은 행운은 어쩌면 행운이 아닐지 모른다는 생각이 들었다. 눈먼 시계공은 이따금 귀신같은 솜씨로 시계를 고치기도 하니까.

기회는 단 한 번뿐이었다. 물증이 없는 중범죄의 정신이 온전치 않은 용의자. 내 진술을 믿을 수도 믿지 않을 수도 없도록 만드는 게 관건이었다. 역할에 수월하게 몰입하기 위해 진술은 내 실제 사연을 가공해 만들었다. 막판 난동이 가장 큰 고비였는데 형사님이 안성맞춤으로 도발해준 덕에 자연스럽게 연기를 마칠 수 있었다. 왠지 잘 통할 것 같더라니. 너무 몰입한 나머지 포크까지 사용한 건 미안하게 생각한다.

여섯시 삼십분. 클라이맥스를 준비할 시간이었다. 화장실로 들어가 팔의 붕대를 풀었다. 화상 부위에 누런 물집이 우둘투둘하게 잡혀 있었다. B급 공포영화에 나오는 괴물의 거죽처럼 보였다. 이런 흉한 화상도 이삼 주면 원래의 모습으로 돌아갈 것이다. 앞으로 조심하라는 의미로 딱 그만큼의 흉터를 남긴 채. 상처가 아물고 새살이 돋는 모습은 볼 때마다 경이롭게 느껴졌다. 몸은 태어날 때부터 모든 상처에 대한 완벽한 대응 매뉴얼을 갖추고 있다. 걸핏하면 우왕좌왕 갈피를 못 잡는 마음과 달리 몸은 최초의 조화로운 상태로 돌아가기 위해 언제나 치밀하고 냉정하게 움직인다. 나는 살면서 필요한 많은 것들을 상처로부터 배웠다.

허리를 숙이고 팔을 아래로 늘어뜨려 흔들었다. 화상 부위에 피가 몰리며 무지근한 느낌이 왔다. 날카롭게 다듬어놓은 새끼손톱 가장자리로 물집을 터뜨리고 상처를 쑤셨다. 신경까지 손상되지는 않았을 텐데 생각보다 통증이 심하지 않았다. 피고름이 충분히 흘러나오도록 기다렸다가 다시 붕대를 감았다. 붕대는 금세 검붉게 물들었다. 화장실에서 나와 병동을 가로막고 있는 쇠창살 앞으로 갔다.

"여기요."

맞은편 스테이션에 있던 보호사가 창구로 내다보았다.

"왜 그래?"

창살 사이로 팔을 내밀어 피고름이 번진 붕대를 보여주었다. 보호사가 스테이션의 간호사를 돌아보며 말했다.

"얘 드레싱 다시 해줘야겠는데요."

"누구요?"

"오늘 새로 들어온 애, 이름이 뭐더라?"

창구로 간호사의 얼굴이 나타났다.

"아, 걔는 화상 환자라 선생님이 봐야 되는데. 김간호사, 오늘 당직 선생님이 누구지?"

"한정우 선생님이요. 지금 외치실에 계세요."

"그럼 김간호사가 콜해야겠네."

"아이, 왜 그러세요."

"내가 할까?"

"아뇨, 제가 할게요."

까르르 웃는 소리가 들렸다. 휴대폰에 녹음해놓고 가끔 듣고 싶은 해맑은 웃음소리였다.

"선생님이 외치실 비울 수가 없다고 그리로 데려오라고 하시네요."

73

번쩍이는 경광등이 헤드라이트 불빛들 사이를 파고들었다. 속도계의 빨간 바늘은 시속 백칠십 킬로미터를 넘나들었다. 추월을 위해 차선을 바꿀 때마다 차가 뒤집어질 듯 들썩거렸다. 가슴 한복판에 불붙은 석탄이 박힌 것처럼 몸이 뜨거웠다. 불빛들 사이를 요리조리 빠져나가는 자신이 신기하게 느껴질 정도였다. 저 불빛들 중 하나만 피하지 못해도 쇳덩어리 사이에서 누더기가 되리라. 눈앞을 스치는 파국의 예감이 이석을 더욱 흥분시켰다.

백현산, 장마리, 한유철, 박호성. 부고가 퍼질 염려가 적은 순서였을 것이다. 혹시라도 소식을 접하고 낌새를 채는 자가 없도록. 3막까지는 대본대로 순조롭게 진행됐으나 마지막에 돌발 변수가 발생했다. 당황했겠지. 일 년을 준비한 작품인데. 하지만 녀석은 단 열흘 만에 수정된 대본을 들고 나타났다. 박호성이 체포된 경찰서에서 유사한 난동을 피워 치료감호소로 뒤따라 입성한다는. 자신이 그에 맞춰 충실한 상대역을 했다고 생각하자 불붙은 석탄이 식도를 타고 머리로 올라오는 기분이었다.

'아기 천사가 타고 있어요.'

앙증맞은 날개가 돋은 아기 천사가 헤드라이트 불빛 속으로 불쑥 날아들었다. 이석은 순간적으로 양쪽 사이드미러를 확인한 후 운전대를 왼쪽으로 꺾었다. 아기 천사가 아슬아슬하게 범퍼를 스쳐갔다. 차가 밀리며 대각선으로 중앙선을 침범했다. 눈앞에 불빛이 부서졌다. 다시 운전대를 오른쪽으로 꺾었다. 좌우로 두어 번 더 비틀거린 뒤에야 간신히 차선을 제대로 탈 수 있었다. 백미러로 뒤쪽을 확인하니 비상등이 몇 개 깜빡일 뿐 사고는 일어나지 않았다. 식은땀이 등줄기를 타고 흐르는데 심장은 이상하리만치 차분하게 제 속도를 유지하고 있었다.

전에 보았던 그 차가 아니었을까? 꿈속에까지 들어와 내 앞을 가로막았던. 싱크홀, 줄무늬 뱀, 촛농처럼 녹아내리는 천사, 형사님, 어딜 가는데요…… 이석은 머리를 흔들었다. 이틀 밤을 꼬박 새웠다는 사실이 떠올랐다. 심호흡으로 뇌에 산소를 공급하며 정신을 집중했다. 치료감호소에 들어간 이후의 계획은 뭘까? 검사병동에서 박호성을 찾아 맨손으로 죽이는 건 변수가 많아 확률이 떨어지는 계획이다. 성공한다고 해도 체포되어 사형을 언도받을 각오가 필요하다. 혹은 스스로 목숨을 끊거나. 녀석이 복수를 삶의 마지막 사명으로 삼았을까?

저, 보기보다 치밀한 놈이에요.

아무렴, 복수 따위에 자신을 내던질 놈이 아니다. 동급생을 쇠파이프로 아작내면서 공리주의를 내세우고 변신을 거듭하며 수천 년을 살아온 아담을 유일한 친구로 삼은 놈 아닌가. 녀석은 박호성을 처리한 후 탈출하는 계획까지 다 짜놓고 나서 4막의 커튼을 올렸을 것이다.

306

폐쇄병동에서의 탈출…… 이석은 액셀을 밟은 오른발에 힘을 주었
다. 헤드라이트 불빛들이 쏜살같이 그를 비껴갔다.

74

당직 레지던트인 한정우는 외과처치실 책상에 앉아 휴대폰에 저장된 사진들을 들여다보았다. 반려견인 네로와 아로아를 찍은 사진들이었다. 입가에는 연신 미소가 번졌지만 눈동자는 촉촉하게 젖어 있었다. 삼 년 전, 태어나서 처음으로 한 충동적인 선택이 그의 삶에 최고의 선물을 안겨주었다.

오늘 입양되지 않으면 안락사당합니다.

유기견 입양 캠페인의 현수막을 보고 한정우는 미간을 찌푸렸다. 꼭 저렇게 자극적인 표현을 써야 하나. 취지는 이해하겠지만 생명을 앞세워 겁박하는 구호 같아 영 눈에 거슬렸다. 그는 어릴 때부터 책임감의 무게를 알았기에 애완동물이라곤 길러본 적이 없었다. 앞으로도 없을 줄 알았다. 철제 케이지가 아파트처럼 쌓여 있는 천막 앞을 지나다가 무심코 고개를 돌리기 전까지는. 누런 얼룩무늬 믹스견이 앞다리를 세우고 앉아 고개를 갸웃한 채 까만 눈망울로 그를 쳐다보고 있었다.

생명을 앞세운 자극적인 구호의 위력은 대단했다. 한정우는 얼결에 얼룩무늬와 그 옆에서 네발을 동동 구르며 꼬리를 치는 흑갈색 꼬마까지 두 마리를 한꺼번에 입양했다. 그날만은 책임감의 무게보다 그가 구원할 수 있는 생명의 무게가 더욱 무겁게 다가왔다. 자원봉사자들의 찬사와 응원을 받으면서도 그는 남아 있는 유기견들에 대한 미안함 때문에 고개를 제대로 들지 못했다.

한정우는 얼룩무늬 수컷에게 네로, 흑갈색 암컷에게 아로아라는 이름을 붙여주었다. 어릴 적 즐겨 보았던 TV 만화 〈플란다스의 개〉에 나오는 소년과 소녀의 이름이었다. 파격에 가까운 비극적 결말로 당시 아이들을 충격에 빠뜨렸던 만화였다. 그 역시 네로와 파트라슈가 차가운 성당 바닥에서 숨을 거두는 마지막 회를 보고 나서 '먹먹함'이라는 생소한 감정을 한동안 품고 지내야 했다. 하지만 그의 집에서 다시 뭉친 소년과 소녀는 더이상 비극의 주인공들이 아니었다. 현관문을 열면 팔짝팔짝 뛰며 그를 반겨주는 아로아, 소파에 누워 있으면 슬그머니 그의 품을 파고드는 네로. 어느덧 일상이 되어버린 먹먹함을 달래주는 그 사랑스런 천사들은 지금……

"똑, 똑, 똑."

문에서 노크 소리가 울렸다. 한정우는 재빨리 휴대폰을 주머니에 넣고 손끝으로 눈가를 훔쳤다.

"들어오세요."

보호사가 왜소한 체구의 혼혈 소년을 데리고 들어왔다. 서류에 기재된 나이보다 두세 살은 아래로 보이는 앳된 인상이었다. 이런 어린 놈이…… 자신을 덤덤히 바라보는 눈빛에 한정우는 기가 질렸다.

"선생님, 애 팔 좀 봐주셔야겠습니다."

보호사의 말에 그는 정신을 차리고 드레싱 카트를 끌어당겼다. 마롤리는 팔을 내맡긴 채 멍하니 맞은편의 약병 보관장을 쳐다보았다. 한정우가 붕대를 풀고 상처를 살피는 동안 보호사는 벽에 걸린 달력 앞으로 갔다.

"올해도 한 장밖에 안 남았네. 시간 참 잘 가요."

아무런 대꾸가 없자 보호사는 한정우의 뒤통수를 쩨려보았다. 그는 상처를 소독하며 이미 수십 차례 연습했던 대사를 머릿속으로 되뇌는 중이었다.

"화상이 덧나서 감염 위험이 있네요. 항생제 링거를 맞아야 하니까 시간이 걸리겠어요."

"밖에서 기다릴까요?"

"끝나면 스테이션으로 콜할게요."

"그러세요, 그럼."

국어책을 읽는 것처럼 어설픈 연기였지만 보호사는 전혀 눈치채지 못하고 휘적휘적 외치실을 나섰다. 문이 닫히고 발소리가 멀어지는 걸 확인한 한정우는 참았던 한숨을 내쉬었다.

"이게 엄연히 범죄라는 건 알고 있겠지?"

그의 목소리는 외줄타기를 하는 것처럼 후들거렸다. 마롤리는 피식 웃었다.

"여긴 착한 일 해서 들어왔겠어요?"

송수화기 너머에서 들려오던 억양 없는 목소리였다. "제가 선생님 개들을 데리고 있는데요……"

"우리 애들은 무사히 잘 있는 거지?"

"그럴 거예요. 저도 사흘 전부터는 못 봤어요."

"뭐?"

한정우가 목소리를 높였다가 제풀에 놀라 출입문을 돌아보았다.

"돌봐주는 사람은 있는 거야? 밥은 챙겨주고 있어?"

"걔들 사흘쯤 굶는다고 안 죽어요. 물그릇은 놔뒀으니까 안심하세요."

마롤리는 진료실을 둘러보며 태연하게 대답했다. 한정우는 치밀어오르는 분노를 억누르고 상처에 새 붕대를 칭칭 감았다. 또다시 버림받았다고 생각하고 있을 아이들을 떠올리자 가슴이 쿡쿡 쑤셔왔다.

"제가 부탁한 대로만 하면 오늘밤에, 참, 당직이니까 내일 아침에 만날 수 있을 거예요."

"그래야 할 거다. 우리 애들한테 무슨 일이 생기면 나도 가만있지 않을 테니까."

한정우는 저절로 흘러나온 자신의 독기 서린 말투가 마음에 들었다. 실제로 네로와 아로아한테 무슨 일이 생긴다면 이 녀석을 두들겨 팰 수도 있을 것 같았다.

"걔들이 낯선 사람을 보고 짖지도 않던데, 사랑을 많이 받고 커서 그런가보네요."

한정우는 대꾸를 않고 일어서서 진료실 안쪽에 드리워진 커튼을 걷었다. 초췌한 얼굴의 남자가 병상에 누워 잠들어 있었다. 마롤리가 옆으로 다가가 남자를 내려다보았다.

"박호성씨가 틀림없죠?"

"아버지라면서 얼굴도 모르는 거야?"

"그새 많이 핼쑥해졌네요."

"금단증상에다가 오후에 하제를 먹여 계속 설사를 했으니까. 진정제 때문에 얘길 나누려면 잠시 회복 시간이 필요할 거다."

병상으로 손을 뻗는 한정우를 마롤리가 제지했다.

"제가 깨울게요. 자리를 좀 비켜주시겠어요?"

"뭐? 그건 곤란해. 여기 두 사람만 남겨둘 수는 없다."

"조용히 할 얘기가 있어서 그래요. 오래 걸리지 않아요."

"안 돼. 저쪽에 있을 테니 커튼을 치고 얘기해."

한정우는 단호하게 말했다. 아직까진 사소한 규정 위반일 뿐이지만 여기서 소란이라도 벌어지는 날에는 문제가 걷잡을 수 없이 커질 터였다.

"알겠어요."

마롤리는 할 수 없다는 듯 한숨을 내쉬었다.

"제가 부탁한 게 하나 더 있죠?"

한정우는 주머니에서 담배와 라이터를 꺼내 병상 베개 옆에 올려놓았다.

"창문은 꼭 열어놓고 피워라."

75

거대한 불새가 날개를 펄럭이며 잿빛 건물을 뜯어먹고 있었다. 깨진 창문마다 붉은 화염이 머리를 내밀고 아우성을 쳤다. 솟구치는 검은 연기 타래는 제 분에 겨워 흐무러지며 밤하늘에 섞여들었다. 소방차 다섯 대가 동시에 물줄기를 쏘아댔지만 불길을 누그러뜨리기엔 역부족이었다. 예상대로 검사병동이 있는 건물이었다. 보호사들과 지원 나온 경찰들이 건물 앞에 흩어진 환자들을 통제하느라 고함을 치며 우왕좌왕 뛰어다녔다. 깔깔거리며 불구경을 하는 자, 주저앉아 귀를 막고 엉엉 우는 자, 환호성을 지르며 펄쩍펄쩍 뛰는 자, 누구에게랄 것도 없이 주먹질과 발길질을 하는 자, 도망치다가 옷이 찢기고 두들겨맞는 자. 일렁이는 불그림자에 드러난 광경은 지옥문이 열린 듯한 아비규환이었다.

이석은 건물 주위를 헤집고 다니며 환자복을 입은 사람들을 일일이 확인했다. 숨을 들이쉴 때마다 매캐한 탄내가 콧구멍을 비집고 들어왔다. 등뒤에서 외마디 괴성이 달려들었다. 몸을 돌리는 순간 이석은 뒤룩뒤룩한 살덩이에 일격을 당해 바닥에 내동댕이쳐졌다. 웃통을 벗어젖힌 거구의 사내가 덤벼들었다. 이석은 드러누운 채 유도의 배대뒤치기 기술로 살덩이를 머리 위로 날려버렸다. 아스팔트 바닥에 커다란 밀가루 반죽을 내리치는 소리가 났다. 재빨리 몸을 일으킨 이석은 살덩이의 가슴을 깔고 앉아 무릎으로 양팔을 찍어 눌렀다.

"내가 불을 질렀어! 내가 불을 질렀다고!"

살덩이는 침을 흘리며 끅끅거렸다. 턱에 사선으로 움푹 팬 흉터. 작년에 검거하면서 팔을 부러뜨렸던 아동 성추행범인가? 주차된 차들에 불을 질렀던 연쇄방화범인가? 악귀가 씌었다며 딸의 목을 조른 알코올중독자인가? 살덩이의 얼굴이 흐물거리며 계속 변했다. 찡, 머릿속에서 소리굽쇠를 친 것처럼 진동이 울렸다. 넘어지면서 바닥에 찧은 뒤통수에 통증이 밀려왔다.

"다 타버려라! 몽땅 다 타버려!"

살덩이는 눈을 희번덕이며 숨이 넘어갈 것처럼 웃어댔다. 다시 지옥문으로 들어가게 해달라고 애원할 때까지 패주고 싶었지만 그럴 시간이 없었다. 이석은 환자의 깨진 머리에 응급처치를 하고 있는 간호사에게 달려갔다. 민트색 카디건이 피로 얼룩져 있었다.

"마롤리라고, 오늘 검사병동에 들어온 혼혈 소년 못 봤습니까?"

"몰라요. 지금 대피 작업이 우선이라!"

주변이 시끄러워서 이석과 간호사는 얼굴을 맞대고 고함을 쳐야 했다.

"그럼 박호성은? 검사병동에 있던 마약사범인데."

"이 판국에 어떻게 환자를 일일이 확인해요!"

간호사는 왈칵 짜증을 내고 환자의 머리에 붕대를 감았다. 이석은 간호사의 어깨를 잡아채며 질문을 계속했다.

"불이 어디서 처음 시작됐습니까?"

"외치실, 거기서 폭발음과 함께 번졌다고 들었어요."

"외치실이 몇 층이죠?"

"아, 진짜, 삼층이요!"

간호사는 손가락으로 거대한 불새가 매달려 있는 지점을 가리켰다.

"이것 좀 빌립시다."

이석은 간호사의 목을 감싸고 있는 스카프를 반강제로 빼앗아 바닥에 고인 물웅덩이에 적셨다. 돌연변이 괴물을 잡으러 가자고! 놈은 아직 저 모닥불 속에 있어! 멋진 표본이 될 거야! 두개골 안쪽에서 누군가 확성기를 들고 외쳤다. 복면강도처럼 스카프로 코와 입을 가린 이석은 소방관의 제지를 뿌리치고 화염에 휩싸인 건물로 뛰어들었다.

"이봐! 들어가면 안 돼!"

건물 내부는 오히려 고요했다. 뿌옇게 퍼진 연기 사이로 불덩이들이 수초처럼 몸을 흔들고 있었다. 어디선가 비명이 울렸다. 캘캘거리는 웃음소리 같기도 했다. 이석은 계단을 찾아 난간을 잡고 올라갔다. 층계참에 붙은 '건강한 정신, 행복한 사회'라는 표어가 불타고 있었다. 위로 올라갈수록 연기가 자욱해졌다. 발바닥에 닿는 계단에 신경을 집중하며 한 발 한 발…… 연기 속에서 다가온 붉은 입술이 그의 귓가에 대고 속삭였다.

'형사님, 어딜 가는데요?'

삼층은 온통 불바다였다. 문틀을 타고 올라간 불길이 천장까지 번져 있었다. 수만 마리의 붉은 쥐떼가 거꾸로 매달려 득시글거리는 것 같았다. 연기에 가로막혀 밖에서 보았던 외치실의 위치를 가늠할 수가 없었다. 이석은 불길이 가장 격렬하게 요동치는 복도로 무작정 접어들었다. 묵직한 열기가 투명한 벽이 되어 그를 막아섰다. 물속에 들어온 것처럼 시야가 아른거렸다. 이석은 실눈을 뜬 채 넘실거리는 불보라를 뚫고 앞으로 나아갔다. 관중들이 붉은 머리칼을 휘날리며 환호와 야유를 보냈다.

'형사님, 어딜 가는데요?'

입을 쩍 벌린 불구덩이 속에 사람의 형체가 보였다. 우두커니 서서 무언가를 내려다보고 있는 얄캉한 몸피. 이석은 품에서 권총을 꺼내 복도 끝의 희미한 형체를 겨누었다.

"마롤리! 이리 나와!"

76

호스에 난 작은 구멍에서 물이 새는 소리. 귀를 기울이지 않으면 알아채기 힘든, 의사가 아니었다면 대수롭지 않게 넘길 소리였다. 한정우는 재빨리 다가가 커튼을 열어젖혔다. 설마 했던 장면이, 아니 그보다 훨씬 더 끔찍한 장면이 눈앞에 펼쳐졌다.

"너……"

누워 있는 박호성의 목에서 피가 뿜어져나오고 있었다. 목을 옆으로 틀어놓고 정확히 경동맥을 찔렀다. 박호성은 눈도 뜨지 못하고 붕어처럼 입만 뻐끔거렸다. 마롤리는 병상 위로 몸을 기울인 채 솟구치는 핏줄기가 자신의 머리와 환자복을 적시도록 내버려두었다. 언제 챙겼는지 손에는 드레싱배트에 있던 가위가 들려 있었다. 작지만 끝이 뾰족한 아이리스 시저였다.

"너, 무, 무슨……"

마롤리가 돌아보았다. 피를 덮어쓴 덤덤한 얼굴…… 진짜는 이런 모습이구나. 한정우의 머릿속은 하얗게 탈색되었다. 진정제와 항불안제로 박제해놓은 악마들만 상대하다가 생생한 실물을 마주하니 아무 생각도 들지 않았다. 심장박동과 피돌기마저 멈춰버린 느낌이었다. 마롤리가 몸을 돌리며 입에 들어간 핏물을 침과 함께 뱉었다. 한정우는 휘청휘청 뒷걸음질치다가 제풀에 엉덩방아를 찧으며 주저앉았다. 마롤리의 손가락에 걸린 가위가 눈높이에서 건들거리며 다가왔다. 핏방울이 뚝뚝 떨어지는 가윗날이 자신의 경동맥을 파고드는 장면이 눈앞에 그려지는데 얼어붙은 몸은 움직일 생각을 하지 않았다. 이건 아닌데, 이렇게 끝나면 너무 억울한데, 지금까지와는 다르게 살고 싶었는데, 그럴 수 있었는데…… 눈앞으로 다가온 가위가 그의 어깨를 스치고 지나갔다.

"보문산 덕수암 가는 진입로 왼쪽에 솔밭슈퍼라고 있어요."

마롤리는 약병 보관장 앞에서 환자복 소매의 깨끗한 부분을 찾아 눈가의 핏물을 닦았다.

"선생님 개들은 거기 돈을 주고 맡겨놨어요. 오늘 여덟시까지 안 찾아가면 산에 풀어놓으라고 했으니까 빨리 가봐야 될 거예요."

마롤리는 보관장에서 소독용 에탄올을 꺼내고 까치발을 해서 보관장 위에 살짝 튀어나와 있는 휴대용 버너 케이스도 내렸다. 자신의 사무실인 양 자연스러운 동작이었다.

"뭐, 뭐……"

"선생님 개들, 덕수암 앞 솔밭슈퍼에 있다고요."

마롤리는 에탄올과 버너를 가지고 누워 있는 박호성에게로 돌아갔다. 한정우는 정신이 아뜩한 와중에도 '덕수암, 솔밭슈퍼, 여덟시'를 입속말로 되뇌었다. 버너에서 부탄가스를 꺼낸 마롤리가 그를 돌아보았다.

"안 나가세요?"

77

마롤리가 고개를 돌려 이석을 보았다. 빙긋이 미소를 머금은 얼굴이었다. 아니, 비어져나오는 울음보를 어금니로 깨물고 있었다. 아니, 무심하게 응시하는, 이글거리는 눈으로 분노하는…… 사방에서 넘실거리는 불갈기 때문에 표정이 시시각각 변했다.

"형사님, 이상하지 않아요?"

마롤리가 이석을 향해 다가왔다. 복도를 점령한 사나운 불길이 머리를 조아리며 길을 열었다.

"다 타버린 담배의 무게가 왜 처음보다 늘었을까요?"

이석은 눈을 가늘게 뜨고 두 손으로 권총 손잡이를 감싸쥐었다. 숨을 들이마실 때마다 불기운이 달려들어 코와 입을 틀어막았다. 흐려지는 시야 속에서 마롤리의 형체가 점점 더 커졌다.

"흩어진 연기보다 재 속으로 스며든 숨결이 더 무거웠던 걸까요?"

"헛소리 집어치워!"

이석의 손가락이 방아쇠를 지그시 눌렀다. 쏴, 지금 쏴야 해! 머릿속에서 확성기 소리가 울렸다. 지금 쏘지 않으면 저 괴물을 잡을 기회는 없어!

"헛소리…… 형사님은 항상 본질적인 것보다 부차적인 걸 믿네요."

이석은 안간힘을 다해 다가오는 마롤리를 겨누었지만 총구는 취객처럼 비틀거렸다. 마롤리의 뒤쪽에서 불구덩이가 빙글빙글 소용돌이쳤다.

"미쳐 날뛰는 돌연변이들을 상대하면서 형사님은 무슨 생각을 했나요?"

어느새 마롤리는 그의 바로 앞까지 다가왔다. 이석은 고개를 들어 두 개의 딱딱하고 미끄러운 눈동자를 올려다보았다. 이상하다, 내가 왜 이 조그만 녀석을 올려다보고 있는 거지?

"신의 대리인이 되어 전부 소각해버리고 싶었나요?"

이석은 비로소 자신이 무릎을 꿇고 있다는 걸 깨달았다. 일어서려 했지만 무릎 아래가 잘려나간 것처럼 감각이 없었다.

"부러웠나요? 이 지루한 세상을 헤집어놓는 미치광이들이."

불의 소용돌이가 어느새 그의 안으로 침투해 오장육부를 헤집어놓았다. 텅 빈 이석은 이를 악물고 바라볼 수밖에 없었다. 눈앞에 강림한 돌연변이 천사를.

"형사님도 찾고 있었잖아요. 매일 밤 반복되는 악몽을 끝내줄 영원한 해답을."

마롤리의 양손이 그의 어깨에 얹혔다.

"자, 눈을 감고, 마음을 편안히 풀어놓아요."

이석은 저항하려 했지만 두 팔이 힘없이 늘어져 움직이지 않았다.

"소리…… 소리에 귀를 기울여봐요. 가슴속에서…… 가슴속 가장 깊은 우물 밑에서 올라오는 소리에."

가슴속에서는 노이즈만 들려왔다. 찍찍거리며 고막을 긁는, 아무 의미도 전달하지 못하는 노이즈…… 누군가 다이얼을 돌려 주파수를 맞추는 것처럼, 소리에 조금씩 변화가 생겼다. 커졌다가, 작아졌다가, 날카로운 쇳소리가 섞였다가, 뭉개진 말소리가 끼어들었다가…… 들린다. 노이즈를 뚫고 솟아나는 소리, 차츰 맑게 울리는 그 소리는…… 괘종시계, 낡은 괘종시계의 종소리가 흘러나온다. 뎅, 뎅, 일정한 간격을 두고 규칙적으로 울리는…… 종이 칠 때마다 시간이 거꾸로 흘러간다. 하루…… 이틀…… 사흘…… 나흘…… 닷새…… 엿새…… 어린 시절, 그는 집안 사정으로 한동안 이모할머니 댁에 맡겨진 적이 있었다. 어둑시근하고 냉기가 고인 단독주택, 거실에는 커다란 괘종시계가 최면을 걸듯 시계추를 흔들고 있었다. 이모할머니의 엄한 규율보다 더 적응하기 힘들었던 건 괘종시계의 종소리였다. 한밤중에 텅 빈 거실에서 혼자 울리는, 한 시간마다 한 차례씩 추가되며 풋잠을 깨우는…… 시간이 점점 더 빠르게 역류한다. 일 년, 이 년, 삼 년, 사 년, 오 년, 육 년…… 비몽사몽간에 온갖 자질구레한 공상이 잠자리를 들락거렸다. 열두 번의 종이 울린 자정 이후의 한 시간이 마지막 고비였다. 어쩌면 다음에 열세 번의 종이 울리는 게 아닐까…… 종소리는 계속해서 퍼져간다. 그를 꿰뚫고, 멀리, 더 멀리……

몸속에서 팽창하는 빛을 살가죽이 더이상 감당하지 못한다고 느낀 순간, 마롤리는 불길에 휩싸였다. 한 개비 성냥처럼, 기둥에 묶인 마녀처럼, 모세에게 계시를 내린 떨기나무처럼…… 불뭉치 속에서 풀무처럼 헐떡이는 심장…… 사방으로 불망울을 흩뿌리며 불의 날개가 펼쳐진다. 섬세하게 이글거리는 붉은 깃털들…… 아름답다…… 불꽃 속에서 끓어오르는 얼굴…… 살짝 벌어진 입술…… 입술 사이로 보이는 검은 구멍…… 블랙홀…… 빛조차 빠져나올 수 없는 중력 무한대의 공간, 너무 많은 것을 붙잡아놓느라 무에 가까워진…… 이석은 마지막 힘을 끌어모아 팔을 들어올리고, 활짝 펼쳐진 날개의 중심을 향해 방아쇠를 당겼다.

78

성의 무도회장에도 괘종시계가 있을까? 아마 있겠지. 크고 화려한 괘종시계가. 신데렐라는 열두 번의 종이 울리기 전에 빠져나와야 해. 아니지. 종은 열두시 정각부터 울리기 시작하니까 첫 종이 울리기 전에 나와야지. 요정 할머니가 그랬잖아. 자정이 되면 마법이 풀리고 원래의 누추한 모습으로 돌아간다고. 시간이 얼마나 지났을까? 종이 열두 번 울린 지 삼십 분은 넘은 것 같은데. 어쩌면 십 분도 안 지났을지 몰라. 지난번에도 종이 안 울려서 나가보니 열두시 이십분밖에 안 됐었잖아. 신데렐라는 몇 분 전에 무도회장을 떠나야 할까? 십 분이면 될까? 아니야. 성은 크고 곳곳에 사람들이 많을 테니 더 일찍 떠나야 해. 적어도 이십 분 전에는. 자정이 되면 화려한 드레스는 누더기로, 멋진 마차는 호박으로, 늠름한 말들은 생쥐로 변할 거 아냐. 그전에 성문을 벗어나야지. 사람들 앞에서 변하면 얼마나 창피하겠어. 원래의 재투성이로 돌아가는 것뿐이긴 하지만 그래도 창피하겠지. 시간이 얼마나 지났을까? 최소한 오 분은 더 흘렀겠지? 이러다 오늘도 한시 넘어서 잠들겠어. 다섯시가 되면 이모할머니는 어김없이 나를 깨워 약수터로 데려갈 텐데. 왜 나 같은 어린애를 할아버지 할머니들이 득실거리는 약수터에 데려가는 거야? 왠지 오늘은 정말 종이 열세

번 울릴 것 같아. 아냐, 저건 열두 번까지만 울리도록 설계된 기계라서 그런 일은 있을 수 없어. 지금은 신데렐라가 터덜터덜 집으로 돌아가는 시간이야. 유리구두 한 짝만을 손에 쥔 채. 신데렐라는 왕자님과 춤을 추면서도 계속 괘종시계를 확인해야 했어. 그랬다면 급하게 뛰어가다가 유리구두가 벗어질 일도 없었겠지. 하긴 신데렐라가 시간을 확인하고 여유 있게 나갔다면, 유리구두라는 단서를 남기지 않았다면 왕자와 결혼할 수 없었겠구나. 준비성 없는 사람이 복을 받는 건 불공평하지 않나? 시간이 얼마나 지났을까? 괘종시계는 지금도 캄캄한 거실에서 혼자 시계추를 흔들고 있겠지. 종이 울릴 때가 된 것 같은데. 오늘은 정말 열세번째 종이 울리는 게 아닐까? 그러면 지구의 종말이 올지도 몰라. 마법이 풀리고 모든 게 변하는 거야. 원래의 누추한 모습으로. 쓸데없는 고민 그만하고 자자. 종은 언제나처럼 한 번만 울릴 테니까. 한시니까 당연히 한 번만 울리지. 다시 돌아가는 거야. 처음으로. 난 언제쯤 집에 돌아가게 될까? 날 여기 맡겨두고 엄마 아빠만 달아난 건 아니겠지? 신데렐라처럼. 아냐, 신데렐라는 아빠가 있지. 재혼을 해서 새엄마가 들어온 거잖아. 그런데 왜 내가 어둠 속에서 이런 생각을 하고 있는 거지? 이건 아주 오래전 내가 어렸을 때의 일인데…… 시간이 얼마나 지났을까?

79

"마롤리, 마롤리."

엄마가 걱정스러운 얼굴로 나를 내려다보았다.

"무서운 꿈 꿨어?"

나는 몽롱한 정신으로 고개를 끄덕였다. 엄마는 가칠가칠하게 튼 엄지손가락으로 내 눈가에 고인 눈물을 훔쳤다.

"무슨 꿈인데?"

조금 전 빠져나온 꿈나라를 떠올려보았지만 검은 크레파스로 덧칠한 것처럼 아무것도 보이지 않았다. 눈을 뜨기 직전까지 서럽게 엉엉 울었는데 무엇 때문에 울었는지 생각이 안 났다.

"모르겠어요. 꿈이 다 지워져버렸어요."

"그럼 됐네. 이제 무섭지 않으니까."

엄마는 내 이마에 뽀뽀를 하고 다시 작업대를 향해 돌아앉았다. 다닥다닥 벽을 따라 높다랗게 쌓인 각종 유리병들이 시야를 어지럽혔다. 나는 엄마의 목을 끌어안고 등에 매달렸다. 작업대에 비커를 눕혀놓고, 실크스크린 틀을 대고, 스퀴즈로 문지르고. 엄마가 반복해서 움직일 때마다 비커에는 하얀 눈금이 새겨졌다. 그 모습을 보고 있으니 엄마 말대로 이제는 무섭지 않았다.

"엄마."

"응?"

"내 이름이 메아리라는 뜻이죠?"

"응, 맞아."

"왜 그렇게 지었어요?"

"왜냐하면 엄마가 마롤리를 뱃속에 가졌을 때 꿈을 꾸었거든."

"무슨 꿈?"

생각만 해도 재미난지 엄마는 큭큭 웃다가 꿈 이야기를 들려주었다.

"엄마가 산속 깊은 차밭에서 혼자 찻잎을 따고 있는데 갑자기 커다란 호랑이가 나타난 거야. 저번에 트럭에 실린 황소 봤지? 그만큼 큰 호랑이였어. 엄마는 너무 무서워서 달아나지도 못하고 주저앉아 벌벌 떨기만 했지. 호랑이가 부리부리한 눈으로 엄마를 노려보면서 시뻘건 아가리를 쩍 벌리고 어흥, 울부짖는데……"

나는 엄마의 등에 찰싹 달라붙었다.

"그 소리가 얼마나 큰지 사방 산에 부딪쳐 쩌렁쩌렁 메아리쳤어. 어흥! 어흥! 엄마를 잡아먹으려고 다가오던 호랑이가 털을 곤두세우고 주위를 두리번거리는 거야. 메아리 소리는 점점 더 크게 울렸어. 어흥! 어흥! 어흥! 결국 호랑이는 제 소리에 겁을 집어먹고 꼬리가 빠지게 달아났잖아."

엄마는 다시 큭 웃었다. 얼룩덜룩한 호랑이 꼬리가 땅에 떨어져 혼자 꿈틀거리는 모습이 그려졌다.

"메아리가 엄마를 지켜준 거네."

"응, 메아리가 엄마를 지켜줬어. 이렇게."

엄마가 목을 가다듬고 허공을 향해 외쳤다.

"마롤리!"

창고에 쌓인 반짝이는 유리병들이 내 이름을 되울렸다. 별 가루가 뿌려지는 것처럼 영롱한 소리가 났다. 엄마와 난 마주보고 웃었다. 나도 고개를 들고 힘껏 외쳤다.

"마롤리!"

수많은 유리병들이 돌림노래로 나를 불렀다. 내 이름은 금방이라도 무너져내릴 것 같은 얼음의 왕국을 누비고 다니며……

'마롤리, 마롤리.'

맞은편 TV에서 요란한 함성이 터져나왔다. 햇빛이 들이비치는 원목 마루, 동그란 회색 섀기카펫, 녹색의 패브릭 소파. TV 옆쪽 벽에 사진 액자 세 개가 대각선으로 걸려 있었다. 개 두 마리를 양쪽에 끌어안고 밝게 웃고 있는 남자…… 마롤리는 소파에서 벌떡 일어나 벽시계부터 보았다. 시곗바늘은 오후 세시를 막 넘어선 참이었다. 아파트 동 사이에 흰구름이 무심하게 걸려 있었다. 족히 몇 시간은 곯아떨어진 것 같은데 실제로는 삼십 분 남짓 지났을 뿐이었다. 탁자에는 빈 요플레 용기에 플라스틱 스푼이 꽂혀 있었다.

"LG 트윈스, 9회 말에 극적으로 동점을 만듭니다!"

TV에서는 동점 홈런을 친 선수가 동료들과 하이파이브를 나누며 포효하고 있었다. 마롤리는 소파에서 일어나 쿠션을 정리하고 TV를 끄고 요플레 용기를 싱크대에서 헹궈 재활용 분리수거함에 넣었다. 거실을 한 바퀴 돌아보며 들어올 때와 달라진 건 없는지 점검했다. 어차피 침입 사실을 알게 될 테지만 가능하면 흔적을 남기고 싶지 않았다.

개들은 여전히 현관 앞에 축 늘어져 있었다. 누런색과 검은색 털실 타래 두 개를 던져놓은 것 같았다. 붙임성이 좋은 녀석들이었다. 아무리 그래도 침입자를 보고 짖지도 않다니.

"낯선 사람이 주는 걸 넙죽넙죽 받아먹으니까 이런 꼴을 당하는 거야."

마롤리는 준비해온 애완견 이동장에 개들을 구겨넣었다. 한 손으로 이동장을 들어보니 꽤 묵직했다. 아까 꼬리를 흔드는 녀석들을 안아 올렸을 때는 이렇게 무겁지 않았던 것 같은데. 운동화를 신고 현관문을 나서던 마롤리는 문손잡이를 잡은 채 뒤를 돌아보았다. 초록색 나뭇잎이 프린트된 커튼이 슬며시 나부꼈다. 누군가 자신을 부른 것 같았다.

80

이석은 현관에 우두커니 서서 자신의 보금자리를 둘러보았다. 지진이 한바탕 휩쓸고 간 것처럼 책들이 바닥에 나뒹굴고 있었다. 나흘 전책장 정리를 하던 중 급하게 떠났다가 이제야 돌아왔다는 사실이 뒤늦게 떠올랐다. 이래저래 뒷정리가 안 되는 사건이었다.

주방 수납장에 고이 모셔둔 리처드 헤네시를 꺼내 온더록스 잔에 가득 따랐다. 에이스 포 카드가 안겨준 생일 선물이었다. 이석은 그날의 짜릿한 승부를 떠올리며 백 년 묵은 코냑의 그윽한 향을 음미하다가 단숨에 잔을 비웠다. 위벽을 들이받고 역류해 올라온 홧홧한 기운이 붕대가 감긴 왼팔로 몰려갔다. 의사는 흉터를 조금이라도 예쁘게 남기고 싶다면 피부가 재생될 때까지 절대 술을 마시지 말라고 경고했다. 이왕이면 용틀임처럼 멋진 흉터가 남기를 바라며 그는 다시 잔을 채웠다.

"불나방도 아니고, 거긴 왜 기어들어갑니까."

눈을 뜨자 서형사가 걱정스러운 얼굴로 옆에 서 있었다. 알싸한 소독약 냄새가 코를 찔렀다.

"소방관이 따라 올라갔으니 망정이지…… 삼층 복도에 쓰러져 있었대요. 손에 권총을 든 채로."

"마롤리……"

힘겹게 입을 열었지만 말소리는 투명한 산소마스크 안쪽에 뿌연 입김으로 서릴 뿐이었다. 그래도 서형사는 알아서 대답을 해주었다.

"형님이 도착했을 때 그 자식은 이미 공주의료원으로 호송된 후였어요. 부탄가스 폭발 직후에 피투성이로 발견돼 가장 먼저 실려갔답니다. 중상이라 생각하고 병원에 맡겼는데…… 거기서 튀었어요. 불이 번지면서 보호사고 경찰이고 정신이 없었죠."

이석은 힘없이 고개를 저었다. 서형사는 병상 밑에서 보호자용 간이침대를 꺼내 걸터앉았다.

"다른 환자가 벗어놓은 사복으로 갈아입고 나가는 게 응급실 CCTV에 고스란히 잡혔어요. 얼굴과 옷에 묻은 피는 전부 박호성이 거였답니다. 박호성은 외치실에서 시커멓게 탄 채로 발견됐고."

이석은 눈을 감고 당시의 기억을 되짚어보았다. 불길을 뚫고 걸어오는 마롤리, 눈앞에 펼쳐진 불의 날개, 입속의 검은 구멍…… 그 모든 게 춤추는 불꼬리와 두려움이 만들어낸 추상화였단 말인가. 이석은 헉헉거리며 웃음을 흘렸다. 산소마스크가 뿌옇게 흐려졌다.

"좋겠습니다, 웃음이 다 나오고. 지금 서장님, 과장님 엄청 깨지고 있어요. 젠장, 합동수사는 무슨, 우리라고 확실한 물증이 있던 것도 아니고."

서형사가 한숨을 내쉬었다.

"이담 그놈도 놓쳤어요. 영장 기각된 후에 제가 직접 따라붙었는데, 형님하고 통화하는 사이 서점에서 감쪽같이 사라졌어요."

몸을 들썩일 때마다 통증이 가슴을 치고 갔지만 이석은 비집고 나오는 웃음을 멈출 수가 없었다.

"참, 형님 총에 총알 한 발 없던데, 어디다 쏜 거예요?"

언론에서는 치료감호소 화재를 측두엽뇌전증 병력이 있는 피감정자의 우발적 방화로 다루며 환자 관리의 허점과 열악한 병원 실태에 대해 목소리를 높였다. 그나마 부탄가스 폭발음 때문에 대피가 일찍 이루어져 다른 인명 피해가 없는 게 다행이었다. 경찰에서는 출국 금지다 지명수배다 부산을 떨고 있지만 이석은 소용없는 일이라고 생각했다. 녀석은 이미 밀항선을 타고 이 나라를 떠났다. 백발의 성녀가 해외 인맥을 동원해 뒤를 봐줬겠지. 지금쯤 새로 산 카키색 배낭을 메고 새로운 이름이 찍힌 여권을 소지한 채 낯선 세계를 떠돌고 있을 것이다. 후쿠시마 방사능 오염수처럼, 인공위성처럼, 편서풍처럼, 아담처럼.

이석은 협탁 위의 MP3 스피커를 켰다. 하버드대학교에서 진행된 달라이 라마의 강연이 흘러나왔다. 내용은 모르지만 단조롭게 이어지는 티베트어에 귀를 기울이고 있으니 마음이 한결 편안해졌다. 좋은 얘기겠지. 설마 달라이 라마가 하버드까지 가서 남의 험담이나 하고 있겠나. 이석은 술잔을 들고 책장 앞으로 갔다. 여기저기 놓인 몇 권의 책을 힌트로 '제목 글자 수'라는 배열 기준을 떠올렸다.

『죄와 벌』, 세 글자, 첫번째 칸. 처음 사건을 인지했을 때 원한 관계부터 의심했다면, 세 피살자가 이십 년 전 같은 도시에 살았다는 사실을 밝혀냈다면, 맥락 없이 뚝뚝 끊기고 낯선 것끼리 충돌하고 기형적으로 접붙는 아사리판에도 기의 흐름이 작용한다는 걸 믿었다면, 네 번째 살인과 치료감호소 화재는 막을 수 있었을 것이다. 아담은 속임수이자 힌트였다. 연금술사라는 속임수에 현혹되고 사슬이라는 힌트는 무시한 게 패착이었다. 때마침 죽음의 천사를 암시하는 그날 아침의 꿈이 바람잡이 노릇을 톡톡히 했다. 누군가 제 역할을 충실히 했다면 기상과 함께 말끔히 지워졌어야 하는 꿈이었다. 이석은 MP3 스피커를 째려보았다.

『바스커빌 가문의 개』, 여덟 글자. 어린 시절 좋아했던 셜록 홈스 시리즈 중 유일하게 소장하고 있는 책이다. 표지에는 눈과 입에서 불을 뿜는 시커먼 개가 조잡하게 그려져 있었다. 이 개가 실제로 사람을 물어 죽였던가? 자세한 내용은 떠오르지 않았지만 마지막에 홈스가 등장해 모든 미스터리가 트릭이었음을 밝혀내는 건 확실했다. 문득 이담이라는 자가 쓰고 있다는 범죄소설이 궁금했다. 그 이야기는 어떻게 끝날까? 설마 사람을 넷이나 죽인 살인마가 유유히 사라지고 형사는 뒷북만 치는 식으로 끝내지는 않겠지. 그런 한심한 결말은 현실로 족하다.

『죽기 전에 가봐야 할 1000곳』, 열세 글자. 오랜만에 휴가를 내고 공기 좋은 곳으로 여행이나 떠나볼까. 이석은 책장 마지막 칸에 책을 꽂으며 생각했다. 폐를 꺼내 맑은 시냇물에 썩썩 헹구는 느낌이라고 했지. 하푸탈레, 나쁘지 않을 것 같다. 구불구불 이어지는 진초록 차밭을 거닐고, 립턴시트에 앉아 정통 실론티를 맛보고, 신성한 발자국이 있다는 아담스피크도 올라보고, 운이 좋으면 그 쥐새끼 같은 놈과 딱 마주쳐……

81

나의 기원이라. 거기에 대해선 제대로 설명할 자신이 없어. 넌 네가 어떤 과정을 거쳐 태어났는지 알고 있을 거야. 아버지의 정자와 어머니의 난자가 사랑의 행위를 통해 수정되고, 하나의 수정란이 세포분열을 거듭하면서 필요한 신체 기관이 만들어지고, 열 달 후 탯줄을 끊고 세상에 나온 그런 과정들. 전부 기억나지? 농담이야. 물론 너도 한참 후에 학습을 통해 알게 된 거겠지. 만일 그런 생물학적인 지식이 없는 시대라면 어떨까? 만일 네가 원시인이라면? 너는 자신의 존재를 막연한 신비로 받아들일 수밖에 없을 거야. 나 역시 그런 셈이지. 내가 어떻게 만들어졌는지 알기 위해선 더 많은 시간이 필요한 것 같아.

고백하자면 아담은 내 본명이 아니야. 정체를 감추려고 그런 건 아니고 처음부터 내겐 이름이 없었어. 이름으로 구분해야 할 정체성 자체가 없으니까. 나는 나이기도 하고 너이기도 하고 그이기도 하고 그녀이기도 해. 이런, 마치 선문답 같군. 그렇게 심오한 얘기가 전혀 아닌데. 말뜻 그대로란 걸 차차 알게 될 거야. 아무튼 사람들을 만나면 인사는 나눠야 하니 가명을 하나 내세웠지. 이왕이면 어디서나 두루 쓰이는 흔한 단어로. 아담. 성씨는 그때그때 내키는 대로 붙여. 스미스, 슈미트, 르페브르, 에레라, 코발스키. 그러고 보니 우린 공통점이 또하나 있군. 실체 없이 사방에서 울리는 이름 말이야.

유대교 전설에 따르면 아담은 최초의 인간인 동시에 이후에 태어날 모든 인간의 영혼을 담고 있는 존재라고 해. 후세에 나누어줄 영혼을 저장해놓은 거대한 오크통을 연상하면 될 거야. 그런데 인류가 이렇게 폭발적으로 불어나는 것까지 예상했을까? 초반에야 인심 좋게 콸콸 따라주었겠지. 최후의 심판이 올 때까지 버티기에는 충분한 양으로 보였으니까. 하지만 주먹구구로 배급하다보니 통이 급속히 비어갔을 테고, 안 되겠다 싶어 점차 배급량을 줄였을 거야. 그래도 머릿수는 계속 늘어가고, 최후의 심판은 올 듯 올 듯 오지 않고, 통을 흔들어본 후 더 줄이고, 물을 타고, 결국 인류는 세대가 지날수록 농도가 묽은 영혼을 가지고 태어나게 되었다는 슬픈 전설…… 농담이야.

하긴 그렇게 무질서를 부추기는 게 바로 시간의 본질이지. 아름다움을 시들게 하고 신선함을 부패시키고 순수함을 타락시키는, 바위를 부수고 부수고 부수어 만든 모래를 바람에 실어 사방에 흩뿌리는 파괴의 신. 작년에 핀 벚꽃이 올해 또 핀다고 해서 순환은 아니야. 엄연히 다른 꽃이고 벚나무가 늙어간다는 사실에는 변함이 없으니까. 예정된 종말을 향해 달려가는 시간의 흐름에서 그 누구도 벗어날 수 없어. 그래서 내가 만들어졌나봐. 살다보면 아주 우연한 기회에 다시 순정한 완전체로 돌아갈 수 있다는 희망을 심어주기 위해. 일종의 조커 카드처럼. 그런 헛꿈 하나 없이 사는 인생은 너무 팍팍하지 않겠어?

작가의 말

"끝인가요?"

안나씨는 커피 위의 휘핑크림을 크게 한 스푼 떠서 입에 넣었다. 호피무늬 모자를 쓰고 칭얼대던 아이는 어느새 유모차에 파묻혀 잠들어 있었다.

"어떤 것 같아요?"

"글쎄요, 말씀드렸듯이 저야 소설에 대해선……"

"그냥 느낌으로."

"음, 전에 비해서 사건의 내막은 더 명백해진 것 같은데요."

안나씨는 뒷말을 재촉하듯 스푼으로 휘핑크림을 쿡쿡 찔렀다. 나는 원고 뭉치를 정성껏 간추려 테이블 위에 올려놓는 것으로 대답을 대신했다. 이전의 결말에선 작가가 범인이었던가? 정확히 기억은 안 나는데 다소 난해하고 추상적이었던 것 같았다. 그녀의 부탁으로 읽기는 했지만 나로선 소설이란 장르를 이해하기 힘들었다. 왜 삶에 굳이 가짜 이야기가 필요한 건지.

"아주 담백한 감상평이네요."

안나씨는 약간 뾰로통하게 말했다. 커다란 선글라스가 얼굴을 절반 가까이 가리고 있어 눈빛까지 읽을 수는 없었다.

"사건의 내막이야 명백해졌죠. 그런데……"

안나씨는 유모차에서 자고 있는 아이를 내려다보며 골똘히 생각에 잠겼다.

"이번 것도 딱 마음에 들지는 않아요. 뭐랄까, 너무 현실적으로 끝나는 것 같아. 전 이걸 미스터리 판타지로 생각하고 시작했거든요."

얼음이 녹아 밍밍해진 오렌지주스를 한 모금 마셨다.

"시간이 조금 더 필요하겠군요."

"그런 것 같네요."

"또다시."

"예, 또다시."

어느 정도 예상했던 일이었다. 안나씨가 짐짓 경쾌한 음성으로 덧붙였다.

"기다려주실 수 있죠?"

"물론이죠. 저야 가진 게 시간뿐인데."

꽃샘추위가 가시지 않은 초봄이었다. 후줄근한 검은 외투를 걸친 남자가 딸기 모양 방울로 머리를 묶은 아이의 손을 잡고 카페 통유리 앞을 지나갔다. 아이는 어깨를 들썩이며 노래를 불렀는데 노랫소리는 들리지 않았다. 안나씨도 고개를 돌려 창밖을 내다보았다. 선글라스 뒤로 붉게 충혈된 눈자위가 들여다보였다.

"혹시 마롤리의 모델로 삼은 제자가 실제로 있나요?"

안나씨는 잠시 생각에 잠겼다가 어깨를 으쓱했다.

"다문화가정 학생들이 몇 명 있긴 했는데 딱 마롤리의 모델이라고 할 만한 제자는 없어요."

"실체가 없는 친구군요. 메아리처럼."

"이 소설에서 실제 모델은 그쪽밖에 없어요. 훨씬 더 아름답고 쾌활하고 달변으로 그리긴 했지만."

나는 고개를 까딱했다.

"영광입니다. 하지만 실제 모델이 한 명 더 있지 않나요?"

"예? 누구……"

"다른 가능성들을 배제하는 게 싫어서 결말을 맺지 못하는 소설가."

안나씨는 멈칫했다가 입가를 허물어뜨리며 웃었다.

"아아, 그렇지 않아요. 일부러 시간을 끄는 건 아니에요. 제 이름으로 뭐라도 제대로 하나 남겨놓고 싶은 것뿐이지. 오랜 꿈이었거든요. 아무튼 이 소설만 잘 마무리되면…… 근데 정말 그렇게 고통스러워요? 뜨겁게 달군 커다란 집게 두 개가 몸을 세로로……"

"그 대장장이는 원래 엄살이 심했어요."

안나씨는 허공에 늘어진 동그란 조명을 올려다보다가 물었다.

"그쪽은 어때요?"

"예?"

"고통스럽지 않나요?"

참으로 오랜만에 받는 질문이었다. 잠시 생각해보았지만 오래전과 똑같은 대답을 할 수밖에 없었다.

"차차 적응이 되겠죠."

안나씨는 한참이나 고개를 끄덕인 후 버드나무 가지가 프린트된 에코백에 원고 뭉치를 집어넣었다. 언제 깨어났는지 호피무늬 모자를 쓴 아이가 유모차에서 내려와 나를 향해 아장아장 걸어왔다. 아이는 내 새끼손가락을 붙잡고 흔들며 우워, 우워, 하는 소리를 냈다. 새끼 표범 한 마리가 나를 물고 늘어지는 것 같았다. 안나씨가 테이블을 돌아와 아이를 번쩍 안아 들었다.

"한울아, 조심해. 무서운 아저씨야."

그녀는 짓궂은 표정으로 아이의 귀에 대고 속삭였다. 나는 이를 드러내며 아이에게 무서운 표정을 지어 보였지만 전혀 효과가 없었다. 안나씨가 아이를 유모차에 앉히고 에코백을 어깨에 걸쳤다.

"결말을 바꾸면서 그쪽을 등장시킬지도 모르겠어요. 괜찮나요?"

"지금도 등장하는 거 아닌가요?"

"허구가 아니라 실재하는 캐릭터로."

나는 알겠다는 뜻으로 고개를 끄덕였다. 안나씨가 선글라스 뒤에서 나를 빤히 쳐다보았다.

"그쪽이야말로 결말이 없는 존재네요. 블랙홀처럼 모든 사연을 빨아들이기만 하는. 그건 정말이지…… 아, 모르겠다. 나중에 알게 되겠죠."

안나씨는 싱겁게 웃으며 질문을 철회했다. '그건 정말이지……' 다음에 생략된 말은 뭐였을까? 나중에 알게 되겠지.

"그럼, 다음에."

"예, 다음에."

유모차를 밀고 가던 안나씨가 고개를 돌려 재차 물었다.

"너무 방심하는 거 아니에요? 이거 공모전 같은 데 당선되면 책으로 출판될지도 몰라요. 정말 그대로 써도 괜찮겠어요?"

나는 어깨를 으쓱했다.

"괜찮습니다. 그런 얘길 누가 믿겠어요."

문학동네 장편소설
천사의 사슬
ⓒ 최제훈 2018

초판인쇄 2018년 10월 16일
초판발행 2018년 10월 24일

지은이 최제훈
펴낸이 염현숙
책임편집 이상술 | 편집 정은진 김내리 이성근
디자인 윤종윤 유현아 | 마케팅 정민호 박보람 나해진 우상욱
홍보 김희숙 김상만 이천희
제작 강신은 김동욱 임현식 | 제작처 영신사

펴낸곳 (주)문학동네
출판등록 1993년 10월 22일 제406-2003-000045호
주소 10881 경기도 파주시 회동길 210
전자우편 editor@munhak.com | 대표전화 031) 955-8888 | 팩스 031) 955-8855
문의전화 031) 955-3576(마케팅) 031) 955-8864(편집)
문학동네카페 http://cafe.naver.com/mhdn | 트위터 @munhakdongne
북클럽문학동네 http://bookclubmunhak.com

ISBN 978-89-546-5337-4 03810

＊ 이 책의 판권은 지은이와 문학동네에 있습니다.
  이 책 내용의 전부 또는 일부를 재사용하려면 반드시 양측의 서면 동의를 받아야 합니다.
＊ 이 도서의 국립중앙도서관 출판예정도서목록(CIP)은 서지정보유통지원시스템 홈페이지
  (http://seoji.nl.go.kr)와 국가자료공동목록시스템(http://www.nl.go.kr/kolisnet)에서
  이용하실 수 있습니다.(CIP 제어번호: 2018032831)

www.munhak.com